Ein Svea Andersson Krimi

Schutzlos

RITTA JACOBSSON

EIN SVEA ANDERSSON KRIMI

Schutzlos

Aus dem Schwedischen übertragen von
Birgitta Kicherer

KOSMOS

PROLOG

„Was gibt's da zu glotzen?"

Dumme Frage. Er war es doch, der sie anglotzte.

Seine dunkelgraue Jeans war irgendwann mal schwarz gewesen. Von seinem T-Shirt grinste ein hohläugiger Schädel sie an. Für Deathmetal hatte Nadja nicht viel übrig. Für Jurij auch nicht. Das war ihm aber nicht klar. Und wenn, hätte es ihn kaum interessiert.

Zwei Mädchen in superknappen Miniröcken und mit langen schwarzen Fingernägeln schüttelten ihre blondierten Mähnen, während die Jungs mit lauten, lärmenden Stimmen um Jurijs Aufmerksamkeit buhlten. Noch mehr Fans hatte er nicht nötig.

Dennoch war Nadja diejenige, die er ansah.

Mit eisigem Blick.

Nadja antwortete nicht.

Sie hatte das gleiche Recht, hier zu sein, wie die anderen.

Außerdem hielt sie sich meistens etwas abseits der Brücke auf, an der Stelle, von wo aus der Pfad zu jenem Vorort am Rande von St. Petersburg führte, wo sie seit einigen Monaten lebte. Sie wandte den grauen Betonhäusern am liebsten den Rücken zu, denn die gefielen ihr überhaupt nicht. Kurz nachdem sie dort eingezogen waren, hatte sie sich einmal verlaufen und war stundenlang umhergeirrt, bevor sie nach Hause gefunden hatte. Danach hatte sie gelernt, sich an einem Zeichen neben der Eingangstür zu orientieren. Dort, wo der Putz abgebröckelt war, sah die Mauer aus wie ein Hundekopf – das war das richtige Haus.

„He, du!"

Jurijs Stimme klang schroff.

Die anderen Stimmen verstummten. Die ganze Clique drehte sich zu ihr um.

Sie kannte jeden von ihnen vom Sehen, entweder von der Schule oder vom Hof, der zwischen den Häusern lag. Ein paar von ihnen gingen in dieselbe Klasse wie sie, doch die meisten waren älter, siebzehn ungefähr, wie Jurij.

Sie waren alle untereinander befreundet, besuchten sich gegenseitig, vertrauten einander Geheimnisse an, verabredeten sich, unterhielten sich über Hausaufgaben, Sport und Musik.

Nadja hatte keine Freunde. Wer wollte schon eine, die immer wieder umzog, als Freundin haben.

Die Aufmerksamkeit der anderen überraschte sie. Bisher hatte kein Mensch sich für sie interessiert, obwohl sie fast jeden Nachmittag hier gestanden hatte. Jedenfalls immer dann, wenn Sergej zu Hause war. Da blieb sie der Wohnung fern, bis sie sah, dass ihre Mutter aus dem Stadtzentrum angeradelt kam. Sergej starrte sie immer so komisch an, schien sie fast mit Blicken zu verschlingen.

Zum Glück war er oft irgendwo in Europa auf Reisen. Jedes Mal, wenn er sich verabschiedete, hoffte sie, dass er nicht zurückkommen würde. Doch das tat er immer.

„Spionierst du hinter uns her?"

Jurij trat ein paar Schritte auf sie zu. Nadja schien sich in seinem Gehirn festgehakt zu haben.

„Bist du taub, oder was?"

Jurijs Stimme spiegelte seine zunehmende Gereiztheit. Besser, sie sagte irgendwas.

„Was ist denn?"

Nadja funkelte ihn an.

Nur nicht den Blick abwenden oder Angst zeigen.

„Was treibst du hier eigentlich?"

„Ich warte."

„Worauf? Hängst ja immer bloß hier rum."

Nicht immer. Nur, wenn Sergej zu Hause war.

„Auf jemand."

Sie wollte nicht verraten, dass sie auf ihre Mutter wartete. Vor allem seit jenem Tag nicht, als ihre Mutter unter der Brücke angeradelt gekommen war und die ganze Clique über das Quietschen ihrer Pedale gelacht hatte. Sie hatte den wiehernden Jugendlichen mit der Faust gedroht. Aber Nadja hatte sich hinterm Gebüsch versteckt, damit ihre Mutter sie nicht entdeckte und ihr zuwinkte.

„Auf einen Kerl jedenfalls nicht – mit so einer hässlichen Visage!"

Die Clique lachte.

Nadja fühlte sich getroffen, obwohl sie wusste, dass es nicht stimmte. Sie hatte einen Spiegel, konnte sich mit anderen vergleichen.

Sie war hübsch.

Das sagte Sergej auch. Er wollte ihr im Ausland einen Job besorgen. In Deutschland. Blonde, zierliche Mädchen wie sie konnten dort jede Menge Kohle machen, hatte er behauptet.

Aber ihre Mutter hatte Nein gesagt und dann hatte es Streit gegeben.

Eigentlich hätte Nadja nichts dagegen gehabt. Viel Geld verdienen, das klang nicht schlecht. Sie wusste nicht genau, was für einen Job er meinte, vermutete aber, Kellnerin, so wie ihre Mutter. Und das würde sie schon schaffen. Aber wenn sie sich daran erinnerte, wie sehr ihre Mutter damals ausgerastet war, musste irgendwas an seinem Vorschlag doch faul gewesen sein.

Der Machtkampf zwischen Nadja und Jurij begann die anderen Jungs zu langweilen. Einer von ihnen holte sich von der gegenüberliegenden Seite der Fußgängerbrücke einen Steinbrocken und lehnte sich mitten auf der Brücke damit übers Geländer. Auf der Straße, die unter der Brücke hindurchführte, herrschte reger Feierabendverkehr. Die Autos fuhren mit wenigen Metern Abstand in dichten Kolonnen hintereinanderher.

Plötzlich ließ der Junge den Stein fallen. Ein Lada mit rostgesprenkelter gelber Karosserie war soeben hindurchgefahren. Ein hellblauer Lieferwagen folgte ihm. Der Stein fiel zwischen die beiden Autos, hüpfte ein paar Mal auf den Straßenrand zu und blieb dort liegen. Der Fahrer machte eine Vollbremsung, begleitet von wütendem Hupen.

Die Clique wartete ab, jederzeit fluchtbereit, doch der Lieferwagen fuhr weiter. Für ein schnelles Wendemanöver war der Verkehr zu dicht. Womöglich wirft er einen neuen Stein, wenn Mama angeradelt kommt!, dachte Nadja erschrocken.

Sie warf einen Blick auf die Uhr, die Sergej ihr geschenkt hatte. Das Armband war aus weichem Leder und das Zifferblatt schimmerte golden. Sie wusste nicht, ob es echt war. Vielleicht. Sergej verdiente gut. Ihrer Mutter hatte er ein goldenes Halsband und Perlohrringe geschenkt und Nadja hatte ein Handy bekommen, das die Klassenkameraden vor Neid erblassen ließ.

Noch eine Viertelstunde. Die Clique würde nicht mehr hier stehen, wenn ihre Mutter käme. Sie wusste, dass sie sich abends wieder trafen, doch um diese Zeit verließ Nadja das Haus nicht mehr. Im Schutz der Dunkelheit passierte zu viel. Morgens waren ringsum die Spuren zu sehen. Ausgebrannte Autowracks, Erbrochenes und Blut.

Jurij gab nicht auf.

„Komm her!"

Nadja musste sich zwischen den beiden einzigen Alternativen entscheiden. Fliehen oder gehorchen.

Jurij war stärker als sie. Er würde sie einholen.

Mit einer einzigen Handbewegung traf er für sie die Wahl. Er zog das rechte Hosenbein ein Stück weit hoch. Ein Stilett, von einem Gummiband oberhalb des Knöchels festgehalten, blitzte kurz auf, bevor der Stoff die Waffe wieder verbarg.

Das genügte. Aber sie schlenderte übertrieben langsam auf ihn zu, um deutlich zu machen, dass sie aus freiem Willen kam und nicht auf seinen Befehl hin.

Oder weil sie Angst hatte.

Denn das hatte sie.

Erst mitten auf der Brücke sah sie ihren Fehler ein. Die Clique hatte sie innerhalb eines Augenblick umringt.

„Schmeiß sie runter!"

Der Vorschlag kam von einem kurz geschorenen, dünnen Jungen. Die anderen lachten roh und laut.

Jurij verzog nicht einmal den Mund.

Nadjas Beine zitterten, aber sie verzog keine Miene. Jurij schien ihre coole Haltung zu schätzen. Er nickte langsam, während er sie beobachtete. Dabei legte er den Kopf schief, sodass ihm die dunklen, schräg geschnittenen Stirnfransen über die Augen fielen.

„Du kennst Sergej, stimmt's?"

Sie nickte. Sergejs schicker Wagen, sein Schmuck und seine Klamotten, das imponierte vielen hier. Ihn zu kennen war nicht verkehrt.

„Willst du mit uns zusammen sein?"

Sie zuckte die Schultern.

Als ob sie eine Wahl hätte.

„Dann musst du vorher was machen."

Jurij wandte sich um und nickte einem der Jungs kaum merkbar zu. Dieser lief davon und kam dann mit einem großen runden Stein zurück, den er Nadja mit beiden Händen reichte.

Sie schwankte und hätte den Stein fast auf die Zehen fallen lassen. Es gelang ihr, den Brocken fester in den Griff zu bekommen. Verstohlen schielte sie auf die Uhr. Noch zehn Minuten, bis Mama kam.

Jurij sagte nichts, aber ihr war klar, was von ihr erwartet wurde. Sie rückte näher an das eiserne Geländer und lehnte sich mit ihrer Last daran. Als sie sich mit dem schweren Stein in den Händen vornüberbeugte, zog sich ihr Magen zusammen.

Die Clique baute sich in einem Halbkreis hinter ihr auf.

„Erst wenn ich Bescheid sage", befahl Jurij.

Nadjas Mund war staubtrocken. Sie murmelte ein kaum hörbares Ja.

Die Autos fuhren reihenweise unter ihnen durch. Vor allem Personenwagen, aber auch Lieferwagen und Lastwagen mit leeren Ladeflächen.

Nadja schielte zu Jurij rüber. Er behielt die Fahrzeuge im Auge, die aus dem Stadtzentrum kamen. Aus Angst, seinen Befehl zu verpassen, wagte sie nicht, sich umzudrehen.

Sie musste den Stein direkt hinter dem Auto fallen lassen, um es nicht zu treffen, das war ihr klar. Und schnell genug, bevor das nächste Auto angefahren kam.

Im selben Takt, wie der Abstand zwischen den Autos schrumpfte, nahm das Risiko für einen Treffer zu. Dennoch blieb sie stehen und wartete angespannt auf den Befehl.

Ihre Hände waren schweißnass und glitschig. Wenn der Stein jetzt zu früh aus ihrem Griff rutschte! Oder wenn ihre Mutter käme und sie entdeckte!

Sie blickte auf die lange Reihe von Fahrzeugen, um sich zu vergewissern, dass ihre Mutter nicht schon unterwegs war.

Aus dem Augenwinkel nahm sie ganz kurz einen nagelneuen goldfarbenen Stadtjeep wahr. Ein Chevrolet, wie sie wusste, weil sie erst vor ein paar Tagen einen ähnlichen gesehen hatte. Ein Schwede, den Sergej Svenne nannte, hatte Sergej damit nach Hause gefahren. Der Wagen war in den Hof hereingeglitten, als Nadja und ihre Mutter dort Teppiche geklopft hatten.

„Jetzt!"

Das Kommando punktierte Nadjas Gedankenblase.

Sie blickte nach unten. Ein Lastwagen mit Kies und Steinen auf der Ladefläche rollte unter der Brücke hervor. Das perfekte Ziel.

Da hätte sie den Stein loslassen sollen.

„Verdammt!"

Erst als sie Jurijs Fluch hörte, tat sie es.

Sie konnte gerade noch die goldfarbene Motorhaube des Chevrolets sehen und die Umrisse zweier Personen.

Dann kam das Klirren, als die Windschutzscheibe in tausend Splitter zerbarst.

Die Bremsen kreischten ohrenbetäubend. Das Auto schoss wie eine verirrte Rakete direkt auf den schweren Lastwagen zu, prallte dagegen, überschlug sich und landete im Graben, wo es das hohe Gras durchpflügte, geradewegs auf einen Lichtmast zu. Mit fürchterlichem Knirschen spaltete der Mast die glänzende Motorhaube, durchschnitt sie wie ein Messer ein Stück Butter.

Die Luft explodierte in einer Kakofonie aus Hupen und quietschenden Reifen, während die Fahrer wild darum kämpften, ihre schlitternden Fahrzeuge unter Kontrolle zu bekommen.

Nadja starrte das Autowrack an. Ihr Magen verkrampfte sich. Am Heck sah sie das weiße ovale Kennzeichen.

S.

Wie in Svenne.

Niemand stieg aus.

Einen solchen Unfall konnte kein Mensch überleben. Das war ihr klar. Erstaunlich, dass ihr Gehirn immer noch funktionierte. Ihr Körper war gelähmt. Und eiskalt.

„Was zum Teufel hast du getan!"

Jurij spuckte die Worte heraus.

Die Clique hinter Nadja hatte sich bereits aufgelöst und stob voller Panik in alle Richtungen davon.

Es handelte sich nur um ein paar wenige Sekunden. Doch die waren lang wie Jahre.

„Hau ab!"

Jurijs Befehl durchdrang Nadjas Panzer.

Die Lähmung ließ nach. Sie drehte sich um und floh zurück zu den grauen Betonhäusern, während die Übelkeit wie heiße Lava in ihr aufstieg.

Was habe ich getan!

Sie konnte nicht ruhig abwarten, bis der Aufzug kam, sondern hetzte, zwei Stufen auf einmal, in den vierten Stock hinauf.

Sergej trat ihr im Eingangsflur entgegen, als sie keuchend und schweißgebadet in die Wohnung gestürzt kam.

„Wie siehst du denn aus?!"

Er spähte hinter ihren Rücken, als würde sie jemanden hinter sich verstecken.

„Hast du deine Mutter nicht mitgebracht?"

„Ma...ma?"

„Sie müsste schon hier sein. Svenne wollte sie mit dem Auto heimbringen."

Die Zeit erstarrte. Nichts würde jemals schlimmer werden als dieser schlimmste Moment in Nadjas vierzehnjährigem Leben.

MONTAG

Ich träumte von Alexander.

Mein rosig schimmerndes Glück wurde durch einen übel riechenden Atemhauch zerstört. Ich hob die Hand, um mich gegen die nasse Zunge auf meinen Lippen und Wangen zu wehren.

Mensch, Alex!

Im selben Moment wachte ich auf.

Zwei warme braune Augen schwebten eine Schnauzenlänge über mir, während die Wand von rhythmischem Schwanzklopfen gepeitscht wurde. Im Freudentaumel warf Wuff sich rücklings aufs Bett, streckte die Pfoten in die Luft und rieb sich mit dem Rücken am Leintuch.

Schnell glitt ich noch einmal in den romantischen Traum zurück. Ich wollte ihn noch nicht loslassen. Aber mittlerweile brauchte ich von Alexander nicht mehr nur zu träumen. Seit der Abschlussfeier war er zu einem genauso selbstverständlichen Teil meines Lebens geworden wie meine Eltern, meine Freundin Jo und der sich windende Dalmatiner neben mir.

Das Handy auf dem Nachttisch gab scharfes Hundegebell von sich. Wuff hatte sich inzwischen an das neue Klingelzeichen gewöhnt. Vorher war sie jedes Mal wie verrückt durchs Haus gerast, wenn jemand mich anrief, inzwischen hob sie nur träge die Ohren an.

„Alex" leuchtete es mir vom Display entgegen.

Als hätte er geahnt, dass ich an ihn dachte.

„Bist du wach, Svea?", fragte er mit weicher Stimme, die so gar nicht an den scharfen Befehlston während der Hallenhockeyspiele erinnerte.

Seine neue Svea-Stimme gefiel mir sehr.

„Jetzt bin ich es."

„Hab ich dich geweckt?"

„An und für sich schon."

Ich verriet nicht, was ich geträumt hatte.

„Aha? – Ich hab eine gute und eine schlechte Nachricht", fuhr er fort, als ich nichts sagte. „Welche willst du zuerst hören?"

„Die schlechte."

„Das Volleyballcamp ist schon voll."

„Das darf doch nicht wahr sein!"

„Doch, wir haben uns zu spät angemeldet. Willst du jetzt die gute hören?"

Ich versuchte meine Enttäuschung zu schlucken. Ich hatte vorgehabt, die Sommerferien meinem Lieblingshobby zu widmen: dem Sport. Und Alexander.

„Mhm", murmelte ich.

„Meine Oma ist von einer Leiter gefallen. Sie hat eine Gehirnerschütterung und ein Bein ist gebrochen."

„Supergute Nachricht!", sagte ich und ließ die Ironie von jeder einzelnen Silbe triefen.

Er lachte.

„Also, inzwischen ist sie schon eine Weile im Krankenhaus und jetzt darf sie nach Hause."

„Wie ... schön", bemerkte ich matt.

Irgendwie begriff ich nicht so ganz, wie das ein verpasstes Volleyballcamp kompensieren sollte.

Dann ging es mir auf.

Er würde zu seiner Oma fahren!

Und wie toll war das?! Jo war bei den Eltern ihres Vaters in Louisiana. Und meine Eltern hatten erst im Spätsommer Urlaub.

Ich stieß einen stummen Seufzer aus. Nur zu, fahr ruhig. Ich hocke gern den ganzen Juli daheim und surfe im Netz vor mich hin. Alles bestens, ich beklage mich nicht.

Seine Stimme drängte sich durch mein Selbstmitleid.

„Jetzt kommt das Gute daran. Sie braucht Hilfe. Aber ihre Schwester kann erst in ungefähr einer Woche einspringen. Darum müssen wir morgen um die Mittagszeit dort sein."

„Du und deine Mutter?"
„Du und ich."
„Was?"
„Hast du keine Lust?"
Die weiche Stimme bebte beunruhigt.
Machte er Witze?
„Zu deiner *Oma*?"
„Sie ist eine echte Großmutter und kein verkleideter Wolf."
Ich lachte verlegen.
„Wo wohnt sie denn?"
„In Trosa. Da können wir im Meer schwimmen!"
„Hab gedacht, du willst ihr helfen?"
„Wir! Aber nicht den ganzen Tag."
„Und was müssen *wir* denn tun?"
„Einkaufen, putzen und Rasen mähen. Und kochen."
„Hoffentlich mag sie gekochte Eier und Makkaroni."
„Ist doch okay."
„Nicht jeden Tag. Aber mehr kann ich nicht."
„Das kriegen wir schon hin. Willst du also mitkommen?"
Ich überlegte. Trotz Putzen und Rasenmähen klang es verlockend. Alexander würde auf jeden Fall zu seiner Oma fahren. Und ich würde mit Wuff allein zurückbleiben.
Wuff!
„Und Wuff?"
„Sie mag Hunde. Na?"
„Klingt gut."
„*Yes!* Ich ruf sie gleich an."
„Muss aber erst noch mit meinen Eltern darüber sprechen."
„Tu das gleich. Deine Mutter ist ja da."
„Hmm ..."
Mama schätzt es gar nicht, bei der Arbeit gestört zu werden. Doch das sagte ich nicht. Dann hätte Alexander glauben können, ich hätte keine Lust mitzukommen.
„Was ist?"

„Nichts. Ich melde mich."

Ich stand auf und blieb stehen, als ich mein Spiegelbild an der Wand sah. Eine dünne, drahtige Blondine, deren zerzauste Haarspitzen wild vom Kopf abstanden. Im Frühsommer hatte ich mir meine langen Haare schneiden lassen müssen, weil ein durchgeknallter Typ mich fast ertränkt hätte.

Fast ein Jahr lang war mein Leben ein einziges Chaos gewesen. Es war einfach zu viel passiert. Ich sehnte mich danach, eine ganz normale Vierzehnjährige sein zu dürfen.

Warum nicht in Trosa? Zwar erwartete uns dort eine Art Job, doch den würde ich bestimmt verkraften.

„Alex und ich."

Das klang cool.

„Ich und Alex."

Extrem cool.

Ich schlüpfte in Shorts und Shirt und verschwand kurz ins Bad, bevor ich das Obergeschoss verließ.

Als ich an Mamas Ateliertür klopfte, fühlte ich mich ziemlich angespannt. Ein Nein würde ich nicht akzeptieren.

„Mhm", murmelte Mamas Stimme hinter der Tür.

Ich öffnete und trat ein.

Mamas Atelier ist der größte Raum im Haus, annähernd sechs Meter hoch und mit weiß gestrichenen Wänden. Durch das große Giebelfenster strömte Licht herein. Ich wurde fast geblendet und sah meine Mutter wie eine Silhouette vor einem großen Gemälde stehen.

„Arbeitest du gerade?"

„Mhm. Ist es was Wichtiges?"

Obwohl sie mitten in der Arbeit steckte, war sie sich ihrer Pflicht als Mutter bewusst. Sie weiß, dass ich sie nie unnötig stören würde.

Das Bild vor ihr war mindestens zwei Meter hoch. Zwei Göttinnen waren darauf zu sehen, mit einem schönen jungen Mann in ihrer Mitte. Mamas Spezialität ist, alles in Blau-Weiß zu malen, doch diesmal war ihr was Neues eingefallen. Die Göttinnen waren weiß und der Typ blau.

„Stark", sagte ich.

Mama nickte zufrieden.

„Weißt du, wer die sind?"

„Aphrodite vielleicht?"

„Dass du deine Namenspatronin erkennst, ist klar. Und die anderen?"

„Null Ahnung."

„Hast du nicht vor einiger Zeit eine Gruppenarbeit über die griechischen Götter gemacht?"

„Doch, aber es gibt ja so viele von denen ..."

Sie erbarmte sich meiner.

„Die zweite Frau ist Persephone, die Göttin des Totenreiches. Und der junge Mann ist Adonis. Die beiden Göttinnen konnten sich nicht einigen, wer ihn bekommen sollte, also hat Zeus bestimmt, dass er die eine Hälfte des Jahres bei der einen und die zweite Hälfte bei der anderen verbringen muss. Apropos Adonis, sonst bist du doch um diese Tageszeit immer mit Alexander und Wuff unterwegs?"

„Schon, aber ..."

„Ihr habt doch hoffentlich nicht Schluss gemacht?"

Mama mag Alexander. Sie sah mich streng an, als hätte ich etwas Dummes gemacht, wie damals, als ich die halbe Torte verputzt hatte, die sie für eine Einladung mit ihren Freundinnen gebacken hatte.

„Nein! Im Gegenteil, oder, also, ich meine ... Alexander hat mich gebeten, ihn zu seiner Oma zu begleiten. Wir sollen ihr beim Kochen und Putzen helfen und den Rasen mähen."

Mamas Mundwinkel zuckten.

„Du und putzen? Und kochen!"

Ehrlich gesagt kommt es nicht allzu oft vor, dass ich im Haushalt mithelfe. Aber daran ist Mama selbst schuld. Sie sagt immer, das Wichtigste sind die Hausaufgaben, und solange ich die pünktlich mache, brauche ich nicht viel im Haushalt zu tun. Wahrscheinlich bin ich deshalb ziemlich gut in der Schule. Wenn man schon die Wahl hat zwischen Pest und Cholera ...

„Man soll seine Kinder ermutigen", grummelte ich.

„Tut mir leid, aber wenn seine Oma dein Zimmer sehen könnte, würde sie dich nicht um Hilfe bitten. Ist sie denn krank, oder was?"

„Sie hat einen Gips am Bein."

„Dann handelt es sich nicht bloß um heute?"

„Nein, sie wohnt in Trosa."

„In Trosa! Wie lange habt ihr vor zu bleiben?"

„Eine Woche ungefähr."

Sie musterte mich nachdenklich.

„Aha. Das heißt, ihr übernachtet dort."

„Ja-a. Und?"

„Jeder kriegt doch hoffentlich ein Zimmer für sich? Du und Alexander, meine ich."

„Mama!"

„Schon gut, schon gut. Aber ihr seid doch so jung ..."

„Mama!"

„Ich muss doch wenigstens ..."

„Darf ich fahren?", unterbrach ich sie abrupt.

Sie betrachtete mich mit ihrer bekümmerten Muttermiene, die sie älter aussehen ließ als ihre vierzig Jahre. Doch dann glätteten sich ihre Runzeln. Aus ihrem erleichterten Gesichtsausdruck schloss ich, dass sie sich dafür entschieden hatte, mir zu vertrauen.

Aber plötzlich tauchte eine neue Falte auf ihrer Stirn auf.

„Und Wuff?"

„Die kommt mit."

Sie nickte und lächelte.

„Na dann, nur zu, mein Schatz."

Ich fiel ihr spontan um den Hals, bevor ich aus ihrem Atelier lief und die Treppe zwei Stufen auf einmal nach oben stürmte, um Alexander anzurufen.

*

Nadja wachte auf, weil jemand schluchzte.

Was war das?

Gleich darauf begriff sie, dass sie sich selbst gehört hatte.

Warum ...?

Im selben Augenblick explodierte der Gedanke in ihrem Kopf: Ich habe Mama getötet!

Nach stundenlangem Schluchzen war ihr Hals rau. Aber die abgrundtiefe Trauer hatte sich nicht mit Tränen wegspülen lassen.

Ein paar Mal war sie aus purer Erschöpfung eingeschlafen, doch jetzt bohrten sich ihr die Gedanken ins Hirn und quälten sie so sehr, dass sie meinte, sterben zu müssen.

Das wäre sowieso das Beste.

Wer seine eigene Mutter tötet, muss ein Monster sein.

Jurij hatte angerufen und alles erzählt. Sergej hatte gebrüllt und geflucht und sie zu einem Geständnis gezwungen. Aber die Polizei hatte er nicht verständigt.

Sie hatten sich in die Küche gesetzt und gewartet.

Erst nach einer Stunde hatte das Telefon wieder geklingelt. Die längste Stunde in Nadjas Leben.

Sergej war ins Wohnzimmer gegangen und hatte die Tür hinter sich geschlossen. Nach ein paar Minuten war er zurückgekommen und hatte gesagt, das Krankenhaus habe angerufen. Ihre Mutter sei tot.

Zu diesem Zeitpunkt war Nadja bereits in einer Blase aus Gefühllosigkeit eingeschlossen.

Sergej hatte sie schütteln müssen, um sie in die Wirklichkeit zurückzuholen.

Schließlich hatte sie ihm den Blick zugewandt und begriffen, was die Worte bedeuteten, die aus seinem Mund strömten. Er wolle ihr helfen zu fliehen. Das sei er ihrer Mutter schuldig. Doch dafür müsse sie alles tun, was er ihr sagte.

Nadja begriff nicht, warum er sie, die Mörderin ihrer eigenen Mutter, entkommen lassen wollte, sah aber gleichzeitig ein, dass sie ihre Strafe bereits erhalten hatte.

Sie würde nie von ihrer Schuld befreit werden.

Sergej hatte ihr etwas Starkes zu trinken und ein paar Tabletten gegeben. Danach saß sie am Küchentisch und heulte laut vor Kummer, bis der Schwindel wie eine Welle über ihr zusammenschlug.

Ab da erinnerte sie sich an nichts mehr.

Wo war sie jetzt?

Sie wollte sich die Tränen abwischen und stieß dabei mit den Knöcheln an etwas Hartes. Der Schmerz brachte sie kurz auf andere Gedanken.

Blinzelnd versuchte sie mit brennenden Augen etwas zu erkennen. Die Dunkelheit ringsum war kompakt. Nirgends ein Streifen Licht.

Ihre Mutter hatte erzählt, damals, als Nadjas Vater starb, hätte sie sich fast die Augen aus dem Kopf geweint.

Habe ich das jetzt auch getan?

Konnte man tatsächlich über Nacht das Augenlicht verlieren?

Dumpfes Motorengeräusch dröhnte ihr in den Ohren. Es klang wie Sergejs Fernlaster.

Die Unterlage unter ihrem Rücken war hart. Sie tastete mit den Händen über groben Stoff.

Als sie sich aufzurichten versuchte, stieß sie den Kopf an und schrie vor Überraschung und Schmerz laut auf. Sie machte einen erneuten Versuch und streckte langsam die Hände nach oben. Eine Handbreit über ihrem Kopf befand sich eine Art rauer Decke. Ihre Fingerspitzen glitten über Nagelköpfe.

Au!

Etwas stach ihr in den Finger.

Ein Holzsplitter?

Ringsum war es eng, die stickige Luft roch fast betäubend stark nach frischem Holz.

Plötzlich ging ihr auf, wo sie sich befand.

Sie lag in einer Holzkiste! In so einer war ihr Vater beerdigt worden.

Großvater hatte sie aus ungehobelten Brettern zusammengenagelt und Großmutter hatte aus einem weißen Leintuch eine Hülle dafür genäht, damit sie sich vor den Beerdigungsgästen nicht für den schlichten Sarg zu schämen brauchten.

In Särge legte man tote Körper. Sie wurden in Gruben gesenkt und mit Erde bedeckt, um danach von Würmern, Käfern und allerlei Getier heimgesucht zu werden, bis nur noch Knochen übrig blieben.

Ein heißer Klumpen in ihrem Magen schwoll an, bis Panik ihr die Brust zusammenpresste. Sie hämmerte mit den Fäusten an die Bretter, trat mit den Füßen dagegen, schrie, brüllte.

Nichts geschah.

Aus ihren Armen und Beinen verschwand jegliche Kraft. Ermattet sank sie zusammen.

Dies war die Strafe.

Die Tabletten, die Sergej ihr gegeben hatte, waren bestimmt giftig gewesen. Sicher hätte sie schon tot sein sollen.

Und jetzt war der Sarg irgendwohin unterwegs, wo man sie begraben würde.

Lebendig.

Sie kniff fest die Augen zu. Hoffentlich würde sie sterben, bevor die Würmer an ihr zu nagen begannen.

DIENSTAG

Als es an der Tür klingelte, packte ich gerade „überlebenswichtige Utensilien" ein, wie z. B. Nagelfeile, Lipgloss und Fusselbürste. Wuff bellte ohrenbetäubend, als wir um die Wette nach unten rasten.

Mama kam uns zuvor.

„Hallo! Und herzlich willkommen!"

Alexander stand mit seiner Mutter vor der Haustür.

Keiner der Jungs in unserer Klasse sieht so gut aus wie Alexander. Er ist hochgewachsen, seine Augen sind dunkelgrün wie Moos und jetzt gerade glänzte sein kupferrotes Haar in der Sonne.

Wir gaben uns ein High five. Schließlich standen Mütter daneben. Sonst hätte ich ihn umarmt.

Seine Mutter Lena war voll gestylt, weißes T-Shirt und weiße Shorts, diskretes Make-up.

Mama trug ein fleckiges kurzärmliges Hemd über den Shorts. Ihr Gesicht und ihre Haare waren mit blauer Farbe verschmiert. Auch ihre Hand, die sie zum Gruß hinhielt, war blau gefleckt.

Die blaue Farbe war getrocknet, doch das wusste Lena nicht. Ihre Gedanken zu lesen, fiel nicht schwer.

Wenn ich ihr die Hand gebe, wird meine Hand blau.

Ich sah ihre Unentschlossenheit.

Wuff rettete die Situation, aber auf ihre Art.

Normalerweise stürzt sie sich nicht auf Leute, die sie nicht kennt. Aber jemanden zu begrüßen, mit dem wir uns unterhalten, das ist für sie okay. Und in solchen Fällen geizt sie auch nicht mit Zärtlichkeiten.

Innerhalb von zwei Sekunden stand sie, lebhaft schwanzwedelnd, vor Alexander und wandte sich dann Lena zu.

Ich ahnte die Katastrophe, holte tief Luft und brüllte.

„Spring ..."

Wuff sprang.

„... nicht!"

Lena wäre fast umgekippt.

„Hoppla", sagte sie.

„Tut mir leid, unser Hund ist nicht besonders wohlerzogen", murmelte Mama.

Axel grinste.

„Oh doch. Svea hat ihr doch gesagt, sie soll springen."

Ich nickte düster.

„Nächstes Mal fange ich mit *nicht* an!"

Jedenfalls sah Lena erleichtert aus. Sie stand immer noch aufrecht und außerdem war ihr erspart geblieben, Mama die Hand zu geben.

Die Mütter unterhielten sich übers Wetter, während Alexander und ich mein Gepäck aus meinem Zimmer holten.

„Super, dass du mitkommen willst", sagte er.

Er stand so nah, dass ich ihn hätte berühren können. Doch das traute ich mich nicht. Dazu war es noch zu neu.

Alex und ich.

Ich und Alex.

Er lächelte leicht unsicher, hob die Hand und strich mir mit einem Finger federleicht über die Wange.

Ich spürte die Hitze in meinem Gesicht und wandte mich ab, um meine beiden Reisetaschen mit übertriebenem Interesse zu betrachten.

„Vielleicht sollten wir", sagte ich mit einer Kopfbewegung zur Tür hin.

„Mhm."

Jeder von uns griff sich eine Tasche und damit liefen wir hintereinander zu unseren Müttern hinunter.

Nach hundertelf „Vergiss nicht" und „Versprich mir" fuhr Mama mir durchs Haar und schloss mich fest in die Arme. Ich fand es peinlich, so verabschiedet zu werden, als würde ich ein Jahr wegbleiben, und befreite mich schnellstens aus ihrer Umarmung.

Wir stiegen in Lenas silbergrauen Volvo XC90. Alexander nahm vorne Platz und ich setzte mich mit Wuff hinter ihn.

Mama stand winkend in der Türöffnung, als das Auto davonfuhr.

Alexander und ich hätten genauso gut den Bus nehmen können, aber Lena musste ihr Gewissen beruhigen und wenigstens einen kurzen Besuch bei ihrer Mutter machen. Eigentlich hätte sie ja an unserer Stelle einrücken müssen, aber in ihrer Firma gab es gerade so *unglaublich* viel zu tun. Sie tat so, als wäre sie die Einzige, die arbeitete, während alle anderen Urlaub machten.

„Geht schon klar, Mama."

Genau das hatte sie wahrscheinlich hören wollen. Sie lächelte erleichtert.

Alexander machte das Radio an.

„Warum hast du das Navi nicht eingeschaltet?", fragte er, während er zwischen den Sendern herumsuchte.

„Ich werde doch noch ohne ein Navigationsgerät zu meiner Mutter nach Hause finden!"

Hier bestand eindeutig die Gefahr, dass sie anfangen könnten, aneinander herumzumeckern. Wenn es meine Mutter gewesen wäre, hätte *ich* das zumindest getan.

„Übrigens, inzwischen benutzen sogar Drogenhändler schon Navis", sagte ich, um sie auf andere Gedanken zu bringen.

Alexander drehte sich halb zu mir um und sah mich amüsiert an. Er weiß, dass ich davon träume, später einmal zur Polizei zu gehen.

„Um ihre Kunden zu finden?"

Ich stöhnte, obwohl mir klar war, dass das ein Scherz sein sollte.

„Damit ihre Kunden die Drogen finden."

„Wie denn?", wollte Lena wissen.

„Also, das geht so: der Verkäufer versteckt die Drogen im Wald, und sobald der Käufer bezahlt hat, erhält er die Koordinaten des Verstecks. Die beiden brauchen sich nie zu begegnen und können einander daher auch nicht verpfeifen, wenn einer von ihnen erwischt wird."

„Und wie haben sie es früher gemacht?", fragte Lena.

„Mit einer Landkarte. Aber da war es schwieriger, die genaue Stelle anzukreuzen, und darum mussten sie wahrscheinlich ziemlich lange graben."

„Heutzutage scheinen die Verbrecher ein leichtes Leben zu haben."

„Aber wenn Svea erst bei der Polizei ist, dann nicht mehr", sagte Alexander.

Als er endlich einen guten Sender gefunden hatte, sangen wir zu dritt laut mit.

Wuff wand sich unruhig in ihrem Sicherheitsgurt neben mir, doch schließlich gelang es ihr, sich mit dem Kopf in meinem Schoß auszustrecken.

Die Schnellstraße führte durch sonnige Wälder und Felder in Richtung Süden. Hin und wieder tauchten ein See oder ein Hof auf und zogen unsere Blicke auf sich. Manchmal auch dalmatinergesprenkelte Kühe, die auf den Wiesen weideten.

Ich fröstelte, die Klimaanlage lief auf Hochtouren.

„Frierst du?", fragte Alexander, als hätte er Augen im Hinterkopf.

Er drückte auf irgendeine Taste und gleich darauf wurde die Temperatur sehr viel angenehmer.

Der Verkehr lief reibungslos. Nicht allzu viele Personenwagen waren in unsere Richtung unterwegs, dafür aber umso mehr Fernlaster und Wohnwagen.

Als wir zur Küste abbogen, veränderte sich die Landschaft. Äcker und Höfe mit Viehweiden lösten einander ab, dann wurde die Gegend dichter besiedelt und wir fuhren an Villen in lauschigen Gärten vorbei, deren Rasenflächen gelbgrün aussahen. Es hatte seit Wochen nicht geregnet und der Boden war völlig ausgetrocknet.

Plötzlich zeigte Alexander auf ein grau gestrichenes Holzhaus.

„Das Haus da war früher weiß", behauptete er.

„Dort drüben die Hecke, die ist aber gewachsen!", stellte Lena kurz darauf fest. „Man erkennt das Haus dahinter ja kaum noch."

Alexander und seine Mutter kannten den Weg auswendig. Je näher wir kamen, desto mehr fühlte ich mich vom Gespräch ausgeschlossen. Aber ist ja klar, jede Familie hat ihre gemeinsamen Erinnerungen, die Außenstehende nicht ohne Weiteres mit ihr teilen können. Mama und ich hätten uns genauso unterhalten, wenn wir zu *meiner* Oma unterwegs gewesen wären.

Ich begnügte mich damit, die sommerlichen Bilder zu genießen, die am Fenster vorbeiglitten. Diese Woche würde super werden, das hatte ich im Gefühl.

Noch 5 Kilometer bis Trosa, teilte das Schild am Straßenrand mit.

„Sollen wir Oma vom Krankenhaus abholen?", fragte Alexander.

„Nein, sie hat heute Morgen ein Taxi nach Hause genommen."

„Warum hat sie nicht auf uns gewartet?"

Alexanders Mutter zuckte die Schultern.

„Du kennst sie ja."

„Mhm." Alexander lachte.

Ziemlich dickköpfig, vermutete ich.

Etwas weiter hinten breitete sich der Ort aus. Kurz nahm ich eine Reihe geduckter Holzhäuser und dahinter das glitzernde Meer wahr, bevor wir die Schnellstraße verließen. Wir fuhren weiter und überquerten eine Brücke mit grün gestrichenem Geländer, unter der ein Flüsschen träge dahinströmte. Kurz sah ich noch ein rotes Holzgebäude und einen Damm, bevor ein lautes Aufstöhnen von Lena mich zusammenzucken ließ.

„Das darf doch nicht wahr sein!"

Rechts von uns erhob sich eine zwei Meter hohe Mauer, gekrönt von einzementierten scharfen Glasscherben, die in den Himmel ragten.

„Das sieht ja aus wie ein Gefängnis!"

Kaum hatte sie diesen Satz beendet, als zwei um ihr Revier kämpfende Amseln wie wütende Kampfflieger durch die Luft geschossen kamen. Die dunklen Leiber sausten auf und ab, bis der eine im Sturzflug nach unten zischte.

„Nein!!"

Alexander und ich schrien gleichzeitig auf.

Vergebens. Der Vogel krachte direkt in die scharfen Glasscherben.

Lena machte eine Vollbremsung.

„Herrje, habt ihr mich erschreckt!"

„Da war ein Vogel …"

Alexander beendete den Satz nicht. Lena folgte seinem Blick zu den blutigen Streifen, die an dem weißen Putz herabsickerten.

Sie schüttelte den Kopf und schaltete den Motor aus.

„Die Tannenhecke hat mir besser gefallen."

Wir waren angekommen. Ein hohes Eisentor türmte sich vor uns auf, genauso furchteinflößend wie die Mauer. Das schwarze Gitter endete oben in spitzen Stacheln.

Lena stieg mit besorgter Miene aus. Alexander, Wuff und ich folgten hinterher.

Während Wuff mit peitschendem Schwanz umherrannte, versuchte ich zu begreifen, warum wir vor diesem prunkvollen Tor standen. Das hier hatte ich nicht unbedingt erwartet.

Was meine Blicke als Erstes auf sich zog, war ein weiter hinten liegendes blassgelbes Haus, das sehr herrschaftlich aussah und dessen reich verzierter Eingang von stattlichen Säulen flankiert wurde. Schnell hatte ich die Fenster im Obergeschoss gezählt – es waren neun. Das Untergeschoss mit dem angebauten ebenerdigen Flügel hatte noch mehr Fenster.

Die Kiesallee führte unter Baumkronen, die fast ineinanderwuchsen, zum Eingang hin. Hinter dem Haus ließen sich Wirtschaftsgebäude und Stallungen erahnen.

Der Garten erstreckte sich, so weit das Auge reichte, und erinnerte stark an einen Schlosspark. Ein Sprinkler versprühte mit zischendem Geräusch seine Tropfen über den Rasen und erzeugte dabei Regenbogen in der Luft. Ansonsten bewegte sich nirgends etwas. Der ganze Garten sah zugewuchert aus. Sogar ich stellte fest, dass es lange her sein musste, seit jemand in den Beeten Unkraut gejätet hatte.

Ich begann mein Versprechen zu bereuen. Wenn wir all diese zahllosen Zimmer putzen und außerdem noch den Rasen mähen sollten, blieb für Sonnenbäder und Schwimmen nicht mehr viel Zeit.

„Wohnt deine Oma etwa *hier*?"

Alexander brauchte mich nicht erst anzuschauen, um zu hören, wie verdattert ich klang.

„Mhm, aber ich hab nichts gesagt, weil ich Angst hatte, dann würdest du mich nur des Geldes wegen nehmen."

„Haha", sagte ich.

Er war todernst.

„Jetzt sag – ehrlich?"

Seine Mundwinkel zuckten, dann begann er zu grinsen.

„Das hier ist das Gutshaus. Wir wohnen dort drüben."

Er deutete auf eine Stelle links vom Tor.

Man musste ziemlich genau hinschauen, um es zu erkennen – ein weiß verputztes Haus mit rotem Ziegeldach. Es lag zwischen der Mauer und dem Tor eingeklemmt und hatte sich hinter üppigen Rhododendronsträuchern, Weinranken und blühenden Kletterrosen versteckt. Kein Wunder, dass ich es nicht gleich bemerkt hatte.

Lena stand vor dem dicken Torschloss und kratzte sich am Kopf.

„Oma hat nichts davon gesagt, dass es abgeschlossen sein würde."

„Ruf sie an", schlug Alexander vor.

„Nein, sie sitzt vielleicht ein Stück weit vom Telefon entfernt. Ich parke solange an der Straße."

Als Lena wieder ins Auto stieg, bückte ich mich und packte Wuff mit eisernem Griff am Hals. Sie trat unruhig auf der Stelle, als das Auto sich in Bewegung setzte, und galoppierte dann sofort darauf zu, als ich meinen Griff gelockert hatte.

Lena bückte sich und kraulte Wuff hinter den Ohren.

„Schon gut, schon gut. Aber eigentlich haben wir uns ja nur eine halbe Minute lang nicht gesehen."

Wir hoben unser Gepäck aus dem Kofferraum, dann schlug Lena den Deckel energisch zu.

Ich sah mich um und lauschte der Stille. Kein einziges Auto war vorbeigefahren, seit wir angekommen waren, kein Mensch weit und breit zu sehen. Nur Vogelgezwitscher war zu hören, in der Ferne brummte ein Rasenmäher. Ich konnte mir keinen besseren Ort vorstellen, um die quälenden Erinnerungen der letzten Monate zu begraben. Hier hätten sie endlich die Chance, zu verblassen und hoffentlich sogar ins Reich des Vergessens zu verschwinden.

„Wie still es ist", sagte ich.

„Hoffentlich ist es euch nicht *zu* ruhig", bemerkte Lena besorgt.

Alexander schüttelte rasch den Kopf und deutete mit dem Kopf auf mich. Er wusste, was ich durchgemacht hatte, wusste, was ich brauchte.

„Svea muss vor allem relaxen."

Lena murmelte irgendwas Verlegenes und zog einen Schlüssel aus der Tasche.

„Ist schon okay", sagte ich.

Die Stufen, die an die meeresblaue Haustür hinaufführten, wurden von großen Keramiktöpfen gesäumt, die von Blumen überquollen.

„Willkommen im Pförtnerhaus", sagte Lena.

*

Nadja trieb aus der Bewusstlosigkeit nach oben, genau wie damals im Meer, als sie mit den Eltern im Urlaub gewesen war. Damals, als alles noch gut war und ihr Vater lebte.

Und ihre Mutter.

Die Zunge klebte ihr am Gaumen. Und ihr schmerzender Kopf war schwer wie ein Stein.

Sie schlug die Augen auf, sah aber nur kompakte Dunkelheit. Ihre Augenlider fielen von alleine wieder zu, als wollten sie die Wahrheit von ihr fernhalten.

Aber sie wusste bereits, warum sie hier im Dunkeln lag.

Das war ihre Strafe.

Das Sterben schien allerdings sehr lange zu dauern.

Vielleicht war das Absicht. Damit sie reichlich Zeit hatte, ihre Tat zu bereuen. Damit es sie ordentlich quälte. Hier gab es nichts, was die Gedanken ablenken konnte. Die letzten Gedanken ihres Lebens.

Eigenartig, dass es noch Luft gab.

Ihre eine Wange wurde von einem kühlen Windhauch gestreift. Sie drehte den Kopf, zwinkerte in den Luftzug und entdeckte einen dünnen Streifen Licht.

Noch lag sie nicht bei den Würmern. Der Motorenlärm klang entfernter, aber sie hatte dennoch das Gefühl, in Bewegung zu sein. Die Kiste schaukelte leicht, wie auf einem Schiff.

Oder verlor sie allmählich den Verstand, nachdem sie so lange ohne Wasser und Nahrung gewesen war?

Sie versuchte zu schlucken, aber ihr Hals war rau wie Sandpapier. Ihr Körper fühlte sich schwer und fiebrig an, dennoch war ihr kalt. So elend, wie ihr zumute war, da konnte sie genauso gut gleich sterben. Ihr Vater lebte nicht mehr, und jetzt war auch ihre Mutter tot. Die Eltern ihres Vaters waren auch nicht mehr am Leben, und die andere Oma hatte noch nie was von ihr wissen wollen.

Niemand würde sie vermissen.

Wenn es nur ein bisschen schneller gehen könnte!

Es brannte hinter den geschlossenen Augenlidern und sie schluckte angestrengt, um die Tränen und die Erinnerungen fernzuhalten.

Schließlich musste sie eingeschlafen sein. Plötzlich, ohne Vorwarnung, geriet die Kiste heftig ins Schlingern. Nadja wurde unversehens gegen die Seite geschleudert und schlug mit dem Kopf und dem einen Ellenbogen an die Bretter. Die Stille wurde von einem dumpfen fernen Brummen angefüllt, ähnlich dem Motorengeräusch der Schnellstraße, das sie zu Hause gehört hatte, wenn sie mit offenem Fenster schlief.

Ihr Kopf schien voller Matsch zu sein, darum konnten sich ihre Gedanken auf der Suche nach Erklärungen nur schwerfällig bewegen.

Etwas Neues war zu hören – kreischendes Möwengeschrei.

Also musste sie sich in der Nähe des Meeres befinden. Wenn sie angespannt horchte, glaubte sie das Tuckern eines Fischerbootes zu hören.

Die Kiste würde weit aufs Meer hinaus verfrachtet und dann über Bord gehievt werden! Dann würde das Wasser langsam in sie eindringen und ...

Wieder wurde Nadja von Panik gepackt. Sie hämmerte mit den Fäusten an die rauen Holzwände, schrie, dass es ihr in den Ohren gellte, weinte und trat mit den Füßen an die Bretter.

Schließlich sank sie ermattet zusammen. Ihr Körper schmerzte, ebenso wie ihr Herz. Sie hatte keine Kraft mehr, um dagegen anzukämpfen.

Wenn sie erst mal tot wäre, würde sie vielleicht ihre Mutter wiedersehen.

Großmutter hatte felsenfest daran geglaubt, dass sich alle jenseits des Todes wiedersehen würden. Jetzt, in diesem Augenblick, wollte Nadja auch daran glauben. Dann bekäme sie die Chance, ihre Mutter um Verzeihung zu bitten.

Ihre Mutter hätte bestimmt Verständnis.

Trauer stieg in ihr hoch wie Nebel aus dem Meer.

*

Lena trat als Erste ins Haus, Alexander und ich folgten hinterher, wie Packesel beladen mit Rucksäcken, Schultertaschen und Lenas zwei Plastiktüten voller Lebensmittel und Gebäck.

Dummerweise machte meine Last mich ein wenig langsam. Wuff deutete die offene Tür als Zeichen, dass man ungehindert ins Haus stürmen durfte.

„Wuff!", schrie ich, um meinen Hund aufzuhalten. „Wuff!"

„Wuff, wuff!", kam als fröhlicher Gruß aus dem Haus zurück.

Ich stellte die Tüten ab und rannte hinein.

„So ein schöner Hund!", sprach die Stimme weiter.

Wuff hatte Alexanders Oma schon gefunden. Kurz darauf stand ich auch vor ihr.

Meine Vorstellung von ihr war von meiner eigenen Oma geprägt gewesen. Eine elegant gekleidete ältere Dame, ein wenig rundlich und wohlfrisiert.

Wie sehr hatte ich mich getäuscht.

Alexanders Oma war zierlich wie ein Teenager. Sie trug einen kurzen Jeansrock und ein verwaschenes Top. Ihre eine bloße Schulter wurde von einer tätowierten Rose geschmückt, deren Stiel sich bis zum Ellenbogen an dem dünnen Arm entlangrankte.

Ihr Gesicht war noch sommerprossiger als das von Alexander, ihre grünen Augen wirkten aber heller als seine. Das hennarote Haar fiel in dichten Locken um das schmale Gesicht.

Laut Alexander war sie dreiundsechzig, aber sie sah keinen Tag älter aus als vierzig.

Sie saß aufrecht in einem bequemen alten Ledersessel vor einem offenen Kamin. Die Holzscheite lagen schon aufgeschichtet da, bereit für einen plötzlichen Kälteeinbruch. Da würden sie noch ein paar Monate Staub sammeln dürfen. Das gegipste Bein ruhte auf einem Lederschemel.

„Wuff, wuff", wiederholte sie lachend und winkte fröhlich mit ihrer freien Hand. Mit der anderen streichelte sie meinen ungehorsamen Hund, der mich total ignorierte.

Ich ging hin, bückte mich und hielt ihr zur Begrüßung meine ausgestreckte Hand hin, wurde aber von ihren zwei Armen fest gedrückt. So zerbrechlich, wie sie aussah, war sie demnach nicht.

„Ich heiße Ulla. Willkommen im Pförtnerhäuschen, Afrodite! Oder ziehst du Svea vor?"

„Ja, bitte."

Ich richtete mich auf.

Sie streichelte Wuff.

„Und das hier ist ...?"

„Wuff", sagte ich.

Sie schien kurz überlegen zu müssen, ob alles mit mir in Ordnung war. Doch dann hellte sich ihre Miene auf und sie musste lachen.

„*Jetzt* begreife ich! Und dabei dachte ich, das wäre eine neue Art der Begrüßung, die zurzeit bei euch in ist! Haha!"

„Tut mir leid, dass sie einfach so reingestürmt ist."

Ich deutete auf Wuff.

„Das macht nichts."

Alexander und Lena hatten sich in der Türöffnung postiert, quetschten sich jetzt aber an mir vorbei. Ich zog mich ein paar Schritte zurück.

„Schon lange nicht mehr gesehen! Wie schön, dass ihr da seid!"

Ulla streckte ihre dünnen Arme nach Lena aus und drückte sie fest an sich. Alexander erhielt einen dicken Schmatz auf die Wange, bevor Ulla seinen Bizeps drückte.

„Bald siehst du aus wie ein Preisbulle."

„Und du wie eine Strichfigur. Isst du denn überhaupt nichts mehr, oder was?"

„Ich habe gewartet, bis du kommst und für mich kochst."

„Hoffentlich magst du angebrannte Spaghetti."

„Mmm, ich kann's schon riechen. Ging die Fahrt gut?"

„Ja", sagte Alexander. „Aber vorhin haben wir hier einen Vogel gesehen ...", er warf mir einen kurzen Blick zu und verzog das Gesicht, „einen Vogel, der direkt in die Glasscherben auf der Mauer geflogen ist."

„Gott sei Dank habe ich das nicht sehen müssen", sagte Lena. „Übrigens, was für einen Code hat das Tor? Ich musste unten an der Straße parken."

„Keine Ahnung. Ich hab keinen Zugang mehr."

„Was?"

„Das hab ich doch schon erzählt?"

„Was denn?"

„Dass der Sohn des alten Besitzers das Gut übernommen hat."

„Wie heißt er wieder ... Mauritz?"

„Ja."

„Ich dachte, der wohnt im Ausland?"

„Hat er auch, aber im Winter, als sein Vater starb, ist er zurückgekommen."

„Diese Mauer da, die er gebaut hat, die ist ja fürchterlich!"

„Ja, nicht wahr! Im Frühjahr war eine Gruppe junger Leute hier, die haben die Tannenhecke gefällt und die Mauer errichtet. Bist du schon so lange nicht mehr hier gewesen?"

„Äh ... hab so viel um die Ohren gehabt ... Warum um Himmels willen hat er sich dermaßen verbarrikadiert?"

„Hast du das Ufer noch nicht gesehen?"

„Nein, wir sind direkt hierhergefahren."

„Er hat seinen Besitz zerstückelt und wird am ganzen Ufer entlang mindestens zwanzig Luxusvillen bauen. Sie haben schon mit Roden und Baumfällen begonnen."

„Und die Pferde?"

„Die gibt es nicht mehr. Und der Stall ist zu Wohnungen für seine Bauarbeiter umgebaut worden. Im Gutshaus selbst wird auch wie wild renoviert, darum ist er noch nicht eingezogen. Aber über all das weiß ich nicht so genau Bescheid, er schätzt es nicht, wenn ich mich da drüben aufhalte. Er hat sogar eine Aufsichtsperson eingestellt, also halte ich mich lieber zurück. Das empfehle ich euch auch zu tun."

Das Letztere richtete sich an Alexander und mich.

Wir nickten.

„Aber wie willst du dich um den Garten kümmern, wenn du dich nicht frei bewegen darfst?", fragte Lena.

Ulla runzelte die Brauen.

„Ja, das lief in letzter Zeit nicht so toll. Außerdem ist ja nur noch der halbe Park übrig. Aber den Wald hat er behalten, da gibt's auch in Zukunft noch viel für mich zu tun. Ich wollte gerade damit anfangen, unterhalb der Wikingerburg den Wald zu lichten, als das hier passiert ist."

Sie zeigte mit düsterer Miene auf den Gips.

„Na, das wird wohl nicht so eilig sein", meinte Lena. „Übrigens soll ich dich von Christer grüßen. Und ..."

Während Lena Verwandte und Freunde aufzählte, die ihre Gute-Besserungs-Wünsche schickten, sah ich mich in dem Zimmer um.

Der Raum war vollgestellt mit alten Möbeln und im Bücherregal drängten sich Nippes und Vasen mit Reihen von Büchern. Die geblümte Tapete wurde fast komplett von alten Gemälden in dunklen Holzrahmen und gerahmten Fotos bedeckt.

Das Zimmer passte ganz und gar nicht zu der Frau, die schräg vor mir saß.

„Aber nehmt doch bitte Platz!", rief sie plötzlich mitten in Lenas Aufzählung aus.

Lena wählte einen Sessel am unteren Ende des Couchtisches.

Das zweisitzige Sofa aus rotem Samt wurde von bestickten Kissen geschmückt. Alexander setzte sich hin und klopfte auf den Platz neben sich.

Das Sofa war erstaunlich bequem, stellte ich fest, nachdem ich mich dort niedergelassen hatte. Aber vorher musste ich Wuff beiseiteschieben, die der Meinung war, Alexander hätte sie gemeint. Unzufrieden knurrend legte sie sich zuerst auf den Boden, setzte sich dann aber neben Ulla. Die beiden hatten einander wohl gefunden. Und dafür war ich dankbar, denn so würde Wuff sich frei im Haus bewegen dürfen, ohne dass ich sie andauernd beaufsichtigen musste.

Das Ticken einer Kuckucksuhr füllte das momentane Schweigen und wetteiferte mit den Geräuschen, die durch das offene Fenster hereindrangen. Die Vögel zwitscherten, in der Ferne hämmerte jemand und es duftete nach Schmierseife und Fensterputzmittel. Hier war es sogar noch sauberer als bei meiner putzwütigen Oma.

„Alexander und Svea haben es gut erwischt", stellte Lena fest, als hätte sie meine Gedanken gelesen.

„Die Nachbarin hatte versprochen, die Blumen zu gießen und die Post hereinzuholen. Offenbar hat sie auch noch sauber gemacht", bemerkte Ulla, während sie Wuff immer noch streichelte.

Lena sah ihre Mutter besorgt an.

„Es ist ein Wunder, dass du dich nicht schlimmer verletzt hast."

„Schlimmer als eine Gehirnerschütterung und ein gebrochenes Bein?"

„Du hättest sterben können! Ich hoffe, du hast jetzt wenigstens gelernt, nicht mehr auf klapprigen Leitern herumzuturnen ..."

„Eine Tasse Kaffee wäre jetzt nicht schlecht."

Ulla reagierte genau wie ich, wenn meine Mutter an mir herummäkelt.

„Wen kümmert's, wenn der Schaden schon geschehen ist!"

„Jajaja", seufzte Lena und stand auf. „Kommt mit!"

Das galt Alexander und mir. Wir trotteten brav hinterher.

In der geräumigen Küche stand ein stabiler Holztisch vor einer Küchenbank. Von einem Dachbalken hingen getrocknete Kräuter herab. Das wandhohe Büffet neben dem Herd war vollgestellt mit Kupfertöpfen, Porzellankannen und Keramikschalen. Auf dem Fußboden lagen farbenfrohe Flickenteppiche.

Bald schwebte Kaffeeduft durch die Küche. Schon wenige Minuten später kamen wir mit je einem Tablett ins Zimmer zurück.

„Das wird jetzt schmecken", sagte Ulla, als wir Teller und Tassen auf den Tisch stellten.

„Wann kommt Tante Stina zurück?", fragte Lena, bevor sie in die Schinken-Käse-Ciabatta biss.

Ulla nahm einen Schluck aus der Kaffeetasse, ehe sie antwortete.

„Die eigentliche Kreuzfahrt dauert eine Woche, aber sie wollte noch ein paar Tage länger auf den Bahamas bleiben."

Lena wandte sich sofort zu mir um.

„Was wird deine Mutter da sagen? Wir haben doch ausgemacht, dass du nur eine Woche hierbleibst."

„Kein Problem. Meine Eltern arbeiten fast bis Ende Juli. Ich kann so lange bleiben, wie es nötig ist."

Lena nickte.

„Aber ruf sie sicherheitshalber an."

„Klar."

„Und dann hole ich euch natürlich ab. Darüber reden wir später noch."

„Wie lange wohnen Sie schon hier?", fragte ich Ulla.

„Seit fünfzehn Jahren. Mauritz' Vater hat mich als Gärtnerin, Waldarbeiterin und eine Art Mädchen für alles eingestellt. Als Bonus durfte ich dieses Pförtnerhäuschen mieten."

Sie seufzte, bevor sie fortfuhr.

„Mal sehen, wie lange das noch so bleibt."

„Aber du hast doch einen Vertrag?", fragte Lena.

„Schon, doch der läuft im Herbst ab, und Mauritz hat mir zu verstehen gegeben, dass ich rausfliege, wenn er nicht mit mir zufrieden ist. Nicht besonders lustig, zwei Jahre vor der Rente. Wer gibt so einem alten Schlachtross wie mir noch einen Job? Und wo soll ich dann wohnen? Diese Sache mit dem Bein ist wirklich im falschen Moment passiert."

„Das wird schon", tröstete Alexander.

„Er kann dir schließlich nicht bloß wegen eines Unfalls kündigen", meinte Lena.

Sie richtete einen strengen Blick auf uns.

„Hoffentlich benehmt ihr zwei euch anständig, damit er keinen Grund hat, sich zu beschweren", sagte Lena.

„Als ob wir schon mal Probleme gemacht hätten!", protestierte Alexander. „Aber wer hat jetzt deinen Job übernommen, Oma? Oder hast du dir gedacht, dass *wir* das tun sollen?"

Ich fuhr zusammen und verschluckte mich an einem Brotkrümel.

„Nein, nein", versicherte Ulla lächelnd während meines Hustenanfalls. „Ihr sollt mir nur hier daheim helfen. Mauritz hat Leute, die solange das Nötigste erledigen."

„Wie war das eigentlich, als Sie runtergefallen sind?", erkundigte ich mich leicht krächzend.

„Ich wollte ein paar morsche Äste an der großen Eiche absägen. Marju – das ist die, die den Job als Aufseherin hat – hat befürchtet, sie könnten beim nächsten Sturm herunterfallen."

„Sind Sie ausgerutscht?", setzte ich meine Befragung fort.

„Nein, ich hatte eher das Gefühl, die Sprosse an der Leiter brach ab. Plötzlich lag ich einfach auf dem Boden. Marju hat dafür gesorgt, dass ich ins Krankenhaus kam. Du kannst mich übrigens gerne duzen."

„War die Leiter schon alt?"

Ich sah, dass Alexander mir einen amüsierten Blick zuwarf.

„Nein, ich hab sie im Frühjahr gekauft. Verflixt teuer war sie auch noch."

„Wo ist sie jetzt?"

Ulla zuckte die Schultern.

„Vielleicht liegt sie immer noch dort unter der Eiche, oder Marju hat sie weggeräumt. Warum?"

„Na ja, hab mir bloß überlegt ..."

„Du musst dich daran gewöhnen, verhört zu werden", unterbrach Alexander mich.

Ich schnitt ihm eine Grimasse.

Aber Ulla nickte.

„Mir ist klar, was du dir überlegt hast. Eine so klapprige Leiter müsste umgetauscht werden. Die Garantie gilt noch."

Daran hatte ich allerdings nicht gedacht. Meine Gedanken waren vielmehr in eine andere Richtung gegangen. Hatte womöglich jemand die Leiter irgendwie manipuliert?

„Wir werden sie schon finden", versprach ich.

„Macht das. Es wäre nicht so gut, wenn die Bauarbeiter sie benutzen würden."

„Was für Leute sind das?", wollte Lena wissen.

„Weiß nicht. Ich hab keinen Überblick über das, was dort drüben passiert. Die kommen und gehen, aber werden ihr Handwerk wohl beherrschen, hoffe ich. Dem gesamten früheren Personal ist gekündigt worden. Am schlimmsten hat es Kalle und seine Frau Aina getroffen. Die mussten ihr Haus verkaufen. Und als ob das nicht genug wäre, hat ihr Sohn das so schlecht verkraftet, dass er ausgeflippt ist. Die haben jetzt echt Sorgen, die Ärmsten. Das ist der Nachteil, wenn beide denselben Arbeitgeber haben, also, ich meine, dann verlieren beide gleichzeitig ihren Job. Aber so ist es nun mal in kleineren Orten. Dort wachsen die Jobs nicht auf den Bäumen. Und jetzt bin ich als Einzige übrig. Mal sehen, wie lange das gut geht."

„Du musst mit Mauritz über deine Zukunft reden!"

Ulla schüttelte resigniert den Kopf und seufzte.

„Der rast bloß in seinem Auto an einem vorbei."

„Ist er verheiratet?"

„Ich glaube schon. Vor einem Monat oder so ist er kurz mit einer Frau und einem Kind hier aufgetaucht, aber seither habe ich sie nicht mehr gesehen. Mit einem Kind will man natürlich nicht mitten auf einer Baustelle wohnen."

Lena hatte während der letzten Minuten immer wieder auf die Uhr geschielt. Jetzt klatschte sie die Hände auf die Knie und stand auf.

„Nein, liebe Leute, höchste Zeit für mich, Anker zu lichten."

Sie begann die Tassen einzusammeln, hielt dann aber inne und richtete sich auf.

„Ach, warum mach ich das, du hast ja jetzt hilfreiche Geister."

Sie zwinkerte mir und Alexander zu, bevor sie ihre Mutter umarmte.

„Pass gut auf dich auf."

Alexander und ich begleiteten Lena zum Auto.

„Hoffentlich geht alles gut", sagte sie.

„Wir schaffen das", versprach Alexander.

„Und treibt es nicht zu bunt."

In Alexanders Augen flammte Zorn auf.

„Glaubst du etwa, wir wollen Oma das Leben schwer machen?"

„Nein, das hab ich nicht unbedingt gemeint."

Peinliches Schweigen entstand.

Mütter!

Allein schon beim Gedanken, mit Alexander das Bett zu teilen, wurde ich knallrot. Gleichzeitig spürte ich, wie es überall kribbelte.

Lena winkte und fuhr los.

Wir standen da und schauten hinter dem Auto her, trauten uns aber nicht, einander anzusehen.

*

Nadja wurde von Albträumen geplagt und wachte schweißgebadet auf, aber nur um einsehen zu müssen, dass der Albtraum Wirklichkeit war. Sie lag immer noch in der Holzkiste und hatte keine Ahnung, wie lange schon. Ihre aufgesprungenen Lippen brannten bei jeder Mundbewegung.

Sie brauchte Wasser!

Aus dieser Einsicht entsprang ein neuer Gedanke.

Ich will nicht sterben!

Die Stunden in der Holzkiste waren lang genug gewesen, um ihr die Lust am Leben wiederzugeben. Das Leben, ihr Leben, ging trotz allem weiter. Die Sekunden, Minuten, Stunden vergrößerten den Abstand zu dem Moment, als ein Teil von ihr aufgehört hatte zu existieren.

Menschen, die dem Tod schon mal begegnet waren, behaupteten, nach einer gewissen Zeit wäre der Schmerz nicht mehr ganz so spürbar, davon hatte sie schon gehört. Beim Tod ihres Vaters und auch bei dem ihrer Großeltern war sie zu klein gewesen, um die Trauer anders denn als ein Gefühl der Sehnsucht zu empfinden.

Inzwischen wusste sie, was Trauer war.

Ein leeres Loch.

Eine Bürde, die sie sogar in den Schlaf mitnahm.

Plötzlich wurde ihr die Veränderung bewusst, die draußen stattfand. Ganz in der Nähe lärmte ein Motor. Kein Lkw. Eher ein Traktor. Und die Kiste schaukelte nicht mehr.

Durch den Spalt neben ihrem Kopf strömte kühle Luft herein, aber auch ein starker Duft nach frischem Holz.

Auf einmal wurde der Lichtstreifen schärfer. Sie musste die Augen schließen, zwinkerte dann aber neugierig durch die halb geschlossenen Lider. Zum ersten Mal konnte sie ihr Gefängnis deutlich erkennen, die ungehobelten Bretterwände und den Deckel, der nur zwanzig Zentimeter über ihrem Kopf schwebte.

Panik wollte sich in ihr breitmachen, aber diesmal ließ sie sich nicht davon übermannen. Immerhin lebte sie noch, trotz allem.

Der schmale Spalt, der Luft und Licht hereinließ, hatte scharfe Kanten. Er war absichtlich herausgesägt worden, damit sie Luft bekam.

Also hatte Sergej Wort gehalten, er hatte ihr zur Flucht verholfen!

Aber wohin hatte er sie gebracht?

Sie presste ihr Auge an das Loch und spähte hinaus, sah aber nur eine Holzwand vor sich. Der Geruch nach frischem Holz war fast betäubend stark.

Dann ging es ihr plötzlich auf. Die Kiste lag in Sergejs Lastwagen!

Sergej lieferte Holz und Baumaterial zu Svennes Baustellen, mit einem Holztransporter und einem großen Fernlaster, der zwei Container in sich aufnahm. Aber irgendetwas an diesen Geschäften war nicht ganz astrein. Nadjas Mutter hatte einmal gesagt, Sergejs Ladung bestehe mehr aus Bauarbeitern als aus Brettern. Doch dann hatte sie alles zurückgenommen und behauptet, sie hätte bloß Spaß gemacht.

Aber vielleicht entsprach es der Wahrheit. Vielleicht war Nadja nicht die Erste, die in einer solchen Kiste lag.

Plötzlich wurde die Kiste nach oben gehoben. Vor Schreck zuckte Nadja heftig zusammen, ein Schrei blieb ihr im Hals stecken. Als die Kiste schaukelnd durch die Luft schwebte, wurde ihr schwindelig.

Nach ein paar Sekunden war alles vorbei. Schon im nächsten Moment plumpste die Box auf den Boden.

Der Motor verstummte. In der Ferne hörte sie Stimmen.

Sie wollte schon um Hilfe rufen, doch dann fiel ihr ein, dass es vielleicht nicht unbedingt eine Hilfe wäre, wenn sie gehört würde. Es konnte genauso gut die Polizei sein, die Sergej angehalten hatte, um seine Ladung zu kontrollieren. Sie beschloss, erst mal abzuwarten.

Schwere Schritte kamen näher. Nadjas Angst wuchs.

Das war bestimmt die Polizei!
Die Bretter knackten. Der Deckel wurde aufgestoßen. Das Licht stach Nadja in die Augen, der Schmerz schoss ihr direkt ins Gehirn. Sie kniff die Augenlider zusammen und hörte ein angewidertes Stöhnen.

„Oh Mann, du stinkst ja ekelhaft!"

Sergejs Stimme! Sie erkannte auch seinen Geruch, eine süßliche Mischung aus Deo und Rasierwasser.

Die frische Luft trug außerdem einen Hauch des Gestanks mit sich, der von ihrem eigenen Körper ausging. Irgendwann musste sie in die Hose gemacht haben.

Versuch selbst mal, stundenlang in einer Kiste zu liegen, oder sind es vielleicht Tage gewesen?, dachte Nadja gekränkt. Sie hatte jegliches Gefühl für Zeit verloren. Ihre Uhr war verschwunden, das Handy ebenfalls. Ihre Zunge lag wie ein dicker Fleischklumpen im Mund.

„...aaa..."

Nur ein heiseres Krächzen kam heraus.

Sie musste trinken! Begriff er das denn nicht?

„Wass...", gelang es ihr hervorzupressen.

„Jajaja!", fauchte Sergej.

Aber er gab ihr kein Wasser, sondern band ihr nur einen Stofffetzen um die Augen. Dann packte er sie mit festem Griff unter den Armen. Jemand anders packte ihre Beine, dann wurde sie aus der Kiste gehoben.

Wahrscheinlich sollte sie jetzt aus eigener Kraft stehen, aber Nadjas Beine waren weich wie gekochte Spaghetti. Sergej musste sie weiterhin stützen, sonst wäre sie umgesunken.

„Kannst du nicht gehen?"

Nein, das konnte sie nicht, nicht einmal den Kopf schütteln konnte sie.

Er schleppte sie ein paar Meter weiter und dann wurde sie von den beiden in ein glutheißes Auto gehievt.

Dort blieb sie liegen. Die Wagentür wurde zugeknallt.

Im selben Moment schnitt ein Schrei durch Metall und Glas.

„Neeein!"

Die Stimme eines jungen Mädchens.

„... will niiicht ..."

Die Stimme verstummte abrupt.

Nadja spürte einen eiskalten Kloß im Magen. Warum hörte sie nichts mehr?

Sie versuchte sich aufzurichten.

Im selben Augenblick wurde der Kofferraum zugeschlagen, Schritte kamen näher.

„Bleib liegen!"

Sergej setzte sich hin. Der Wagen schaukelte kurz. Dann noch einmal. Zwei Türen wurden zugeschlagen, fast wie ein Echo, eine nach der anderen, das Auto startete und fuhr los.

Niemand sagte etwas. Nadja war verängstigt und erschöpft und hatte das Gefühl, sich gleich übergeben zu müssen.

Der Schrei des Mädchens hallte in ihrem Kopf. Was hatten sie mit ihr gemacht? Sie in den Kofferraum gesteckt? Aber warum war sie so plötzlich verstummt? War sie ohnmächtig geworden?

Nadja kämpfte gegen die Übelkeit an und stellte mit Erleichterung fest, dass das Auto bereits nach ein paar Minuten langsamer wurde. Mit laufendem Motor hielt es kurz an, dann fuhr es wieder los, aber nur ein paar hundert Meter, bevor es wieder stehen blieb.

Diesmal wurde der Motor ausgeschaltet und Sergej und der andere neben ihm stiegen aus. Sie hörte, wie die Türen aufgingen, dann Schritte im Kies. Die Tür zu ihren Füßen wurde geöffnet, dann wurde sie herausgezogen.

Ihre Beine trugen sie immer noch nicht, darum musste sie ein paar Meter über Kies geschleppt werden, dann eine Treppe hinunter. Gleich darauf schlug ihr kühle Luft entgegen, wie eine Befreiung.

Sergej sagte ein paar Worte in einer Sprache, die sie nicht verstand, bekam aber keine Antwort.

Dann wurde Nadja auf etwas hinaufgehievt, das härter war als der Autositz, aber weicher als die Kiste.

Ein Bett?

„Neben dir steht Wasser", sagte Sergej. „Trink nicht alles auf einmal."

„Wo bin ... ich?", krächzte sie.

„Abwarten."

„Ist sie auch hier ... dieses Mädchen, die ..."

„Nein, nur du."

„Was ist passiert ..."

„Du hast gehört, was ich sagte!"

Eine Tür schlug mit dumpfem metallischem Klang zu. Sergejs Schritte entfernten sich und eine andere Tür schlug zu.

Nadja wartete, nichts geschah.

Draußen startete ein Auto und fuhr davon.

Hatte er sie jetzt verlassen?

Sie versuchte erst ihre steifen Arme zu bewegen, dann ihre Beine. Ihre Glieder gehorchten ihr, waren aber kraftlos. Aufzustehen wagte sie nicht, aber vielleicht würde es ihr gelingen, sich aufzurichten. Ja, das klappte.

Wo war sie?

Die Luft war kühl und feucht.

Sie tastete nach der Augenbinde. Wie lange musste sie die tragen? Wie sollte sie damit das Wasser finden?

Der Durst war stärker als die Angst vor Sergejs Zorn. Sie riss sich das Tuch vom Kopf und musste sofort geblendet blinzeln.

Was war das hier für ein Ort?

Ihre Augen wanderten durch einen kahlen Raum mit Backsteinwänden und einem kleinen Fenster, um schließlich an etwas hängen zu bleiben, das sie für alles andere blind werden ließ. Eine Plastikflasche mit Wasser! Benommen vor Durst streckte sie die Hand danach aus und schüttete das Wasser in sich rein, bis ihr schwindlig wurde und sie die Flasche abstellen und die Augen schließen musste.

Plötzlich durchdrang ein Geräusch ihr Schwindelgefühl.

Atemzüge.

Kalte Schauer liefen ihr über den Rücken.

Sie schlug die Augen wieder auf.

Die Tür gegenüber dem Bett war aus dunklem massivem Holz. Sie hatte kräftige Eisenbeschläge und in Mannshöhe befand sich eine faustgroße Öffnung.

Hinter dieser Öffnung stand jemand, der sie beobachtete.

Jemand mit blassblauen Augen.

Svenne?

Aber der war doch tot!

Nadja versuchte aufzustehen, doch da schlug eine Welle aus Schwindel über ihr zusammen und sie sank auf das Bett zurück.

*

Als Lena abgefahren war, räumten Alexander und ich den Tisch ab und erledigten den Abwasch. So viel hatte ich mich im ganzen Sommer noch nicht im Haushalt betätigt! Ich kam mir sehr fleißig vor.

Dann war Auspacken angesagt.

Unsere Zimmer lagen einander gegenüber am Ende eines schmalen Ganges.

Mein Zimmer war klein, mit weißen Möbeln. An den Wänden blühten Tapetenrosen, ein schmales Bett, ein Nachttischchen und eine Kommode mit zwei Schubladen, für mehr war kein Platz. Einen Schrank gab es nicht, nur ein paar Haken an der Wand und klappernde Drahtbügel, um die Kleider aufzuhängen.

Als Erstes lief ich barfuß über die sonnenwarmen Dielen zum Fenster, das ich sperrangelweit aufriss, um eine leicht nach Blumen duftende Brise hereinzulassen.

Draußen erstreckte sich der lauschige Park, weiter hinten sah ich Wasser auffunkeln. Ich hatte freie Sicht auf das Tor und auf die Allee, die zum Gutshaus hinaufführte. Vorhin in der Küche hatte ich ein Auto vorbeifahren hören, doch davon war jetzt nichts zu sehen.

Ich packte aus. Unterwäsche, Jeans, Shorts, T-Shirts und Hemden. Und eine Jeansjacke. Ein Kleid hatte ich auch dabei, falls wir uns irgendwann in Schale werfen mussten.

„Bist du fertig?"

Alexander rief aus seinem Zimmer.

„Ja", antwortete ich von seiner Türschwelle aus.

Sein Zimmer war genauso klein wie meins, roch aber gut. Er musste sich mit Deo besprüht haben.

Das hatte ich nicht getan.

Verstohlen schnupperte ich an meinen Achselhöhlen. Roch ich nach Schweiß? Soweit ich feststellen konnte, nicht.

„Groß ist es nicht", entschuldigte er sich, ohne meine seltsamen Armhebungen zu bemerken. „Aber wir wollen ja bloß darin schlafen. Oder ... also, ich meine ..."

Röte stieg in seinen Wangen auf.

Mit drei Schritten war ich am Fenster. Draußen breitete sich Ullas Garten mit seinem Blumenmeer aus.

„Von meinem Fenster aus kann ich das Gutshaus sehen."

Irgendetwas musste ich ja sagen, damit er sich nicht in weiteren Erklärungen zu verhaspeln brauchte.

Aber die Spannung vibrierte immer noch heiß wie die Sonne in der Luft. Meine Hand zitterte leicht, als ich das Fliegengitter festdrückte, das sich in einer Ecke gelöst hatte.

„Oder willst du vielleicht nächtliche Gesellschaft haben?"

Kaum waren die Worte draußen, hätte ich am liebsten meine Zunge verschluckt.

Warum hatte ich das gesagt?!

Das war mir einfach rausgerutscht.

Ich wedelte mir mit der einen Hand Luft zu.

„Mann, ist das heiß!"

Dann drehte ich mich um und floh aus dem Zimmer, bevor mir weitere Kröten aus dem Mund hüpften.

Im Wohnzimmer herrschte die reinste Idylle. Wuff hatte das Sofa in Beschlag genommen. Der Fernseher lief, Hintergrundgelächter war zu hören. Ulla war im Sessel eingenickt, schlug aber die Augen auf, als wir kamen, und streckte die Hand nach der Fernbedienung aus, um auszuschalten.

„Ihr habt hoffentlich eure Fenster aufgemacht?"

„Klar", sagte Alexander. „Aber es ist trotzdem heiß."

Er warf einen verstohlenen Blick auf meine flammenden Wangen.

„Der Luftzug sorgt für Kühlung", meinte Ulla.

Aber ich war mir nicht so sicher, dass eine kleine Brise die Hitze in meinem Innern abkühlen würde.

Wuff sprang vom Sofa und lief in den Eingangsflur.

„Können wir kurz raus?", fragte ich Alexander.

Er nickte.

„Oma, sollen wir was einkaufen?"

„Nein danke, für heute kommen wir klar."

„Brauchst du irgendwas? Kaffee? Wasser?"

„Ich bin nicht gelähmt. Geht ruhig. Und nimm dir Geld für Getränke und Eis aus der Dose in der Küche."

„Wir haben selber Geld."

„Stell dich nicht an. Ist doch klar, dass ich euch einlade! Ja, und nehmt den Ersatzschlüssel mit. Er hängt im Schlüsselkästchen."

„Du schließt doch sonst nie ab?"

„Solange mein Bein in einem Paket steckt, tu ich das. Wie gesagt, hier kommen und gehen viele Leute, und ich habe keine Ahnung, ob die vertrauenswürdig sind."

„Mit dieser Mauer und dem Tor ist es fast einfacher, durch dein Häuschen zum Gutshaus zu gelangen", sagte ich.

„Also habe ich umso mehr Gründe, abzuschließen", sagte Ulla.

Wuff lief ruhelos hin und her und wollte ins Freie.

„Hol den Schlüssel", befahl Alexander.

Er selbst verschwand in die Küche, wo das Geld war.

Ich ging in den Eingangsflur. Wuff presste ihre Schnauze sofort an die Türöffnung. Sie winselte leise, während ihr Schwanz wild rotierte. In ihrem Gehirn gibt es eine Direktverbindung vom Gedanken zur Tat, dagegen sind wir Menschen zäh wie Gummiknochen.

In einem bemalten Kästchen hing ein Schlüsselbund. Alle Schlüssel trugen säuberlich beschriftete Plastikschildchen. „Vorratsschuppen" und „Gutshaus" las ich, bevor ich „Pförtnerhaus" entdeckte.

„Komm mal her und schau dir das an!", rief Alexander.

Die Terrassentür stand offen und er war draußen im Garten. Schnell wie ein Blitz war Wuff auch draußen und ich kam hinterher.

Der Boden der Terrasse war mit Steinplatten bedeckt, über die eine Armee aus Ameisen auf einen rot gestrichenen Schuppen für Gartengeräte zumarschierte. Ein riesiger Sonnenschirm warf seinen Schatten auf einen runden Holztisch mit Stühlen und einen schwarzen Kugelgrill. Im Schatten der Fliederbüsche stand eine Hollywoodschaukel, umgeben von einem wahren Blumenmeer. Außer Vogelgezwitscher und summenden Hummeln war nichts zu hören.

„Schön, oder?"

Ich wandte mich zu ihm um, vom Zauber des Augenblicks überwältigt. Das mit der Liebe ist eine geheimnisvolle Sache. Wenn sie sich erst mal in einem festgesetzt hat, vergisst man, wie sehr man enttäuscht und gekränkt worden ist und dass man sich „nie mehr" geschworen hat. Es war höchstens einen Monat her, da war Alexander nur mein Mitschüler und Mannschaftskumpel gewesen und außerdem der Junge, der in meine Freundin Mikaela verliebt gewesen war, bevor sie starb. Jetzt war ich in ihn verliebt, so verliebt wie noch nie zuvor.

Er sah mich fragend an.

„Was ist?"

„Ich ... ich ..."

Der Kloß in meinem Hals hinderte mich daran, weiterzusprechen.

Er lächelte. „Das hast du schön gesagt."

*

Nadja musste eingeschlafen sein. Als sie die Augen wieder aufschlug, drehte sich das Zimmer nicht mehr. Sie legte sich auf die Seite, auf ihren einen Ellenbogen gestützt, und sah sich um, diesmal etwas gründlicher.

Sie lag auf einer dünnen Matratze auf einer Pritsche. In einer Ecke des Raumes stand ein Plastikeimer. Den würde sie bald benutzen müssen. Ein Klo gab es nicht. Auf einer umgekippten Holzkiste neben der Pritsche stand die leere Wasserflasche.

Das war alles. Ansonsten nur kahle Backsteinwände mit rissigen Fugen und ein Zementfußboden.

Es war kalt. Sie richtete sich fröstelnd auf und wurde wieder von Schwindel gepackt, wartete aber, bis der Anfall vorüberging. An die

Wand gestützt stellte sie sich hin. Ihre Beine fühlten sich immer noch schwach an, trugen sie aber.

Das kleine längliche Fenster saß fast unter der Decke. Mühsam krabbelte sie auf das Bett und spähte hinaus.

Das Fenster lag auf ebenerdiger Höhe.

Sie befand sich in einem Keller!

Hinter der Scheibe öffnete sich ein Ausblick auf einen lauschigen Park, zwischen hohen Büschen glitzerte Wasser. Links ragte die Giebelwand eines roten Gebäudes aus dem Grün hervor, dessen fensterlose Holzfassade eher an einen Stall oder eine Scheune erinnerte als an ein Wohnhaus.

Der Himmel war blau. Es konnte sowohl Tag, Abend oder früher Morgen sein.

Sie horchte. Zunächst vernahm sie überhaupt keine Geräusche, doch als sie sich angestrengt konzentrierte, hörte sie einen Vogel zwitschern. Bald darauf noch einen. Aber keinen Verkehr.

Im Park war niemand zu sehen. Dort, wo sie mit ihrer Mutter gewohnt hatte, waren Tag und Nacht Leute unterwegs, die das Gras zertrampelten und die Blumen niedertraten.

Sie sehnte sich hinaus ins Freie, wollte das kühle Gras unter den Fußsohlen spüren. Sie maß die Fensteröffnung zuerst mit den Augen, dann mit den Händen. Obwohl sie dünn war, bestand keine Möglichkeit, den Körper durch die enge Öffnung zu zwängen. Außerdem war das Fenster zugeschlossen, also müsste sie vorher die Scheibe einschlagen.

Sie kletterte vom Bett, ging zur Tür und drückte den Griff nach unten. Die Tür war ebenfalls abgeschlossen.

War das hier ein Gefängnis? Es sah ganz danach aus. Dann hätte Sergej sie angelogen.

Sie spähte durch das Guckloch in der Tür und sah nur einen langen Korridor, von dem viele Türen abgingen.

Sie klopfte an die Tür.

„Hallo!"

Keine Antwort.

Als sie gegen die Tür trat, war nur ein dumpfes Echo zu hören. Die Tür war zu dick, die würde sie niemals eintreten können. Nicht so wie Sergej es damals mit der Wohnungstür gemacht hatte, als ihre Mutter sich geweigert hatte, ihn hereinzulassen. Durch das entstandene Loch hatte er dann seine Hand gesteckt und den Schlüssel umgedreht. Als ob man ihn ungestraft aussperren könnte! Aber am nächsten Tag hatte er das Loch reumütig mit einer Pressspanplatte wieder zugenagelt. Wenn der Vermieter das zu sehen bekommen hätte, hätte er sie alle an die Luft gesetzt.

Nadja sank mit tränennassen Augen auf der Pritsche zusammen. Was spielte das jetzt noch für eine Rolle?

Plötzlich beschloss sie, so zu tun, als würde ihre Mutter noch leben und auf sie warten. Gleich fühlte sie sich etwas besser. Solange sie von zu Hause wegbliebe, könnte ihre Mutter weiterleben.

Jedenfalls in ihrer Fantasie.

Nadja schloss die Augen und dachte an die Augen ihrer Mutter und an ihr klingendes Lachen.

Ihr Magen verkrampfte sich.

Im selben Augenblick kamen auch die Tränen.

*

Alexander wollte mir die Umgebung zeigen, und dagegen hatte ich nichts einzuwenden. Dann könnte ich mir besser vorstellen, wo wir eigentlich gelandet waren.

Die Ortschaft selbst lag knapp einen halben Kilometer vom Gutshaus entfernt. Bevor wir von der Landstraße abgebogen waren, hatte ich einen kurzen Blick auf die Häuser erhascht.

Durch ein Labyrinth aus Gässchen kamen wir an einen gepflasterten Platz, der von niedrigen Holzhäusern und einem turmgeschmückten rathausähnlichen Gebäude gesäumt war.

Die Luft stand still. Wuff hechelte mit heraushängender Zunge.

Die Hitze zwang uns auf eine Brücke im Schatten hoher Bäume. Aus den Blumenkästen an den eisernen Geländern quollen Blumen in sämtlichen Regenbogenfarben. Unter uns floss das Flüsschen mit seinem tiefgrünen Wasser.

„Schön", sagte ich.

„Mhm."

Aber dabei sah Alexander mich an, dann strich er mir mit der Hand über die Wange.

Ich verstummte, konnte bloß nicken.

Treppen führten zu einem Kiesweg hinunter, der am Fluss entlanglief. Eine Entenmutter mit sechs Küken schnatterte warnend und schwamm hinter einem vertäuten Boot davon, gefolgt von ihrer piepsenden Kinderschar.

„Kann man hier baden?", fragte ich mit einem Blick auf das träge dahinfließende Wasser.

„Nein. Die meisten fahren ans Meer. Aber ich hab einen Lieblingsplatz, und der liegt hier in der Nähe."

Hand in Hand bummelten wir zwischen dem Fluss und den alten Holzhäusern entlang, als die friedliche Stille von meinem Handy gestört wurde.

„Papa", stand auf dem Display.

„Hallo, Schatz, wie geht's dir denn?", fragte seine muntere Stimme.

„Gut."

„Was machst du gerade?"

Schnell ließ ich Alexanders Hand los, obwohl es bloß ein ganz normales Gespräch war und Papa mich nicht sehen konnte.

„Alex zeigt mir das Städtchen. Schön ist es hier."

„Solltet ihr nicht seiner Oma helfen?"

„Klar, tun wir doch!"

„Jajaja, ich wollte nur ... Du bist ja einfach abgehauen ..."

Dabei *hatte* ich ihn auch gefragt, ob ich fahren durfte. Allerdings erst am Abend, und da hatte Mama schon Ja gesagt.

„Und wie geht's dir?", unterbrach ich ihn.

„Gut. Hier ist's natürlich ein bisschen leer. Tja, was soll man da machen ..."

„Aber du arbeitest doch!"

„Schon, aber ich meine abends. Also, darum ..."

„Papa, es ist bloß eine Woche! Jetzt muss ich aufhören."

„Mhm, ruf an, wenn was ist. Wenn ich dich abholen soll oder so."

„Alexanders Mutter holt uns ab."

„Ja, klar, aber falls du ..."

„Bis bald, Papa."

Ich drückte auf die Aus-Taste und steckte das Handy in die Tasche.

„Papa", sagte ich und seufzte. „Ich glaube, ihm ist ein bisschen langweilig. Wo kann man hier Eis kaufen?"

„Im Hafen. Aber das ist noch eine Ecke zu gehen."

Als wir uns dem Meer näherten, wurden wir von frischen Winden und kreischenden Möwen empfangen. Im Hafen waren viele Leute auf der Strandpromenade unterwegs, wo sich Lokale und Verkaufsbuden aneinanderreihten.

Zwischen zwei Ständen voller T-Shirts, Schwimmringe und Badeschuhe entdeckte ich ein Eisschild.

In der einen Hand ein Eis und in der anderen eine Wasserflasche folgten wir dann dem Pier, an dem auf dem Wasser schaukelnde Freizeitboote vertäut lagen. Am äußersten Ende setzten wir uns in der Nähe eines Rondells auf eine Bank. Eine leichte Brise kam vom Meer und milderte die Hitze.

„Das tut gut", seufzte ich. „Ich fühle mich total wie ein Tourist."

„Was das anbelangt, müssen wir auf dem Heimweg an der Kirche vorbei. Sonst rastet meine Oma aus."

„Ist sie denn so fromm?"

„Nein, aber die Kirche ist das älteste Gebäude der Stadt und muss einfach besichtigt werden."

Wuff bekam das letzte Stückchen meiner Eistüte und schlabberte dann noch Wasser aus meinen gewölbten Händen. Die Sonne brannte herab. Die Vorstellung einer kühlen Kirche kam mir plötzlich verlockend vor.

Ich stand auf.

„Bringen wir's hinter uns!"

Die Kirche war weiß verputzt und hatte ein schwarzes Blechdach. Ein von Laternen und gestutzten Bäumen gesäumter Kiesweg führte zum Eingang.

„Wir müssen sie uns abwechselnd anschauen", entschied ich. „Ich lasse Wuff nicht allein hier draußen."

„Geh ruhig rein, ich hab sie schon gesehen."

Ich reichte Alexander die Leine. Wuff trampelte unruhig hin und her, ließ sich aber von dem Leckerli in seiner Hand bestechen, sodass ich in die Kirche hineinschlüpfen konnte.

Durch ein Portal kam ich in ein weiß getünchtes Kirchenschiff, das im Sonnenlicht badete. Ich wollte schon zum Altar vorgehen, doch da entdeckte ich eine Toilette. Die kam wie gerufen.

Als ich wieder herauskam, war ich nicht mehr allein. Eine schwarz gekleidete Gestalt, größer und kräftiger als ich, bewegte sich im Laufschritt auf den Altar zu. Weil ihr Kopf von einer Kapuze bedeckt war, konnte ich nicht erkennen, ob es sich um einen großen Mann oder eine kräftige Frau handelte.

Warum geht man wie ein Räuber bekleidet in eine Kirche?, überlegte ich beunruhigt. Vor dem Altar standen zwei Leuchter. Waren die das verlockende Ziel?

Der weiche blaue Teppich hatte meine Schritte verschluckt, die geheimnisvolle Person schien meine Anwesenheit nicht bemerkt zu haben. Sicherheitshalber duckte ich mich hinter der letzten Bankreihe. Die Abenteuer des vergangenen Jahres hatten mich zwar Vorsicht gelehrt, mir meine Neugier aber nicht austreiben können.

Die schwarz gekleidete Gestalt bog zum Taufstein ab, ließ etwas hineinfallen, das ein leises dumpfes Echo erzeugte, und deckte den Stein dann mit einem weißen Tuch zu, das an der Seite hing.

Verwundert verfolgte ich das Schauspiel von meinem Versteck aus.

Plötzlich, als hätte er meine Anwesenheit geahnt, drehte sich der Schwarzgekleidete um.

Ich duckte mich auf den Boden. Shit! Jetzt hatte er mich gesehen!

Im selben Moment strömte Licht durch die Eingangstür.

„Hey, Wuff wird allmählich ..."

Alexander streckte den Kopf herein, zuckte aber zusammen, als er mich auf allen vieren sah.

„Was um alles in Welt machst du da?"

Meine stummen, aber wilden Gesten brachten ihn dazu, die Tür wieder zu schließen.

Ich ging in die Hocke und linste vorsichtig über die Bankreihen vor zum Altar. Niemand zu sehen. Der Schwarzgekleidete musste durch eine Seitentür nach draußen entwischt sein.

Der Gegenstand im Taufstein ließ mich Schlimmes befürchten. Mit angehaltenem Atem lief ich hin, obwohl ich eigentlich so schnell wie möglich hätte davonrennen sollen. Vielleicht war es ja eine Bombe!

Vorsichtig hob ich das weiße Tuch an. Ein einziger Stoß könnte verhängnisvoll werden.

Auf dem Boden des Taufsteins lag ein kleiner Gegenstand, der an eine Armbanduhr erinnerte oder an einen Minicomputer.

Das war keine Bombe.

Es war ein tragbares Navi.

Warum lag das da?

Während ich das zu verstehen versuchte, hörte ich plötzlich Schritte.

Schnell ließ ich das Tuch fallen und lief zum Altar nach vorn. Im selben Moment ging links von mir eine schwarze Tür auf.

Ein Mann kam herein. Er war lang und drahtig wie ein Langstreckenläufer und hatte grau melierte Schläfen.

Als er mich entdeckte, fuhr er zusammen. Seine blauen Augen hinter den Brillengläsern musterten mich neugierig, aber leicht flackernd. Irgendwie strahlte er Nervosität aus.

Er machte einen Bogen um mich und stellte sich wie eine Mauer zwischen mich und den Taufstein, als wüsste er, was sich darin befand.

Darum beschloss ich, meine Entdeckung lieber nicht zu erwähnen.

Ich ging ein paar Schritte zurück, fühlte mich unbehaglich. Außer ihm war niemand in der Kirche.

Er dagegen hatte sich entspannt.

„Gefällt dir die Kirche?", fragte er.

„Ja, schon. Aber ich muss ..."

„Junge Leute sieht man selten hier drin. Meistens finden bloß erwachsene Touristen hierher. Aber ich sollte mich vielleicht vorstellen ..."

Inzwischen hatte ich mich einige Meter von ihm zurückgezogen und wurde von seiner ausgestreckten Hand nicht erreicht.

„... Ich bin der hiesige Gemeindepfarrer."

Ich nickte zögernd.

Er trug blaue Jeans und ein Poloshirt. Aus seinen Sandalen guckten nackte Zehen heraus. Ich bin zwar keine allzu eifrige Kirchgängerin, aber sind Pfarrer nicht meistens korrekter gekleidet?

Er schien nicht zu bemerken, dass ich ihm nicht glaubte, sondern fuhr fort:

„Diese Kirche ist das älteste Bauwerk der Stadt. Aber der Altarschrank" – er deutete auf einen blau bemalten Schrank an der Wand – „ist noch älter. Und die Kanzel ..."

Ich bewegte mich soeben rückwärts an der Kanzel vorbei, die sich, verziert mit zwei vergoldeten Schutzengeln, über die Kirchenbänke erhob.

„Heißt du Svea?"

Ein Junge in meinem Alter kam zur Eingangstür herein. Er hatte helles, sonnengebleichtes Haar und trug ein weißes T-Shirt, das so eng anlag, dass man jeden einzelnen durchtrainierten Muskel an seiner Brust und seinen braun gebrannten Armen sah.

„Der Typ da draußen sagt, du musst zu deinem Hund rauskommen."

„Oh. Danke."

Ich nutzte die Gelegenheit und floh.

Alexander wartete vor der Kirchentür auf mich und Wuff sprang wie wild an mir hoch, als wäre ich ein Jahr fort gewesen.

„Sorry, aber ich konnte sie kaum noch festhalten", entschuldigte sich Alexander. „Sie ist total durchgedreht."

Erleichtert überließ er mir die Leine.

„Was hast du dadrin eigentlich getrieben?"

Ich antwortete mit einer Gegenfrage.

„Hast du diesen schwarz gekleideten Typen gesehen?"

„Wen?"

„Er – oder sie, weiß nicht genau, was – kam in die Kirche, während ich auf dem Klo war. Er sah aus wie ein Räuber."

„Bin mit Wuff ein bisschen herumgelaufen, weil sie bloß noch hinter dir herwinselte. Außer dem blonden Jungen hab ich niemanden gesehen. Aber sag mal ehrlich, warum bist du denn auf dem Boden rumgekrochen?"

„Ich wollte nicht, dass der Schwarzgekleidete mich sieht. Er hat ein Navi im Taufstein zurückgelassen."

Alexander sah mich belustigt an.

„Das gibt's doch nicht!"

„Doch!"

„Geht's noch! Ein Navi?"

„Es stimmt aber! Und der Pfarrer scheint darauf gewartet zu haben. Wenn es überhaupt der Pfarrer war. Er hat immer zum Taufstein rübergeschielt und sich mir dann in den Weg gestellt."

Alexander stöhnte auf und schüttelte den Kopf.

„Ehrlich?"

„Genau das hab ich gesehen! Und jetzt muss der Pfarrer noch ein Weilchen warten, weil dieser andere Junge ..."

„Die stecken bestimmt unter einer Decke", unterbrach Alexander mich. „Die gehören zu einer geheimen Sekte, die sich darauf spezialisiert hat, Navis in Taufsteinen zu ertränken."

Er lachte herzlich über seinen eigenen Scherz.

„Idiot!"

Ich drehte mich um und trabte davon.

„Mensch, Svea, sei doch nicht so!", rief er hinter mir her.

„Sei selber nicht so!"

„Aber ich glaub dir ja."

„Tust du überhaupt nicht."

„Ist das denn so wichtig?"

Wuff blieb stehen, um zu pinkeln, und da musste ich auch anhalten. Alexander holte mich ein.

„Echt. Ich glaube dir. Wegen einer so bescheuerten Geschichte würdest du doch niemals lügen. Aber warum hast du dem Pfarrer nichts von dem Navi gesagt?"

Ich seufzte.

„Weiß nicht. Alles kam mir so verdächtig vor. *Er* auch!"

„Entweder du gehst rein und fragst ihn geradeheraus, was das eigentlich soll."

Ich verzog das Gesicht.

„Peinlich!"

„Oder wir gehen nach Hause und vergessen das Ganze."

Ich überlegte. Was war mit mir los? Wieso war es überhaupt wichtig, ob der Pfarrer und der Schwarzgekleidete eine neue Variante von „Schlüsselverstecken" spielten? Es war ja keine Bombe gewesen und der Schwarzgekleidete kein Räuber. Was gingen mich die Geheimnisse dieser Leute an?

Alexander warf mir einen fragenden Blick zu.

Ich nickte und wir machten uns auf den Heimweg.

Aber ich beschloss, mich bei Ulla zu erkundigen, ob der Mann in der Kirche tatsächlich der Gemeindepfarrer gewesen war. Ulla musste ja wissen, wie er aussah.

*

Hallende Schritte auf hartem Boden, danach das Rasseln von Schlüsseln im Schloss ließen Nadja in blinder Panik nach der Augenbinde tasten. Wo war die nur? Jetzt würde Sergej vielleicht wütend werden, weil sie die Augen nicht mehr verbunden hatte.

Die Tür ging quietschend auf, bevor sie das Tuch fand. Essensgeruch stieg ihr in die Nase und verdrängte ihre Angst. Ihr Magen krampfte sich zusammen. So hungrig war sie noch nie gewesen.

Mit Mühe richtete sie sich auf. Ihre Arme und Beine brannten und schmerzten. Durch das Hämmern und Klopfen an die ungehobelten Kistenbretter hatte sie sich die Haut aufgerissen.

Sergej stand in der Türöffnung. Kurz konnte sie einen Blick in den Kellerkorridor werfen, bevor die Tür hinter seinem Rücken zufiel.

„Du siehst ja echt beschissen aus", sagte er.

Seine Worte interessierten sie nicht. Wichtig war nur, was er in den Händen hielt. Eine Plastikdose in der einen, einen Becher in der anderen.

Wasser und duftendes Essen.

Im nächsten Moment stand alles auf der Kiste neben der Pritsche in Reichweite.

„Nimm! Das ist für dich."

Ihr Magen verkrampfte sich wieder, als sie die Dose an sich riss. Eine Mischung aus Makkaroni, Fleisch und Gemüse lag darin.

Sie spürte seine Blicke, aber der Hunger verdrängte alle Scham. Gierig schlang sie das Essen wie ein Hund in sich hinein und ignorierte seine Anwesenheit.

Er kam näher, berührte sie. Angeekelt wich sie ihm aus, aß aber weiter.

Seine Finger schlossen sich um ihr Haar und zogen so heftig daran, dass ihre Kopfhaut brannte. Er zwang sie, ihm in die Augen zu sehen.

„Du kannst verdammt dankbar sein, dass ich dich gerettet hab! Muttermörderin!"

Sie wollte nicht zuhören. Ihre Mutter lebte doch. In ihren Gedanken.

„Ist dir klar, was passiert wäre, wenn ich dir nicht geholfen hätte? Du wärst im Gefängnis gelandet! Das hast du auch verdient. Wie kann man nur seine eigene Mutter umbringen!"

Nadjas Lippen zitterten, aber sie summte leise vor sich hin, um seine Stimme auszusperren.

Sie würde nicht weinen, wenn er zusah.

Ihre Mutter lebte. Sie wartete zu Hause.

Ein Schlag auf den Kopf riss sie unwirsch in die Wirklichkeit zurück. In ihren Ohren pfiff es.

Sergejs Handfläche wurde rot, er rieb sie vorsichtig.

„Scheiße, ich hätte mich nicht um dich scheren sollen."

Sie kaute. Ihr Magen schmerzte schon etwas weniger schlimm.

„Hör auf zu kauen, wenn ich mit dir rede! Das sieht ja widerlich aus!"

Sie stellte die Dose ab und warf sehnsüchtige Blicke auf die restlichen Makkaroni. Aber sie wagte es nicht, ihm zu trotzen.

„Ist dir klar, dass ich dich gerettet hab?"

Sie zuckte die Schultern. Sollte das hier die Rettung sein? Sie saß doch in einem Gefängnis.

Aber sie wollte nicht, dass er sie noch einmal schlug.

„Ja."

„Sei lieber verdammt dankbar!"

Das Essen hatte das Rauschen im Kopf etwas gedämpft und ihr ein wenig Mut verliehen.

„Mhm. Wo bin ich eigentlich?"

„In einem Versteck."

„Dann bin ich also nicht in einem Gefängnis?"

„Ich hab doch gesagt, dass ich dich gerettet hab! Obwohl du es nicht wert bist."

„Wie lange ... muss ich hierbleiben?", krächzte sie.

„Mal sehen. Ich muss alle Spuren beseitigen, damit die Polizei dich nicht findet, dann die Beerdigung deiner Mutter organisieren ..."

Nadja wimmerte.

„Da möchte ich auch dabei sein!"

„Das kannst du nicht, ist doch logisch!"

Ihre Mutter würde beerdigt werden, und sie durfte nicht dabei sein! Seine Stimme durchdrang ihren Kummer.

„Anders geht's nicht. Kapiert?"

Sie nickte.

„Sieh jetzt zu, dass du dich anständig benimmst."

Sie nickte noch einmal und zögerte dann, bevor sie sich zu fragen traute.

„Dieses ... dieses Mädchen vorhin ... warum hat die geweint?"

Seinem Blick konnte sie entnehmen, dass er ihre Neugier nicht schätzte.

„Wenn du dich benimmst, kommst du klar. Sie hat das nicht getan."

Eine eiskalte Hand presste sich um ihr Herz. Was meinte er damit?

„Aber was ist denn passiert ..."

„Scheiß drauf, was mit der passiert ist!"

Das konnte sie nicht! Das verzweifelte Weinen hatte sich in ihrem Kopf festgesetzt. Womöglich würde sie den gleichen Fehler machen, und was dann?

Sie presste die Fingernägel in ihre Handflächen, um die Angst fernzuhalten – zumindest für den Moment.

„Wo ... wo sind wir eigentlich?"

Bestimmt im Ausland. Es roch ganz anders als zu Hause. Und das Essen schmeckte anders. Außerdem war sie lange in der Holzkiste unterwegs gewesen.

„In Schweden."

Über Schweden wusste sie nur, wo es auf der Landkarte lag. Und Svenne war aus Schweden gekommen.

Verstohlen warf sie einen Blick zu dem kleinen Guckfenster in der Tür, wo sie geglaubt hatte, Svennes Augen gesehen zu haben.

Aber dort war niemand.

„Muss ich hierbleiben ... bis du ... zurückkommst?"

Ihre Stimme brach. Sie fühlte sich jämmerlich, konnte aber nichts dagegen tun. Wie sollte sie ohne Wasser und Essen zurechtkommen?

Auf seinen Lippen spielte ein Lächeln, das sowohl Mitleid als auch Spott ausdrückte.

„Hier gibt's Leute, die bringen dir was zu essen. Aber du musst alles tun, was sie dir sagen. Sonst kommt die Polizei und holt dich. Willst du das?"

Sie schüttelte so heftig den Kopf, dass ihr der Nacken wehtat.

„Jemand wie du wird von allen verabscheut, klar? Jemand, der seine eigene Mutter umbringt!"

Sie zwinkerte unglücklich. Sie hatte doch beschlossen, so zu tun, als würde ihre Mutter leben. Doch das klappte bloß, wenn er mit diesem Gerede aufhörte.

„Aber ich helfe dir, weil ich deine Mutter gerngehabt hab. Ich hab dir einen Job organisiert. Du weißt doch noch, dass ich von meinen Beziehungen in Deutschland erzählt hab?"

„Ja ... aber Mama war ja dagegen."

„Ist sie etwa hier, he? Und wer ist daran schuld?"

Sie schniefte. Seine Gerede machte sie noch verrückt.

„Darf ich bitte raus?", piepste sie.

„Warum das denn?"

Sie schluckte. Musste sie es aussprechen? Begriff er das nicht?

„Muss aufs ... Klo. Und duschen."

„Mann, du nervst!"
Er griff nach der Plastikdose.
Da lag ja noch Essen drin! Verzweifelt hielt sie die Dose umklammert, bis Sergej so heftig daran riss, dass die Makkaroni auf den Boden flogen und Nadja sie loslassen musste. Dann stiefelte er über die Essensreste zur Tür, schlug sie zu und verschwand.

Nadja lief zur Tür hin und hämmerte mit den Fäusten dagegen.

„Lass mich nicht allein! Bitte, es tut mir leid!"

Was sollte sie tun, wenn er jetzt nicht mehr zurückkam! Sie hatte nur sein Wort darauf, dass jemand nach ihr schauen würde.

Dann würde sie ja trotz allem sterben.

Sergej kam nicht zurück.

Sie sank auf den Boden und starrte die platt gedrückten Überreste ihrer Mahlzeit an. Dann streckte sie die Hand aus und begann die Makkaroni auf dem Fußboden einzusammeln.

*

Zum Abendessen setzten wir uns in den Garten. Alexander und ich hatten uns aus Ullas reichhaltig gefüllter Gefriertruhe bedient. Trotz der Hitze schmeckten ihre Fleischbällchen in Soße superlecker. Wir brauchten bloß neue Kartoffeln zu kochen und Möhren zu reiben. Da konnte nicht einmal ich etwas falsch machen.

Ulla bestätigte, dass der Mann in der Kirche tatsächlich der Pfarrer gewesen war, aber das GPS-Gerät im Taufstein konnte sie sich auch nicht erklären. Sie gehe nicht besonders oft in die Kirche und habe keine Ahnung, was die heutzutage alles trieben. Aber es sei doch klar, dass man sich auch dort der neuen Technik bediene.

Ulla war bester Laune und unterhielt uns mit amüsanten Anekdoten von ihrer ersten Zeit als Mädchen für alles im Gutshaus, gewürzt mit einer gehörigen Portion Selbstironie. Wir lachten, dass uns der Bauch wehtat.

Während wir auf Abkühlung warteten, spielten wir Scrabble. Das hatten Alexander und ich seit Jahren nicht mehr gespielt, vielleicht verloren wir deshalb so haushoch, aber wir drohten damit, uns an einem anderen Abend zu revanchieren.

Als wir ins Bett gingen, war es immer noch warm. Ich ließ mein Fenster offen, obwohl das beharrliche Surren der Mücken vor dem Fliegengitter mich irritierte. Es klang, als wären sie im Zimmer.

Wuff schlief sofort ein und träumte mit heftig zuckenden Pfoten, aber ich lag wach und ließ mir die Eindrücke des Tages durch den Kopf gehen. Schließlich musste ich dann doch eingeschlafen sein, denn plötzlich wachte ich mit einem Ruck auf. Ich hatte keine Ahnung, wie lange ich geschlafen hatte. Blinzelnd sah ich mich um, das Zimmer ruhte im Halbdunkel. Früh am Morgen konnte es noch nicht sein.

Was hatte mich wohl geweckt?

Ein Geräusch.

Bald war es wieder zu hören.

Dumpfes Knurren.

Wuff stand auf dem Bett, die Schnauze ans Fliegengitter gepresst. Draußen vor dem Fenster brummte ein Automotor.

Ich sah einen weißen Lieferwagen vorbeifahren und Staub aufwirbeln. Das Tor klapperte laut, als es zufiel. Neugierig verfolgte ich die Fahrt des Autos zum Gutshaus. Wer konnte das sein? In dem Haus wohnte doch niemand.

Die Fenster an der Vorderseite des Gutshauses waren dunkel, aber von der Rückseite kam Licht. Dort wohnten Bauarbeiter, wie Ulla erwähnt hatte. Bestimmt war bei denen irgendwas los.

Der Wagen fuhr über den gerechten Kiesplatz vor dem Eingang und verschwand hinter dem Gebäude.

Ich horchte am offenen Fenster. In der stillen Sommernacht waren alle Geräusche deutlich zu hören. Eine Waldtaube gurrte, ansonsten waren die Vögel für die Nacht verstummt. Eine Autotür wurde zugeschlagen, dann noch eine.

Ich behielt das Gutshaus im Blick, obwohl alles ruhig blieb. Die große Eiche, der Ulla ihren Gips zu verdanken hatte, reckte ihre buschigen Äste in den Himmel. Weiter hinten schwebte ein leichter Nebel überm Gras.

Als es Wuff langweilig wurde, rollte sie sich auf meinem Kissen zusammen, aber kurz darauf zwang ich sie, mir Platz zu machen. Grummelnd rückte sie zur Seite und ich legte mich neben sie hin.

Durch das Fliegengitter strömte frische Luft ins Zimmer. Fröstelnd zog ich mir die Decke bis ans Kinn.

Ich lag da und horchte auf weitere Geräusche, doch nach und nach glitten meine Gedanken in andere Bahnen. Wie war ich froh, dass ich Alexander hierherbegleitet hatte! Daheim ließen mir die Gedanken an die schlimmen Erlebnisse des letzten Jahres während meiner schlaflosen Nächte keine Ruhe. Hier konnte ich die Unruhe leichter an mir abfließen lassen. Nichts erinnerte mich an irgendwelche Gerichtsverfahren, die sowohl schon hinter mir als auch noch vor mir lagen.

Wahrscheinlich war ich gerade am Einschlafen, als ich wieder eine Autotür zuschlagen hörte. Danach startete ein Motor, zuerst leicht abgehackt, dann mit lautem Schnurren.

Plötzlich war ich hellwach.

Das Auto befand sich auf dem Rückweg!

Ich schoss aus dem Bett hoch und konnte gerade noch den Fahrer des Lieferwagens sehen, der ausstieg, um das Tor zu öffnen.

Ich erkannte ihn sofort.

Es war der Pfarrer!

Was hatte der mitten in der Nacht hier verloren?

*

Nadja wachte mit einem Ruck auf und sah sich verwirrt um, bevor ihr einfiel, wo sie sich befand. In dem Kellerraum war es zwar nicht stockfinster, so wie in der Kiste, aber trotzdem konnte sie nicht erkennen, ob es spät am Abend war oder früh am Morgen oder ob der Himmel draußen einfach grau und bedeckt war. Es konnte sogar mitten in der Nacht sein.

Nach den vielen Tränen waren Nadjas Augen trocken und fühlten sich an, als wären sie voller Sand. Sie streckte sich, aber mitten in der Bewegung hörte sie etwas. Ein fahrendes Auto. Es näherte sich, die Reifen rollten knirschend über den Kies.

Dann erstarb das Motorengeräusch, Autotüren wurden geöffnet und wieder zugeschlagen. Schritte im Kies. Mehrere Personen, zehn oder mehr.

Sie erhob sich mühsam auf dem Bett und spähte hinaus, konnte aber weder das Auto noch dessen Fahrgäste sehen.

Aber sie hörte Stimmen. Männer und wenigstens eine Frau unterhielten sich leise in einer fremden Sprache. Sie verstand kein Wort.

Plötzlich zuckte sie zusammen. Eine Stimme erhob sich über die anderen.

Adrenalin strömte wie heiße Lava durch ihren Körper. Sie konnte nur noch keuchend atmen.

Svenne?

Das war einfach nicht möglich!

Es musste das schlechte Gewissen sein, das ihr seine Stimme vorgaukelte. So wie sie sich vorhin eingebildet hatte, ihn in dem Türfensterchen gesehen zu haben.

Sie lauschte angespannt, aber inzwischen waren die Stimmen verstummt und die Schritte hatten sich entfernt. Das Auto startete mit abgehacktem Motorengeräusch und rollte über den Kies davon. Kurz sah sie weißen Lack aufglänzen, dann verschwand es.

Es wurde still.

Sie zitterte vor Kälte und Schock.

Das konnte unmöglich Svenne gewesen sein.

Svenne war doch tot.

Zweifel spülte wie eine Flutwelle über sie hinweg.

MITTWOCH

Ich wachte früh auf, und weil Ulla und Alexander noch schliefen, ging ich mit Wuff hinaus. Ich blieb innerhalb der Mauer und folgte neugierig einem Pfad, der auf das ferne Wasserfunkeln zuführte.

Die Büsche waren zusammengewachsen und die Zweige bogen sich zur Erde. Ich fühlte mich wie in einem Tunnel.

Nach ungefähr zwanzig Metern kam ich an die Mauer. Durch eine Öffnung floss ein Nebenarm des Flusses in das Grundstück herein. Die Öffnung wurde von einem Eisengitter verschlossen.

Das Wasser plätscherte langsam zwischen den Büschen einher. An einer Biegung des Flusses schirmte ein hölzernes Geländer eine verwilderte Laube vom Wasser ab, und eine morsche Holzbank erinnerte an die Zeit, als man noch hier gesessen und die Aussicht bewundert hatte.

Bald lichtete sich das Gebüsch und linker Hand breitete sich der Park aus. Die hohen Bäume standen bestimmt mindestens schon so lange hier wie das Gutshaus selbst. Ihre dicht belaubten Äste milderten die Hitze ab, die vibrierend in der Luft hing. Ein Eichhörnchen mit buschigem Schwanz kletterte an einem Stamm herunter, bis es Wuff entdeckte und wieder nach oben flitzte.

Die Büsche schützten mich vor Blicken, ich dagegen hatte eine ungestörte Aussicht auf den prunkvollen Eingang des Gutshauses. Trotz der Hitze standen keine Fenster offen. Nirgends war ein Auto zu sehen. Nur ein einsames blaues Damenfahrrad lehnte an der Hauswand.

Ich hielt Ausschau nach Ullas Leiter, doch in der Nähe der großen Eiche befand sie sich nicht.

Als ich weiterging, konnte ich auch die Rückseite des Hauses sehen. Dort waren offensichtlich Reparaturarbeiten im Gang. Ein in milchig weiße Plastikplanen gehülltes Baugerüst bedeckte einen Teil der hinteren Fassade. Aber nirgends war ein Mensch zu sehen.

Vor lauter Neugier vergaß ich, auf Wuff zu achten, was sie sofort nutzte, um auszubüxen. Sie lief über den Kiesplatz zu einem der schmalen Kellerfenster in der Seitenwand und schnupperte daran.

Shit! Ich hätte sie an die Leine nehmen sollen.

Ich pfiff.

Sie drehte sich um und trottete gehorsam zurück.

„Braves Mädchen!", lobte ich sie und steckte eine Hand in die Tasche meiner Shorts, um ihr ein Leckerli zu geben. Im selben Moment sah ich, dass sich etwas hinter dem Fenster bewegte, das Wuff beschnuppert hatte. Ein junges Mädchen, das mir zuwinkte.

War das nur ein Gruß? Oder wollte sie etwas von mir?

Ich trat ein paar Schritte näher. Die Neugier trieb mich vorwärts, obwohl ich mir bewusst war, dass ich damit mein Versteck verließ. Ich sah mich verstohlen um, wie ein Dieb, der befürchtet, ertappt zu werden. Da merkte ich, dass sich etwas hinter der Plastikhülle bewegte. Auf dem Baugerüst standen Leute! Schnell zurück, bevor sie mich entdeckten! Wir hatten hier nichts verloren.

„Was zum Teufel machst du hier?"

Nur mit Mühe konnte ich einen Schrei unterdrücken, als ich zu der Stimme herumfuhr. Ich hasse es, wenn man sich an mich anschleicht!

Eine Frau kam mit großen Schritten auf mich zu.

Man brauchte keinen besonders hohen IQ zu haben, um zu kapieren, dass das hier Marju sein musste, die Aufseherin, von der Ulla gesprochen hatte. Sie sah wie eine Person aus, der man lieber nicht in die Quere kommen sollte – eine breitschultrige, durchtrainierte Amazone mit einem Stiernacken unter den kurz geschnittenen, blond gefärbten Locken. Ihre angespannten Oberschenkelmuskeln drohten die eng anliegenden Shorts fast zu sprengen und aus den kurzen Ärmeln ihrer weißen Bluse quollen pralle Bizepsmuskeln.

Ich legte Wuff schnell an die Leine. Sie stieß ein warnendes Bellen aus. Marju ließ sich nicht davon beeindrucken, sondern legte ihre Hand auf den Schlagstock, der an ihrem Gürtel hing. Offensichtlich würde sie kaum zögern, ihn zu benutzen, falls sie sich bedroht fühlen sollte.

„Ich ..."

Sie gab mir keine Gelegenheit, etwas zu erklären.

„Verschwinde!"

„Aber ich ..."

„Hau ab!"

„Aber ich wohne im Pförtnerhäuschen."

„Dann bleib gefälligst dort!"

Ich drehte mich um und zog Wuff hinter mir her. Meine Knie zitterten vor Wut. Aus purem Trotz lief ich quer über den Rasen und spürte dabei den brennenden Blick der Aufseherin im Rücken.

*

Irgendetwas prallte ans Kellerfenster. Nadja zuckte zusammen und schaute nach oben. Eine schwarze Schnauze presste sich an die Fensterscheibe und hinterließ einen schmierigen Fleck.

Ein Hund!

Sie stellte sich aufs Bett und spähte hinaus.

Vermutlich war es früh am Morgen. Die Sonne schien wie ein blasser Ball durch den Dunst.

Der Hund hatte schon das Interesse an ihr verloren und lief durch das Gras auf ein schmales blondes Mädchen zu, die in Nadjas Alter zu sein schien. Sie trug Jeans-Shorts und ein Trägerhemd. Offenbar war es warm.

Das Mädchen war die erste Person, die Nadja in dem Park gesehen hatte. Wohnte sie hier im Haus? Vielleicht wusste sie etwas über den Mann, dessen Stimme so klang wie die von Svenne? Oder war sie nur in den Park gekommen, um ihren Hund auszuführen?

Nadja winkte, in der Hoffnung, von dem Mädchen gesehen zu werden. Es war viele Stunden her, seit Sergej sie verlassen hatte. Sie hatte Hunger und Durst. Vielleicht könnte das blonde Mädchen ihr helfen.

Nadja fuchtelte mit beiden Händen.

Mit klopfendem Herzen sah sie, dass das Mädchen sich auf das Haus zu bewegte. Doch dann wurde sie von einer barschen Stimme aufgehalten. Die Stimme drang sogar durch das geschlossene Fenster. Eine kräftige Frau ging mit großen Schritten auf das Mädchen und den

Hund zu. Nadja verstand kein Wort, aber dass die Frau die Anwesenheit der beiden nicht schätzte, ließ sich leicht erraten.

Das Mädchen versuchte kurz zu widersprechen, gab es dann aber auf und verschwand mit ihrem Hund.

Nadja blieb stehen, während die Aussicht vor ihren Augen verschwamm.

*

Ulla und Alexander saßen in der Küche, als ich von meinem Spaziergang zurückkam. Sie hatten heute Nacht kein Auto gehört. Das war auch nicht weiter verwunderlich. Schließlich teilten sie ihr Bett nicht mit einem Hund. Außerdem gingen ihre Fenster auf den ruhigen Garten hinaus.

Aber Ulla wollte mir nicht glauben, dass es der Pfarrer gewesen war, der am Steuer gesessen hatte.

„Der Pfarrer hat ein kleines blaues Auto. Außerdem, was sollte er mitten in der Nacht hier verloren haben?"

Wäre sie meine Mutter gewesen, wäre ich in die Luft gegangen, aber mit der Oma eines Freundes fängt man keine Diskussionen an.

Es *war* der Pfarrer gewesen, den ich gesehen hatte.

„Und die Bauarbeiter?", entschlüpfte es mir.

„Was für Bauarbeiter?"

Also kam ich nicht umhin, von dem Baugerüst an der Rückseite des Gutshauses zu erzählen, von dem Mädchen am Fenster und von der Aufseherin, die mich verscheucht hatte.

Ulla seufzte.

War sie jetzt böse?

„Tut mir leid", sagte ich reumütig, „aber ich hab mir eingebildet, das Mädchen braucht Hilfe. Hoffentlich kriegst du jetzt keine Schereien?"

„Na ja, jetzt ist es eben passiert. Aber es ist besser, wenn ihr um das Gutshaus einen Bogen macht."

„Also ehrlich, Svea, was hast du dir eigentlich dabei gedacht?", fragte Alexander und warf mir einen sauren Blick zu.

„Ich hab mir eingebildet, dass sie etwas von mir wollte."

Er zuckte die Schultern.

„Vielleicht hat sie gerade das Fenster geputzt."

„Sie hatte keinen Lappen in der Hand", protestierte ich.

Aber Alexander bedeutete mir mit einer gereizten Geste, das Thema sei jetzt ausdiskutiert.

„Garantiert war es einer dieser Bauarbeiter, der heute Nacht mit dem Auto unterwegs war", entschied er.

Es *war* aber der Pfarrer!, dachte ich, sagte aber nichts.

Nach einer schnellen Dusche deckten Alexander und ich den Frühstückstisch im Garten im Schatten der Fliederbüsche.

Ulla saß vor der aufgeschlagenen Zeitung, aber weder Alexander noch ich waren an irgendwelchen Nachrichten interessiert.

„Was haben wir heute für Pflichten?", fragte Alexander, während er sich noch ein Brot strich.

Ulla sah sich im Garten um.

„Der Rasen müsste gemäht werden, sonst nichts."

„Gut. Wenn das erledigt ist, gehen wir schwimmen!"

Ich nickte vergnügt und trank einen Schluck kalten Orangensaft, dessen erfrischende Kühle bis ins Zwerchfell drang.

„Dann nix wie los", sagte Alexander. „Rasen oder Abwasch?"

„Abwasch."

„Typisch!"

Ich ärgerte mich nicht über seine Bemerkung. Er durfte gern den Macho spielen, Hauptsache, mir blieb diese Aufgabe erspart.

Während ich abräumte, ging er zum Gartenschuppen. Durch die offene Tür ließ sich ein Paradies für Gärtner erahnen, mit Spaten, Hacken, Rechen und Geräten, die ich noch nie gesehen hatte. Auf den Wandregalen standen Eimer, Dosen und Töpfe in dichten Reihen. Mitten im Schuppen wartete ein Motorrasenmäher, den Alexander an einem Fahrrad und einem Schubkarren vorbei ins Freie manövrieren musste.

„Soll ich dir ins Haus helfen?", fragte ich Ulla.

„Nein danke", sagte sie. „Es ist mir ein Genuss, zuschauen zu dürfen, wenn andere arbeiten."

Ich trug das Geschirr in die Küche und stellte mich an die Spüle. Mitten in der Arbeit entdeckte ich, dass ich vor mich hin summte. Ein Glück, dass Mama mich nicht sehen konnte, sonst hätte sie sich womöglich eingebildet, ich hätte Spaß am Geschirrspülen.

Als das Spülwasser gurgelnd im Ausguss verschwand, hatte der Rasenmäher auch zu Ende gebrummt.

Alexander kam in die Küche, schweißglänzend, mit roten Wangen und Grasflecken an Armen und Beinen.

„Nächstes Mal musst du den Rasen mähen."

„Kein Problem!"

Das konnte ich leicht versprechen. Bei uns daheim wird das Gras höchstens alle zwei Wochen gemäht. Und in zwei Wochen würden wir nicht mehr hier sein.

Er kippte zwei Gläser Wasser hintereinander in sich rein und verschwand dann unter die Dusche.

Zehn Minuten später hatten wir Handtücher und Getränke in unsere Rucksäcke gepackt und zogen los. Der große Badestrand am Meer lag ein paar Kilometer entfernt, aber dort waren keine Hunde erlaubt. Alexander wollte mir stattdessen seinen eigenen Badeplatz zeigen.

Wir überquerten die Brücke, über die wir bei unserer Ankunft gefahren waren, und bogen dann nach links auf einen Fußweg ein, der am Fluss entlangführte.

Alexanders Haare waren nach der Dusche noch etwas feucht und lockten sich an den Schläfen.

Ich schielte zu ihm rüber.

Mein Freund.

„War Mikaela irgendwann mal hier?"

Verstohlen beobachtete ich sein Profil. Seine Miene hatte sich verdüstert. Ich bereute meine Bemerkung sofort, aber manchmal konnte ich mir den Gedanken daran, dass Alexander in Mikaela verliebt gewesen war, einfach nicht verkneifen. Wenn sie nicht gestorben wäre, würde sie jetzt vielleicht an seiner Seite gehen.

Schnell schüttelte ich den Gedanken von mir ab. So was Bescheuertes!

Plötzlich drehte er sich zu mir um und sah mir in die Augen.

„Mit ihr war es nicht dasselbe!"

Ich nickte zögernd. War das jetzt gut oder schlecht?

Er erklärte nicht, was er meinte, und ich wurde bald auf andere Gedanken gebracht. Wir näherten uns einem Wasserfall. Schon von weitem war das Rauschen zu hören. Je näher wir kamen, desto mächtiger schwoll es an.

Das rote Holzgebäude, das ich gestern von der Brücke aus gesehen hatte, war eine alte Mühle. Wenigstens behauptete Alexander das, obwohl es in meinen Augen fast wie ein normales Haus aussah. Das Steinfundament wuchs an der Stelle aus dem Boden, wo der Fluss sich gabelte. Bis zur Schleuse strömte das Wasser ruhig dahin, um dann schäumend flussabwärts zu stürzen.

Nach dem Wasserfall wurde der Fluss breiter und das Wasser floss auf eine steinerne Brücke zu, die mindestens hundert Jahre alt sein musste. Dahinter öffnete sich das funkelnde Meer.

Alexander lenkte seine Schritte zu einem schwimmenden Holzsteg ungefähr zwanzig Meter vor der Brücke.

„Das hier ist mein Badeplatz", sagte er.

Wir stellten unsere Rucksäcke ab und breiteten unsere Badetücher aus.

Alexander stieß mich an und deutete zur Brücke rüber. Das hätte er nicht zu tun brauchen, ich sah sie auch so.

Eine große Gruppe Jugendlicher war dort versammelt. Sie waren in unserem Alter. Ich zählte sie, es waren neun.

Von Jugendcliquen hatte ich vorerst genug. Ich wäre lieber mit Alexander allein gewesen. Aber ich tröstete mich damit, dass sie ein gutes Stück von uns entfernt waren.

Die beiden Mädchen in der Gruppe hatten keine Badesachen an. Die Jungs dagegen trugen Badehosen und hatten nasse Haare.

Mir wurde schnell klar, warum. Einer der Jungs kletterte aufs Brückengeländer.

Ich erkannte ihn sofort. Sein Haar war immer noch ungewöhnlich hell, obwohl es nass war.

Es war der Junge aus der Kirche!

Er balancierte ein Weilchen hin und her und machte dann einen eleganten Rückwärtssalto durch die Luft, bevor er ins Wasser tauchte.

„Ist das wirklich tief genug?", fragte ich.

Der Kopf des Jungen durchbrach im selben Augenblick die Wasseroberfläche. Er winkte der Gruppe auf der Brücke zu.

„Offenbar", sagte Alexander. „Das da hättest du auch geschafft."

Ich zuckte bescheiden die Schultern. Klar. Ich schwimme und tauche wie ein trainierter Delfin.

„Na, ist das nicht schön hier?", fragte Alexander.

„Mhm."

Ich hab sonst nicht besonders viel für Naturschönheit übrig, aber sogar ich musste zugeben, dass es sehr schön war. Ich holte mein Handy aus der Tasche, um ein Foto zu machen.

Die fotogeile Wuff stellte sich sofort auf dem Steg in Pose.

„Braves Mädchen!"

Ich fotografierte sie vor dem Hintergrund der alten Steinbrücke.

„He, was fällt dir ein?"

Ich hätte vor Verblüffung fast das Handy fallen gelassen.

Der größte Junge aus der Gruppe, ein wahres Muskelpaket, warf mir wütende Blicke zu.

Ich deutete mit der Hand auf Wuff.

„Hab meinen Hund aufgenommen!"

„Tu das gefälligst woanders!"

In mir brodelte Wut hoch. Wir hatten dasselbe Recht wie die, hier zu sein! Wir wollten doch baden.

„Hey ..."

Alexander unterbrach mich mit einer beruhigenden Hand auf meiner Schulter.

„Bleib cool!"

„Dieser Typ da kann doch nicht bestimmen, was ich zu tun habe!", fauchte ich.

„Wenn du Zoff machen willst, brauchst du mit mir nicht zu rechnen. Ich will jetzt schwimmen!"

Seine Kleider landeten in einem Haufen auf dem Steg. Er hatte seine Badehose darunter an und sprang gleich ins Wasser.

Ich warf einen letzten Blick zur Brücke rüber und zeigte ihnen den Stinkefinger. Keine besonders subtile Weise, Unzufriedenheit auszudrücken, aber die Botschaft kam an. Das Muskelpaket verzog das Gesicht, aber ich sah, dass der blonde Junge belustigt lächelte.

Weil ich den Bikini auch schon anhatte, brauchte ich mich bloß aus meinem Trägerhemd und den Shorts rauszuschälen und aus den Sandalen zu steigen. Ein paar Sekunden später war ich ebenfalls im Wasser. Aber Wuff blieb auf dem Steg stehen und spähte hinter mir her.

„Ich darf so viel fotografieren, wie es mir passt", grummelte ich vor mich hin, während ich Alexander schwimmend einholte.

„Wahrscheinlich haben die geglaubt, du würdest sie aufnehmen. Es ist nämlich verboten, von der Brücke zu springen."

Als ich einsehen musste, dass Alexander recht hatte, schluckte ich meine Wut herunter. Die konnten ja nicht wissen, wer wir waren. Bestimmt befürchteten sie, wir würden die Bilder irgendwelchen Leuten zeigen, die sie lieber nicht sehen sollten. Ihren Eltern zum Beispiel. Oder der Polizei. Oder wir würden sie ins Netz stellen.

„Wieder alles gut?", fragte er.

Als Antwort bespritzte ich ihn mit Wasser. Wahrscheinlich hätten wir eine Wasserschlacht begonnen, wenn Wuff nicht im selben Moment beschlossen hätte, ins Wasser zu springen und ich nur noch davon in Anspruch genommen wurde, zu verhindern, dass sie zu den tauchenden Jungs hinausschwamm.

*

Nadja blieb beharrlich auf dem Bett stehen in der Hoffnung, dass das Mädchen mit dem Hund wieder auftauchte. Ihre Beine zitterten vor Erschöpfung, aber sie gab nicht auf.

Plötzlich hörte sie eine Tür zuschlagen. Dann klapperten harte Absätze über den Boden des Kellerkorridors.

Schnell ließ sie sich wieder aufs Bett sinken.

Schon im nächsten Moment rasselte ein Schlüssel im Schloss.

Sergej?

Doch kaum hatte sie den Gedanken gedacht, sah sie ein, dass Sergej noch nicht zurück sein konnte. Er hatte zu Hause immerhin einiges zu erledigen.

Die Tür ging auf und eine Frau trat ein, dieselbe Frau, die das Mädchen mit dem Hund verscheucht hatte. Sie rümpfte die Nase und ließ den Blick durch das Zimmer wandern, bis er an dem Eimer in der Ecke hängen blieb.

Nadja hatte sich fast an den Gestank gewöhnt, der von dem Eimer und ihrem eigenen Körper ausging. Für jemand von draußen musste es schlimmer sein.

Obwohl es nicht ihre Schuld war, dass sie weder duschen noch eine Toilette benutzen durfte, schämte sie sich.

Um zu zeigen, dass sie immer noch ihren Stolz bewahrt hatte, starrte sie die Frau trotzig an.

Die Augen, die sie ansahen, waren grau, aber nicht unbedingt unfreundlich. Mit der Andeutung eines Lächelns reichte die Frau ihr eine Plastikdose und eine Gabel und stellte dann eine Plastikflasche mit Wasser auf die Holzkiste neben dem Bett.

Nadja riss den Dosendeckel ab und begann gierig in sich hineinzuschaufeln. Das Wasser trank sie in großen Schlucken direkt aus der Flasche.

„Immer schön langsam", ermahnte die Frau. „Sonst kriegst du Bauchweh."

Sie sprach Russisch. Zwar mit einem seltsamen Dialekt oder Akzent, aber Nadja freute sich trotzdem.

„Weißt ... du ... wann Sergej zurück...kommt?", fragte sie zwischen den Bissen.

„Iss jetzt!"

Der Hunger war stärker als alles andere. Erst als ein Gefühl der Sättigung sich in ihrem Körper einstellte, wurde ihr quälend bewusst, dass sie keine vernünftige Antwort auf ihre Frage erhalten hatte.

„Wie lange muss ich hierbleiben?"

Die Frau zuckte die Schultern.

Nadja sehnte sich hinaus ins Freie, sehnte sich danach, die Sonne auf der Haut zu spüren. Die Sonne, die draußen vor dem schmalen Fensterchen schien und die Landschaft mit ihren Strahlen überflutete.

„Ich muss aufs Klo. Und duschen. Bitte, darf ich aufs Klo gehen?"

Ihre Stimme klang dünn und kläglich.

„Bitte, darf ich?"

Die Frau schüttelte irritiert den Kopf und nickte zu dem Eimer hinüber.

Aber der stank doch! Irgendjemand müsste ihn leeren. Und ihre Kleider war ekelhaft steif vor Schweiß.

„Aber ..."

„Bist du endlich fertig?!"

Als die Frau sah, dass die Dose leer war, griff sie danach und zog sie Nadja aus den Händen.

Nadja schluchzte auf.

„Aber ..."

„Du musst warten!"

Mit ein paar großen Schritten war die Frau an der Tür. Sie riss sie auf, schlug sie laut hinter sich zu und verschwand.

Nadja sank auf dem Bett zusammen.

Wieder allein.

Sie schluchzte, aber als sie die Gabel entdeckte, die vergessen auf dem Bett lag, blieb ihr das Weinen im Hals stecken.

Hastig versteckte sie die Gabel unter der Matratze, voller Angst, dass die Frau wieder hereinkommen könnte. Die Gabel würde vielleicht irgendwann von Nutzen sein, auch wenn sie im Moment keine Ahnung hatte, wie.

Ein paar Minuten saß sie einfach da und erging sich in Selbstmitleid, als die Frau überraschend wieder auftauchte. Über ihrem einen Arm hingen mehrere Kleidungsstücke.

„Komm!"

Nadja traute ihren Ohren kaum.

Mit gerunzelter Stirn nickte die Frau ungeduldig zur Tür rüber.

Nadja flog durchs Zimmer, schnell, bevor die Frau es sich anders überlegen konnte.

In der Türöffnung wurde sie von einer erhobenen Handfläche gebremst.

„Keine Tricks!"

Nadja schüttelte energisch den Kopf. Sie würde keine Schwierigkeiten machen. Was könnte sie schon tun? Sie befand sich ohne Pass und ohne Geld in einem fremden Land. Außerdem war sie eine gesuchte Mörderin.

„Wie heißt du?", fragte sie.

Erstaunlicherweise bekam sie eine Antwort.

„Marju."

„Aber du bist keine Russin, oder?"

Marju schüttelte schnell den Kopf. Das war nicht nur ein Nein, sondern auch ein Zeichen, dass sie keine weiteren Fragen wünschte.

„Und ich heiße ..."

„Nadja. Ich weiß."

Der Kellerkorridor lief an stabilen Holztüren und Maschendrahtverschlägen voller Gerümpel entlang.

Ob es wohl noch mehr Mädchen im Keller gab?

„Wo ist dieses andere Mädchen abgeblieben?", kleidete sie spontan ihre Gedanken in Worte.

„Welches Mädchen?"

Marjus Stimme klang barsch. Nadja bereute, dass sie gefragt hatte, konnte aber nicht damit aufhören.

„Die im selben Auto ankam wie ich. Im Kofferraum, glaube ich."

„Hier gibt es kein anderes Mädchen."

„Aber wo ist die dann hingekommen? Hat Sergej sie mitgenommen? Sie hat so laut geweint ..."

„Hör auf damit!"

Marju führte Nadja an eine dicke Tür ohne Guckfenster. Sie schloss sie auf und öffnete sie.

Die Tür führte in den Hof.

Die frische Luft, die hereinströmte, war heiß und das Licht so blendend hell, dass Nadja ihre Lider zukneifen musste. Die Sonne schien sengend wie durch ein Brennglas in ihre empfindlichen Augen.

Sie machte ein paar unsichere Schritte ins Freie, hob die Hand als Schutz vor dem starken Licht und blinzelte. Das Erste, was sie hier gesehen hatte, war der lauschige Park gewesen. Aber jetzt sah sie mehr. Sie sah Büsche, Blumen und Bäume, Einzelheiten, die durch das schmale Fenster nicht zu erkennen gewesen waren.

Schnell drehte sie sich um und betrachtete das Haus, in dessen Keller sie die letzten vierundzwanzig Stunden verbracht hatte. Es war ein großes zweigeschossiges Gebäude. Die halbe Rückseite war in weiße Plastikplanen gehüllt. Unter dem milchig weißen Vorhang ließ sich ein Baugerüst aus Metall erahnen.

Auf dem Gerüst bewegten sich mehrere Personen, deren Konturen sie nur kurz sehen konnte, bevor Marju sie am Arm zog.

„Komm jetzt!"

Sie führte Nadja quer über den Hof zu einem großen rot gestrichenen Gebäude, das eher an einen Stall oder eine Scheune erinnerte als an ein Wohnhaus. Die Fassade wurde nur von einem einzigen kleinen Fenster unterbrochen.

Marju zog die Tür auf und bedeutete ihr, reinzugehen.

Am liebsten hätte Nadja vor Enttäuschung geschrien. Sie wollte die Wärme und die Sonne noch länger genießen.

Aber Marju war ungeduldig und zog sie in eine kahle Eingangshalle. An Reihen von Haken hingen fleckige Arbeitskleider und Kappen. Eine offene Tür führte in einen großen Saal, in dem lange Reihen von Stockbetten standen. Auf den Betten lagen Kleider und alle möglichen Gebrauchsgegenstände. Offenbar wohnten hier mehrere Personen.

Links vom Eingang konnte Nadja eine Kochnische mit einer Spüle, einem Kühlschrank und Regalen voller Geschirr erkennen.

Marju schlug die einzige Tür auf, die geschlossen war. Sie führte in ein weiß gekacheltes Badezimmer mit Toilette, Waschbecken und Duschkabine.

„Oh!"

Nadja seufzte und suchte in Marjus Gesicht nach einer Antwort.

Durfte sie?

Marju nickte.

„Danke, danke, danke ..."

Nadja ratterte die Worte herunter wie ein Mantra. Sie war so glücklich, dass sie die Frau am liebsten umarmt hätte, aber als hätte Marju Nadjas Vorhaben geahnt, reichte sie ihr den Kleiderhaufen, stellte sich dann breitbeinig in einiger Entfernung hin und verschränkte die Arme vor der Brust.

„Fünf Minuten", sagte sie streng.

Nadja nickte kurz und schlüpfte ins Bad.

Sie schwebte vor Glück. Versuchsweise drehte sie den Wasserhahn auf. Sowohl kaltes als auch heißes Wasser strömte in das fleckige Waschbecken. Voller Eifer riss sie sich die schmutzigen Kleider vom Leib und stieg in die Duschkabine. Dort roch es nach Schimmel, aber das Wasser war immerhin sauber.

Auf einem Regal in der Kabine stand eine Plastikflasche, die etwas enthielt, das entweder Shampoo oder Duschcreme sein konnte oder beides zugleich. Sie rieb sich mit der nach Blumen duftenden Creme Haare und Körper ein und spülte dann voller Genuss Schmutz und Schaum von sich ab.

Viel zu schnell hörte sie ein ungeduldiges Klopfen an der Tür.

„Sieh zu, dass du fertig wirst!"

Widerstrebend drehte Nadja den Wasserhahn zu und trocknete sich mit dem Badetuch ab. Sie wickelte es sich um die Hüften und sah den Kleiderhaufen durch. Der Schlüpfer und die schwarzen Shorts waren ein paar Nummern zu groß, genau wie das weiße T-Shirt, aber wenigstens waren die Sachen sauber.

Sie legte ihre eigenen Kleider zu einem Bündel zusammen. Wohin damit?

Marju klopfte zweimal an die Tür und öffnete sie dann.

„Bist du immer noch nicht fertig?"

Sie nahm Nadja das Badetuch und das Kleiderbündel ab.

Unwillig ließ Nadja die Sachen los. Die Kleider waren zwar schmutzig und rochen schlecht, gehörten aber ihr.

Sie traten wieder in die Sonne hinaus. Als Marju sie in Richtung Keller über den Hof ziehen wollte, sträubte Nadja sich.

„Bitte, darf ich noch ein bisschen draußen bleiben?", flehte sie.

Sie hörte selbst, wie kläglich ihre Stimme klang, konnte aber nichts dagegen tun. Sie wollte einfach nicht wieder eingesperrt werden!

„Nein", sagte Marju automatisch.

Dann blieb sie stehen und musterte Nadja von Kopf bis Fuß.

„Oder ..."

Nadja wurde unruhig.

Warum sieht sie mich so an?

*

Auf dem Heimweg vom Schwimmen brannten meine Schultern. Hoffentlich hab ich keinen Sonnenbrand, dachte ich.

Wir fanden Ulla im Garten neben einer Thermoskanne und einer Kaffeetasse und mit einem großen Strohhut auf dem Kopf.

„Noch mehr Kaffee?", fragte ich.

„Ja, bitte", sagte sie. „Und gerne auch eine Scheibe Hefezopf. Und du kannst dir auch gleich etwas nehmen."

Damit Ulla keine wässrige Brühe trinken musste, überließ ich Alexander das Kaffeemachen. Währenddessen goss ich Himbeersirup in einen Glaskrug, drehte den Wasserhahn auf und ließ das Wasser kalt werden, bevor ich den Krug bis fast an den Rand füllte. Dann holte ich ein paar Eiswürfel aus dem Kühlschrank und tat sie in die Gläser.

Über meine häusliche Begabung mag man geteilter Meinung sein, aber im Saftmischen bin ich unschlagbar!

Nach der Kaffeepause lagen wir träge im Schatten herum. Wahrscheinlich war ich kurz eingeschlafen, ich zuckte nämlich zusammen, als mein Handy klingelte.

Eine SMS.

Das Display zeigte Jo an.

Was machst du?

Rumhängen. Und du?

Shoppen. Immer noch verknallt?

Total!!! Wir sind bei A's Oma in Trosa.

Nur ihr zwei?

Plus Wuff

Cool!
Find ich auch. Hast du was am Laufen?
Irgendwie schon. Muss los. XOXO. J.
Bussi. S.

„War das Jo?", fragte Alexander.

„Mhm."

„Alles okay?"

„Scheint so."

„Wann kommt sie nach Hause?"

„Weiß nicht. Wenn die Schule anfängt, glaube ich."

Als ich an sie dachte, merkte ich plötzlich, wie sehr sie mir fehlte. So lange wie diesen Sommer waren wir noch nie voneinander getrennt gewesen.

Ulla unterbrach meine Überlegungen. Sie gähnte und reckte sich.

„Hoppla, bin wohl eingenickt. Hört mal, was haltet ihr davon, heute Abend zu grillen?"

„Von mir aus jetzt gleich", sagte Alexander. „Ich krieg allmählich Hunger."

„Aber dann müsst ihr vorher einkaufen."

Er stand auf.

„Okay, was sollen wir besorgen?"

Ich schüttelte das Heimweh nach meiner besten Freundin ab und folgte seinem Beispiel.

„Alles, was ihr wollt", antwortete Ulla verschmitzt.

„Das müssten wir eigentlich schaffen", sagte Alexander.

Er zwinkerte mir zu.

„Oder?"

„Mhm." Ich war nicht ganz so überzeugt wie er.

Wir versorgten Ulla und Wuff mit Wasser und machten uns auf den Weg.

Zum nächsten Supermarkt waren es nur zehn Minuten. Als Alexander und ich den Einkaufswagen vor uns herschoben, ging mir auf, dass ich bisher immer nur mit meinen Eltern eingekauft hatte, noch nie in fremder Begleitung.

Was ist, wenn wir uns nicht einigen können?, überlegte ich und wurde plötzlich nervös.

Kauft, was ihr wollt.

Mama gab mir immer eine Liste mit. Da brauchte man sich überhaupt keine Gedanken zu machen.

Freundlich, aber bestimmt schubste Alexander mich zur Seite und zog den Wagen an sich.

„Besorg du die Kartoffeln", sagte er. „Und Obst. Ich muss nur mal eben ..."

Damit verschwand er hinter einem Brotregal.

Ich füllte eine Tüte mit neuen Kartoffeln und landete dann in der Obstabteilung.

Weintrauben waren im Angebot.

Ich hielt rote Trauben in der einen Hand und grüne in der anderen. Rote oder grüne?

Und überhaupt, rote? Die waren doch dunkellila. Oder sollte ich lieber Pfirsiche nehmen?

Ich hielt Ausschau nach Alexander. Er war nirgends zu sehen. Na, wird schon nicht so wichtig sein ...

Oder?

Ich nahm von jeder Sorte eine Handvoll und dazu ein paar Pfirsiche.

Jetzt der Salat.

In kleinen Plastikschalen lagen verschiedene Sorten. Eisberg, Rucola, Romana ...

Ich hob den Zeigefinger und begann abzuzählen.

„Ich und du, Müllers Kuh, Müllers Esel, das bist ..."

„Was machst du da?"

Alexander legte ein aufgeschnittenes Brot in den Wagen.

„Nichts."

Ich versteckte den Zeigefinger, indem ich meine Hand nach dem knackigen Eichblattsalat ausstreckte und dann eine Packung Kirschtomaten nahm.

„Was ist dein Lieblingsdressing?", fragte er.

Irgendeins.

„Äh ... Rhode Island."

„Ich mag's italienisch", sagte er. „Aber ..."

Er trottete wieder davon.

„Ist doch egal!", rief ich hinter ihm her. „Nimm bitte das italienische!"

Er wedelte abwehrend mit der Hand.

Unterwegs zur Fleischtheke kamen wir an brummenden Kühltheken mit Milchprodukten vorbei. Alexander packte Milch, Joghurt und Eier in den Wagen.

Ich versuchte mir verzweifelt irgendein Grillfleisch zu überlegen. Gleich würde er mich fragen, was ich haben wollte.

Als ich vor der Kühltheke mit den Reihen von verpackten Fleischstücken stand, hatte ich keine Ahnung, was ich wählen sollte. Rinderfilet? Rückensteak?

Und was das alles kostete!

„Was möchtest ...", fing er an.

In dem Moment entdeckte ich über der Fleischtheke ein Regal mit Soßen in Tetrapaks.

„Ich nehm schon mal die Soße", unterbrach ich ihn schnell. „Such du solange das Fleisch aus."

„Okay", sagte er zu meiner großen Erleichterung.

Mit übertriebenem Interesse studierte ich das Etikett der Sauce béarnaise, bis Alexander eine Fleischpackung in den Wagen warf, der ich dann gleich die Soße folgen ließ.

Schweinenacken. Das grillten meine Eltern auch immer. Warum war mir das nicht eingefallen?

Aber Hauptsache, der Stress war überstanden!

Wir gingen zur Kasse. Alexander strich mir verstohlen über die Wange, bevor er sich an mir vorbeidrängte, um weiter vorn die Waren in Empfang zu nehmen und in Tüten zu verpacken.

„Bleibt ja von der Brücke weg!"

Ich legte unsere Einkäufe gerade auf das Laufband und hob erstaunt den Kopf.

Der Typ an der Kasse war der Muskelprotz von der Brücke!

„Sprichst du mit mir?", fragte ich.

Der Typ schob die Waren an dem piepsenden Ablesegerät vorbei, ohne aufzusehen.

Hinter mir stand ein Paar mittleren Alters. Die Frau hatte schon begonnen, ihre Einkäufe hinter uns aufs Band zu legen, und wurde sauer, weil ich einfach dastand und ihn anstarrte, anstatt weiterzumachen.

„Entschuldige!", sagte sie gereizt. „Wir haben es eilig."

Der Machotyp warf mir ein spöttisches Lächeln zu.

„Typisch Stockholmer Touris", sagte er. „Die glauben, ihnen gehört der ganze Laden."

Ich wurde rot vor Ärger und wandte mich zu der Frau um.

„Haben Sie denn nicht gehört, dass er ..."

Sie unterbrach mich mit einem ungeduldigen Stöhnen.

„Also bitte!"

Sie bedeutete mir mit rollenden Handbewegungen, ich solle mich beeilen.

Mit flammenden Wangen holte ich tief Luft, um in den ganzen Laden hinauszuposaunen, was ich von diesem unverschämten Kerl hielt.

Er kam mir zuvor.

„Wie hat Ihre Mutter die Operation überstanden?", fragte er die Frau hinter mir mit höflicher Stimme.

„Danke, gut. Sie ist unverwüstlich, zum Glück. Und wie geht's denn deinen Eltern?"

„Sie strampeln sich ab, aber es ist nicht einfach. Mein Vater muss inzwischen pendeln und meine Mutter hat immer noch keine Arbeit."

Er warf mir einen wütenden Blick zu, als wäre das meine Schuld.

Jetzt war es zu spät für meine Anschuldigungen. Wenn ich die Unterhaltung jetzt unterbrach, wäre ich diejenige, die sich unmöglich benahm.

Ich musste meine Wut schlucken, bis wir draußen waren.

„So ein bescheuerter Typ!", wetterte ich. „Dort kaufen wir nie mehr ein!"

Alexander nickte.

„Na, dann werden wir eben Omas Gefriertruhe plündern müssen."
Dann begann er über etwas anderes zu reden, aber ich hörte nicht zu. Ich war immer noch wütend. Was mich am meisten ärgerte, war, dass dieser ungehobelte Kerl mein Bild von einer Idylle zerstört hatte.
„Hab ich recht?", fragte Alexander.
„Ja", sagte ich, ohne eine Ahnung zu haben, was er gefragt hatte.

*

Nadja stand mehrere Meter über dem Boden auf dem Metallgerüst und hielt einen Pinsel in der Hand. Die weiße Plastikplane verdeckte die Aussicht zum Teil, konnte sie aber nicht ganz verbergen.

Der lauschige Park erstreckte sich bis an eine hohe Mauer, auf der scharfe Glasscherben in die Luft ragten. Die hielt garantiert unerwünschte Gäste fern. Hinter der Mauer funkelte das Meer.

So etwas Schönes hatte Nadja schon lange nicht mehr gesehen. Zuletzt bei Großmutter.

Diesen Gedanken verdrängte sie gleich wieder, das war zu schmerzhaft, und konzentrierte sich lieber aufs Anstreichen.

Sie überpinselte die blassgelbe fleckige Wand mit einer warmen sonnengelben Farbe. Diese Aufgabe teilte sie sich mit zwei Jungs, der eine arbeitete ein paar Meter unter ihr und der andere ein Stockwerk über ihr. Beide mochten ungefähr in ihrem Alter sein. Zwei ältere Jungen standen vor der unverhüllten Wandhälfte und schliffen mit Stahlbürsten abblätternde Farbe ab.

Von Marju hatten sie den strengen Befehl erhalten, nicht miteinander zu reden. Als ob Nadja dazu Kraft gehabt hätte! Die Sonne brannte unbarmherzig durch die Plastikplane. Sie hatte eine Wasserflasche bekommen, aber seit heute Morgen nichts mehr gegessen.

Wie lange sie schon hier stand und arbeitete, wusste sie nicht, vermutete aber, dass es wenigstens fünf Stunden sein mussten.

Der Junge unter ihr flüsterte etwas.

Nadja schielte zuerst in Marjus Richtung. Sie saß im Schatten und las eine Zeitung.

„What?", flüsterte Nadja auf Englisch.

„Kommst du nicht aus Russland?"

Der Junge konnte Russisch.

„Doch. Du auch?"

„Nein, aus Moldawien."

„Aber du kannst Russisch?"

„Ist doch klar."

Nadja wollte ihre Unwissenheit nicht zeigen und fragte lieber nichts mehr.

„Wie heißt du?"

„Grigorje. Und du?"

„Nadja."

Sie vergewisserte sich, dass Marju nicht herschaute, bevor sie neugierig zu ihm hinunterspähte. Ihr Blick begegnete zwei munteren dunkelbraunen Augen.

„Hast du ein anderes russisches Mädchen hier gesehen?", fuhr sie fort.

„Was für ein Mädchen?"

„Sie ist gleichzeitig mit mir hier angekommen. Aber sie hat geschrien und geweint, und seither hab ich sie nicht mehr gesehen."

„Aha."

Seine Stimme verriet, dass er etwas wusste, von dem sie keine Ahnung hatte.

„Was denn?", fragte sie beunruhigt.

„Äh ... jedenfalls ist sie nicht zum Anstreichen hergekommen."

„Was meinst ..."

„Pssst", machte Grigorje.

Marjus wachsamer Blick war plötzlich auf sie beide gerichtet.

Erst als Marju den Blick wieder gesenkt hatte, traute sich Nadja, ihre Frage zu wiederholen.

„Was meinst du damit?"

„Kapierst du das nicht?"

„Nein. Was denn?"

Er stöhnte auf.

„Hier sind doch bloß Jungs. Was machst du eigentlich hier?"

„Ich ..."

Das wollte sie nicht erzählen. Die Wahrheit war allzu schmerzlich und kompliziert.

„Arbeitest du schon lange hier?", fragte sie stattdessen.

Grigorje schien sich nicht darüber zu wundern, dass sie seine Frage nicht beantwortete.

„Erst seit ein paar Tagen, aber nach Schweden bin ich vor einem Monat gekommen. Meine Eltern arbeiten in Italien, und als Vladi, mein Kumpel, hierherwollte, bin ich mitgekommen."

„Ist der dort oben Vladi?"

„Nein, Vladi arbeitet im Haus."

Bisher hatte Nadja nicht daran gedacht, aber nachdem er es jetzt erwähnt hatte, merkte sie, dass sich auch im Inneren des Gutshauses Leute bewegten.

„Er hat schon mal auf dem Bau gearbeitet", fuhr er fort.

Das hieß wohl, dass nur Jungs, die schon Erfahrung hatten, im Haus arbeiten durften.

„Sind die älteren Jungs auch deine Freunde?"

„Esra und Abdullah?"

Er deutete auf die beiden dunkelhäutigen Jungs außerhalb der Plane.

„Ja."

„Das sind Flüchtlinge. Sind heute Nacht gekommen."

Nadja dachte an das Auto, das sie gehört hatte.

„In einem weißen Auto?"

„Das weiß ich nicht. Möglicherweise. Ich wurde in einem weißen Lieferwagen abgeholt. Vielleicht war es derselbe."

„Was haben sie getan?"

„Getan?"

„Ja, du hast doch gesagt, sie sind Flüchtlinge."

Girgorje schnaubte.

„Hast du noch nie etwas von Krieg gehört?"

„Doch."

„Na dann. Wie bist du hierhergekommen?"

„Mit einem Bekannten", antwortete sie ausweichend.

Sie war auf der Hut. Vielleicht besser, nicht zu viel zu sagen.

„Dann hast du also Papiere?"
„Papiere?"
„Pass, Visum und so was."
„Na ja", murmelte Nadja.
„Verstehe. Wir auch nicht. Bist du auch in einem Container gereist?"
Nadja schluckte. Nein, sie war in einer Holzkiste gereist.
„Mhm."
„Das war verdammt ungemütlich. Wir haben bloß zwei Mal Pause gemacht und etwas zu essen bekommen. Anfangs waren wir zwanzig Mann, aber zum Glück stiegen ein paar von uns in Deutschland aus. Nicht direkt eine Luxusreise, obwohl Vladi und ich je tausend Euro bezahlt haben. Und dabei sind wir billig davongekommen, weil Vladi den Fahrer kannte. Die anderen mussten über zweitausend pro Mann bezahlen. Aber das ist natürlich was anderes, die waren Flüchtlinge. Wir wollen ja bloß hier arbeiten. Wie viel hast du bezahlt?"
„Öh ... nichts."
„Aha", sagte Grigorje noch einmal.
Seine Stimme deutete an, dass er mehr wusste als Nadja.
„Du kommst wohl an denselben Ort wie das andere Mädchen, oder?"
„Was meinst du damit?"
„Weiterarbeiten!", unterbrach Marju, die plötzlich am Fuß des Gerüsts stand, das Gespräch.
Nadja pinselte weiter, etwas anderes wagte sie nicht, aber sie dachte über die unvorstellbaren Summen nach, die Grigorje und sein Kumpel hatten bezahlen müssen. Und das für eine Reise im Container! Das kam ihr verdächtig vor.
Marju vertiefte sich wieder in ihre Zeitung.
Nadja versuchte bei Grigorjes Tempo mitzuhalten, aber die Arbeit war schwer und von der Hitze wurde ihr schwindelig.
Sie beugte sich vor.
„Wo wohnt ihr?", flüsterte sie.
„Da drüben."
Grigorje zeigte zu dem Gebäude hinüber, wo Nadja geduscht hatte. Ja, das hätte sie wissen können.

„Schließt sie euch ein?"

„Nö-ö! Warum sollte sie das tun?"

„Weiß nicht. Meine Tür ist immer zugesperrt."

„Warum?"

Sie konnte nicht mehr antworten, weil Marju wieder unter dem Gerüst auftauchte. Beide verstummten, aber kaum war sie außer Hörweite verschwunden, als Grigorje etwas sagte.

„Was hast du gesagt?", flüsterte Nadja.

„Vor Marju musst du dich in Acht nehmen", sagte er. „Sie betrügt die Leute um ihr Geld. Wenn du ihr vertraust, wirst du deine Schulden nie abbezahlen können."

Welche Schulden? Sie hatte doch keine Schulden? Schließlich hatte sie keine tausende von Euros für ihre schreckliche Reise bezahlt. Egal wie anstrengend es für Grigorje im Container gewesen war, es war wohl kaum halb so widerlich gewesen wie ihre Reise in der engen Kiste.

„Welche ...", konnte sie gerade noch herausbringen.

„Das hier ist die letzte Warnung!"

Marju postierte sich unterhalb des Gerüsts und sah streng zu Nadja und Grigorje herauf.

Nadja strich weiter, aber ihre Gedanken versuchten zu verstehen, was Grigorje meinte.

Schuldete sie irgendjemandem Geld?

Und wenn, dann wem?

Die bösen Vorahnungen, die dieses Gespräch in ihr weckte, gefielen ihr ganz und gar nicht. Sie musste an das Mädchen denken, das so geschrien hatte.

Würde sie selbst auch so schreien, wenn sie begriff, was sie erwartete? Wo war das Mädchen überhaupt abgeblieben?

*

Nach einem gelungenen Grillabend fand Alexander, dass wir uns noch ein bisschen nützlich machen sollten. Er kommandierte mich zum Unkrautjäten ab, während er den staubtrockenen Rasen spritzte.

Ich bin keine besonders geübte Gärtnerin, darum habe ich den Verdacht, dass auch die eine oder andere Gartenflanze daran glauben musste, aber als Ulla auf ihren Krücken angehinkt kam, um das Ergebnis zu betrachten, beschwerte sie sich nicht. Im Gegenteil, sie nickte zufrieden.

„Und hier wird fleißig gearbeitet, wie ich sehe."

„Sag bloß nichts zu meiner Mutter. Dann werd ich dazu verurteilt, daheim auch die Beete zu jäten."

„Wenn ich ihr erzähle, dass du meine Stauden ausgerissen und das Unkraut stehen gelassen hast, hast du nichts zu befürchten."

Sie lächelte.

Ich sah sie bekümmert an.

„Hab ich das getan?"

„Ja."

Sie deutete auf ein Grasbüschel, das ich in den Schubkarren geworfen hatte.

„Schachbrettblumen. Die blühen zeitig im Frühjahr."

Ich presste das Büschel in seine Mulde zurück.

„Tut mir leid."

„Eine Pflanze macht noch keinen Sommer."

Sie lachte herzlich.

„Jetzt ist für heute genug", meinte Alexander. „Was hältst du von einem Abendschwimmen?"

Lieber hätte ich mich erst mal ordentlich abgeschrubbt. Meine Arme und Beine waren voller Erde. Sogar meine Fingernägel waren schwarz.

„Kommst du mit?"

Wuff lag im Schatten. Ich erhielt nur einen trägen Blick, bevor sie knurrend wieder einschlief.

Alexander und ich schlüpften in unsere Badesachen, hängten uns die Handtücher über die Schultern und gingen ohne Hund zur Badestelle bei der Steinbrücke. Die Bäume, die den Pfad säumten, boten eine gewisse Kühle, aber jenseits des Schattens brannte die Sonne immer noch heiß herab.

Zu unserer Enttäuschung waren wir auch diesmal nicht allein. Die Clique hatte die Brücke wieder in Beschlag genommen. Jetzt waren sie noch zahlreicher, vielleicht fünfzehn. Vor allem mehr Mädchen. Der Machotyp war nicht zu sehen.

Genau wie am Vormittag sprangen vor allem die Jungs von der Brücke, während die Mädchen sich unterhielten und zuschauten.

„Typisch", sagte ich und warf mein Badetuch auf den Steg.

„Was?"

„Die Mädchen gucken zu, während die Jungs eine Schau abziehen."

„Geh doch rauf und zeig, was du kannst." Alexander grinste.

„Was gibt's da zu grinsen?"

„Nichts."

„Glaubst du, ich trau mich nicht?"

„Klar tust du das!"

Aber er grinste immer noch.

„Oh Mann!"

Ich drehte mich um und trabte entschlossen den Hang zur Brücke hinauf. Der Erste, der mich bemerkte, war der blonde Junge aus der Kirche. Er unterhielt sich gerade mit einem kulleräugigen Mädchen, unterbrach sich aber abrupt.

Alexander holte mich im Laufschritt ein und legte mir demonstrativ den Arm um die Schultern.

Das Mädchen warf mir einen schiefen Blick zu, aber der Junge lächelte. Irgendetwas an der Art, wie er mich ansah, brachte mich dazu, mir durch die Haare zu fahren, die platt am Kopf anlagen, und zu bereuen, dass ich mir die Erde nicht von Armen und Beinen abgeduscht hatte.

Er nickte zu den anderen rüber.

„Kommt ihr nachher mit zum Hafen?"

Alle hörten auf zu reden. Sie starrten ihn empört an, als hätte er den Verstand verloren. Offenbar hielten sie nicht viel von der Idee, uns mitzunehmen.

Ich wollte gerade fragen, was sie am Hafen vorhatten, als Alexander entschied, dass wir nicht mitkommen würden.

„Nein, wir haben was anderes vor", sagte er.

Der Junge verzog plötzlich das Gesicht zu einem schiefen Lächeln, als fände er uns irgendwie komisch. Alexanders Arm lag so schwer und fest auf meinen Schultern, als wäre er dort angewachsen.

Plötzlich war mir das peinlich.

„Mal sehn", sagte ich.

Ich schlüpfte unter seinem Arm hervor und trat einen Schritt zur Seite.

Alexanders Blick brannte auf meiner einen Wange, aber ich tat so, als würde ich es nicht bemerken.

„Los, komm, wir gehen runter, schwimmen!", sagte er sauer.

Ohne meine Antwort abzuwarten, machte er kehrt, um zum Steg zurückzugehen.

„Warum springst du nicht?"

Der blonde Junge kletterte aufs Brückengeländer, den Rücken dem Wasser zugewandt.

„Traust dich wohl nicht?"

Dabei sah er nicht mich an, sondern Alexander, der stehen geblieben war und ihn finster musterte. Der Junge stellte sich in Positur, streckte die Arme hoch und vollführte dann einen genauso eleganten Rückwärtssalto wie das letzte Mal. Gleich darauf tauchte sein Kopf im Wasser auf.

„Du kannst jetzt springen!", rief er Alexander zu.

Aber wir waren auf die Brücke heraufgekommen, weil *ich* beweisen wollte, dass *ich* mich zu springen traute.

Flink wie ein Wiesel schlüpfte ich aus meinen Sandalen, kletterte aufs Geländer und blieb leicht schwankend dort stehen. Wie ein Sprungbrett fühlte sich das nicht an. Schwimmen konnte ich schon als Baby, aber Kunstspringen war eigentlich nicht so mein Ding. Erst jetzt ging mir auf, wie hoch es war! Vielleicht war das hier trotz allem doch keine besonders schlaue Idee.

Das fand Alexander auch.

„Lass das, Svea!"

„Das Wasser ist ziemlich seicht", bemerkte ein Junge neben mir.

Er sah tatsächlich ein bisschen beeindruckt aus. Und nicht nur er. Mehrere der Jungs nickten anerkennend.

Ich begann es echt zu bereuen. Wenn ich mit dem Kopf auf dem Grund aufschlug, was dann!

Kaum hatte ich den Gedanken gedacht, als der große Muskelmacho wie ein Panzer schräg hinter mir angedampft kam.

„Was zum Teufel habt ihr hier verloren?", dröhnte er.

„Sie will springen", informierte ihn einer der Jungs.

Das klang, als wollte er uns verteidigen.

Aber der Machotyp ließ sich nicht so schnell einwickeln.

„Und, was soll's? Die wohnen doch im Gutshaus!"

In diesen Worten schien etwas Magisches zu stecken. Plötzlich verwandelten sich die anerkennenden Blicke in Eis.

„Aber wir ..."

Weiter kam ich nicht mit meinem Protest.

„Shit!", sagte der Blonde.

„Lass den Scheiß!", schrie Alexander.

Im selben Moment spürte ich einen Stoß im Rücken und fiel. Irgendwie gelang es mir, meinen Körper im Fallen zu drehen und mir dadurch einen schmerzhaften Bauchplatscher zu ersparen, aber meine Fußsohlen brannten trotzdem ganz schön, als ich die Wasseroberfläche mit den Füßen voraus durchschnitt. Ich zog die Knie an und kauerte mich zusammen, dann begann ich nach oben zu schwimmen, während die Schwerkraft mich nach unten zu ziehen versuchte. Das Wasser war tiefer, als ich gedacht hatte. Wenigstens war ich nicht auf dem Grund aufgeschlagen.

Schnaubend streckte ich den Kopf aus dem Wasser.

„Fuck you, du Scheißarschloch!"

Meine Schreie ertranken in Alexanders Flüchen. Außer sich vor Zorn machte er die ganze Bande fertig.

Ich war genauso wütend wie er, aber während ich auf den Steg zuschwamm, kam mir auch der Gedanke an das, was hätte passieren können. Schlimmstenfalls hätte ich für immer behindert sein können. Diese Einsicht ließ meine Hände zittern, als ich auf den Steg kletterte.

Plötzlich unterbrach Alexander seine schwefeldampfenden Zornestiraden und begann auf mich zuzurennen.

„Wir müssen abhauen!", rief er, während er mit meinen Sandalen in den Händen angerast kam.

Ich holte schon Luft, um zu protestieren, als er mit einer Handbewegung auf drei Radfahrer wies, die sich von der Straße aus der Brücke näherten.

Die Clique löste sich schon in verschiedene Richtungen auf und war innerhalb eines Augenblicks verschwunden.

Ohne eine Ahnung zu haben, warum auch wir fliehen mussten, raffte ich unsere Badetücher an mich und lief hinter Alexander her.

Erst als ich merkte, dass niemand uns verfolgte, blieb ich stehen, um nach Luft zu schnappen.

„Warum rennen wir eigentlich?"

„Es ist verboten, von der Brücke zu springen."

„Ich bin nicht gesprungen", protestierte ich, während ich meine Sandalen anzog. „Ich wurde runtergestoßen. Von diesem bescheuerten Idioten!"

„Der ist ja nicht ganz dicht! Man müsste ihn anzeigen."

„Auf jeden Fall."

Dabei wusste ich, dass ich es doch nicht tun würde, wenn mein Zorn erst mal verraucht wäre.

„An und für sich wolltest du es ja sowieso gerade tun", sagte Alexander.

„Was denn?"

„Springen. An meiner Stelle."

„Was heißt da an deiner Stelle? Wir sind doch zur Brücke rauf, weil du behauptet hast, ich würde mich nicht trauen."

„Das war doch bloß Spaß! Aber dann haben sie *mich* zum Springen herausgefordert. Nur hatte ich gar keine Chance, weil du es so eilig gehabt hast, ihnen zu imponieren."

Ich stöhnte. Jungs haben offenbar empfindlichere Zehen als Mädchen. *Ich* wusste ja, dass Alexander genauso mutig ist wie ich, doch das war anscheinend nicht genug.

„Hey, das war doch nicht der Grund!"

Er zuckte die Schultern.

„Was denn sonst?"

„Ich wollte *dir* zeigen, dass ich mich traue! Die anderen sind mir doch so was von egal."

Wir machten uns auf den Heimweg. Er schien sauer zu sein.

„Ich wusste gar nicht, dass du so viele Flüche kannst", sagte ich und stupste ihn spielerisch leicht in die Seite.

„Mhm."

Ich weiß nicht, ob es sein verletzter Stolz war, der ihn noch plagte, oder ob er sich darüber aufregte, wie schlimm die Sache für mich hätte ausgehen können.

„Du. Ich fand das echt gut, dass du ihn so fertiggemacht hast."

„Mhm."

„Können wir das jetzt vergessen?"

„Mhm."

Ich schüttelte mir das Wasser aus den Haaren und spritzte ihn dabei an.

Er sprang zurück.

„Hör auf!"

„Du bist ja gar nicht zum Schwimmen gekommen! Du brauchst eine Dusche!"

Er packte mich an den Armen und dann balgten wir uns eine Weile, bis wir beide lachen mussten.

Auf dem restlichen Heimweg hatte er den Arm um mich gelegt, und jetzt war es mir kein bisschen peinlich.

„Ich kapier's immer noch nicht", sagte ich, als wir uns dem Pförtnerhäuschen näherten. „Was hat dieser Muskelprotz eigentlich gegen uns? Und nicht nur er. Die anderen wurden auch ganz komisch, als sie hörten, wir kämen vom Gut."

„Vielleicht glaubt er, wir würden uns ... na ja, irgendwie für was Besseres halten."

Ja, das war natürlich einer Erklärung, aber keine, an die ich glaubte.

Ich beschloss, mehr darüber herauszufinden, was diese Clique gegen Leute vom Gut hatte.

*

Nadja und die fünf Jungen saßen im Schatten eines hohen Laubbaumes und aßen. Eine junge Frau hatte das Essen und das Geschirr in zwei Körben herausgebracht und war dann genauso schnell, wie sie aufgetaucht war, wieder im Gutshaus verschwunden, aber nicht ohne vorher einen Blick voller Mitleid auf Nadja zu werfen.

Das hatte Nadja sofort an ihren Kummer und ihre Schuld erinnert. An ihre Mutter.

Sie hatte den Kopf senken müssen.

Es gab reichlich zu essen. Nadja tat sich Kartoffeln, Fisch und Salat auf und trank drei Gläser Wasser hintereinander.

Das Beste aber war, dass sie der Reihe nach die Toilette aufsuchen durften. Nadja nutzte die Gelegenheit, um sich zu waschen, und schmuggelte in ihrer Tasche Toilettenpapier hinaus.

Sie hatten nicht miteinander gesprochen. Die Jungs hatten sie neugierig angeschaut, aber den Mund gehalten. Marju hatte mit ihnen gegessen und auf sie aufgepasst. Grigorje war der Einzige, der etwas zu sagen versuchte, aber er wurde sofort zum Schweigen gebracht.

Aus einem offenen Fenster im Gutshaus drangen Stimmen. Die dort drinnen hatten auch Essenspause. Besteck klirrte gegen Geschirr.

Aber dort ging es anders zu als bei der schweigsamen Schar draußen auf dem Gras. Im Haus wurde geredet und gelacht. Offenbar galten für die dortigen Arbeiter ganz andere Regeln. Vor allem waren sie nicht Marjus wachsamen Augen ausgesetzt.

Nach dem Essen wurde Nadja plötzlich unruhig. Was würde jetzt passieren? Würde sie wieder im Keller eingeschlossen werden?

Ihr Körper schmerzte vor Müdigkeit. Sie hätte auf der Stelle einschlafen können. Die beiden dunklen Jungs, die Farbe von der Wand abgekratzt hatten, lagen ausgestreckt im Gras und schliefen. Am liebsten wäre sie deren Beispiel gefolgt. Zum ersten Mal war ihre Müdigkeit stärker als ihr Kummer.

Jetzt wollte sie nur noch im Park bleiben und den lauen Abend genießen.

Ihre Unruhe zeichnete sich wohl auf ihrem Gesicht ab. Girgorje warf ihr einen besorgten Blick zu.

„Wie geht's?"

Sie nickte kurz.

„Hört auf zu reden!", fauchte Marju auf Russisch.

Nadja biss die Zähne zusammen. Bloß keinen Ärger machen, sonst sperrt sie mich ein.

Aber Marju hatte ganz andere Pläne. Sie klatschte in die Hände und deutete dann auf das Baugerüst.

Nadja starrte sie an. Das konnte doch nicht ihr Ernst sein. Sie hatten den ganzen Tag gearbeitet, die Jungs noch länger als sie selbst. Woher sollten sie die Kraft nehmen?

Die Frau schaute auf die Uhr.

„Three more hours."

Sie hielt drei Finger hoch.

„Drei Stunden!", fügte sie sicherheitshalber auf Russisch hinzu.

Das war unmöglich!

Aber die Jungs schienen das nicht zu finden. Sie erhoben sich schwerfällig und trotteten zu dem Arbeitstisch hinüber, wo sie ihre Pinsel und Dosen hingelegt hatten.

Nadja versuchte aufzustehen, doch der Boden schwankte unter ihren Füßen.

„Du auch."

Marju deutete auf sie.

Nadja machte einen erneuten Versuch und kam schließlich hoch. Ihre Beine fühlten sich an wie steife Latten. Sie humpelte zum Arbeitstisch, nahm den Pinsel aus der Dose mit Terpentin, öffnete die Dose mit der gelben Farbe – ihr Leben lang würde sie Gelb hassen – und ging dann mit schweren Schritten zum Baugerüst.

„Da raufklettern – das schaff ich nicht", sagte sie mit schwacher Stimme.

Die Jungs hatten ihre Arbeit schon in Angriff genommen, verfolgten das Geschehen aber aus dem Augenwinkel.

„Bitte, darf ich hier unten bleiben?"

Mit einer stummen Geste zeigte Marju nach oben.

Nadja machte ein paar taumelnde Schritte, stolperte aber und sackte auf allen vieren zusammen. Die Farbdose flog ihr aus den Händen und kippte um. Ein Teil der Farbe spritzte über ihre Beine, der Rest wurde von dem trockenen Kies aufgesogen.

Mit ein paar schnellen Schritten war Marju bei ihr, packte sie am einen Arm und zerrte sie heftig hoch. Es tat schrecklich weh und Nadja schrie auf.

Plötzlich stand Grigorje an ihrer Seite.

„Lass sie in Ruhe!"

Marju starrte ihn schnaubend an.

„Rauf mit dir und an die Arbeit, sonst kriegst du keinen Lohn!"

„Das hast du doch nicht zu bestimmen! Ich will mein Geld jetzt sofort haben, alles, was ich bisher verdient habe!"

Die anderen Jungs arbeiteten weiter, aber nicht ohne den Machtkampf zwischen den beiden aufmerksam zu verfolgen.

Nadja sah unglücklich zu. Es war ihre Schuld, dass sie sich stritten. Sie hätte tun sollen, was Marju sagte. Sie brachte Unglück. Das Unglück folgte ihr wie eine Aura. Der Park verschwamm vor ihren Augen, als die Tränen ihr über die Wangen strömten.

„Ich klettere jetzt rauf", sagte sie schluchzend.

Aber Marju hörte sie nicht.

Einer der älteren Jungs besprühte die Wand, die er soeben abgeschliffen hatte, mit Wasser.

„Don't worry", sagte er.

„My fault", jammerte Nadja.

„No", sagte er kopfschüttelnd.

„But she ... angry."

Ihre Stimme brach, es gelang ihr nicht, in der fremden Sprache zu erklären, was sie meinte.

Grigorje brüllte und schrie, er wolle sofort sein Geld haben und er werde Marju schon zeigen, wer hier das Sagen habe. Dann rannte er davon und verschwand hinter der Hausecke.

Erstaunlicherweise nahm Marju seinen Wutausbruch mit Gelassenheit hin. Anstatt hinter ihm herzulaufen, zog sie ein Handy aus der Tasche. Während sie telefonierte, deutete sie auf das Baugerüst.

Alle nahmen ohne Widerspruch ihre Plätze ein. Auch Nadja. Sie kletterte nach oben und begann mit schwerer Hand zu malen.

Drei Stunden später war Grigorje noch nicht zurückgekehrt.

Marju führte Nadja wieder zum Keller und schloss sie ein.

Wie betäubt von Schmerzen sank sie auf dem Bett zusammen.

Ihre Gefühle pendelten zwischen Trauer und Selbstvorwürfen. An dem Streit war sie schuld. Wenn Grigorje jetzt ihretwegen seinen Lohn nicht bekam!

Schwer wie Blei lastete das Schuldgefühl auf ihren dünnen Schultern.

Die Sorge um Grigorje verfolgte sie bis in ihre Träume.

*

Es war nach elf, als Ulla, Alexander und ich ins Bett gingen. Den Vorfall auf der Brücke hatten wir nicht erwähnt. Das hätte Ulla bloß beunruhigt, und sie hatte so schon Sorgen genug. Außerdem hätte das automatisch zu der Frage geführt, was ich überhaupt auf dem Brückengeländer verloren hatte.

Aber Alexander und ich beschlossen, der Clique in Zukunft aus dem Weg zu gehen. Vor allem diesem bescheuerten Muskelpaket!

Durch mein offenes Fenster kam ein leichter Wind, der einen starken süßen Duft mitführte, eine Mischung aus Rosen und Walderdbeeren. Das war Jasmin, wie Ulla mir beigebracht hatte.

Dem milden Lüftchen gelang es nicht, meine brennenden Wangen zu kühlen. Ich hatte zu viel Sonne abbekommen. Die Nacht würde eine Mischung aus Schmerz und Schweiß zwischen zerwühlten Betttüchern werden, befürchtete ich.

Wuff hatte mein Kissen schon mit Beschlag belegt. Ich musste sie zuerst zur Seite schubsen, bevor ich ins Bett kriechen konnte.

Mein Körper war schwer und schlafbereit, aber mein Gehirn lief immer noch auf Hochtouren. Es war ein ereignisreicher Tag gewesen und meine Gedanken kreisten um alles, was geschehen war, um die mysteriöse Gestalt in der Kirche, den Pfarrer und meinen heftigen Sturz ins Wasser. Das hätte richtig böse enden können.

Aber am meisten dachte ich an Alexander.

Natürlich war ich vorher schon verliebt gewesen, aber noch nie so wie jetzt. Ich wollte immer nur bei ihm sein.

Was würde er sagen, wenn ich rüberginge und an seine Tür klopfte? In diesem Moment erinnerte mich Wuff mit einem maunzenden Gähnen an ihre Existenz. Ich verzichtete. Wuff würde mir nicht nur folgen, sondern eher vorausrennen, kaum dass ich die Tür geöffnet hätte. Alexander würde schon stürmisch von Wuff abgeleckt werden, bevor ich auch nur Hallo sagen könnte.

Und wie romantisch wäre das?

Meine Wachträume wurden bald von der Wirklichkeit unterbrochen. Draußen vor dem offenen Fenster passierte etwas.

Wuff spitzte ebenfalls die Ohren. Sie stieß ein dumpfes Knurren aus und wartete angespannt auf meine Reaktion. Ich hob den Kopf ein paar Zentimeter vom Kissen, um besser zu hören.

Das Geräusch drang nur schwach zu mir herein, aber jetzt konnte ich unterscheiden, was es war.

Schritte von rennenden Personen.

Wer wird denn um diese Zeit noch joggen?, dachte ich. Es war schon fast halb zwölf.

Ich stand auf und spähte hinaus. Der Park lag im Dunkeln. Niemand war zu sehen, aber ich konnte die rennenden Schritte noch hören. Sie verschwanden in die Richtung, wo ich am Morgen mit Wuff unterwegs gewesen war, hinunter zu dem Gebüsch am Flussufer.

Plötzlich durchschnitt ein erstickter Schrei die Luft. Keuchen, Stöhnen und dumpfe Töne folgten.

Ich bekam heftiges Herzklopfen.

War das eine Schlägerei?

Ich starrte so intensiv in das nächtliche Grün hinaus, dass meine Augen zu tränen begannen. Im Park schien sich nichts zu rühren. Die Geräusche mussten von außerhalb der Mauer kommen.

Ein gequältes, lang gezogenes Stöhnen bestätigte meine Annahme.

Da prügelten sich welche.

Oder noch schlimmer, da wurde jemand geschlagen.

Das konnte ich nicht einfach geschehen lassen.

Aber sollte ich jetzt die Polizei anrufen, oder was?

Zu Hause hätte ich Papa rausgescheucht und wäre selbst hinterhergerannt, aber hier konnte ich ja wohl kaum darauf bestehen, dass Ulla sich auf ihren Krücken hinausbegab, um eine Schlägerei zu unterbrechen.

Schnell schlüpfte ich in meine Jeans und zog mir auf dem Weg zu Alexanders Tür einen Pulli über. Vorsichtig klopfte ich an. Vermutlich schlief er.

Wuff war nicht so feinfühlig. Sie stellte sich auf die Hinterbeine und trommelte mit den Vorderpfoten auf den Türgriff, bis die Tür aufging. Dann stürmte sie aufs Bett zu und sprang hinauf.

„Uff!", stöhnte Alexander, als sie auf seinem Bauch landete.

„Bist du wach?", flüsterte ich.

„*Jetzt* bin ich's", kam eine verschlafene Stimme vom Bett. „Hör auf!"

Sein Gesicht wurde zärtlich und gründlich abgeleckt und das sah tatsächlich kein bisschen romantisch aus.

„Was ist denn ... los?", fragte er, während er sich kichernd von meinem verschmusten Hund zu befreien versuchte.

„Draußen prügeln sich welche."

„Was?!"

Er schubste Wuff beiseite. Plötzlich war er ernst.

„Ich kann nichts hören, bloß Wuff."

Wuff peitschte mit dem Schwanz aufs Bett und rieb ihre Schnauze an sein Betttuch.

„Still!"

Er hielt Wuff fest.

Wir lauschten.

„Nichts zu hören", sagte er.

„Aber vorhin war's ganz deutlich. Da haben sich welche geprügelt oder jemand wurde zusammengeschlagen."

„Das muss außerhalb der Mauer gewesen sein."

„Es klang, als wären sie im Park."

„Hast du die Polizei angerufen?"

„Nein, weil ... ich weiß ja nicht ..."

Ich trat ans Fenster, ließ sein Rollo hochschnappen und spähte hinaus, sah aber nur Ullas friedlichen Garten.

Er richtete sich auf. Aus dem Augenwinkel sah ich seinen nackten Oberkörper. Er hatte nur eine Unterhose an. Ich hatte ihn heute schon in der Badehose gesehen, aber hier sah er sehr nackt aus.

„Jetzt ist alles ruhig, also ..."

Er warf einen sehnsüchtigen Blick auf sein Bett.

Ich nickte in Richtung Tür.

Mit einem übertriebenem Seufzer zog er Jeans und T-Shirt an.

„Es soll Leute geben, die finden es cool, nachts zu schlafen", grummelte er.

„Wir schauen bloß mal nach. Zwei Minuten."

Er seufzte noch einmal.

„Find ich echt gut von dir, dass du mitkommst!", lobte ich ihn.

Er durfte so viel seufzen, wie er wollte, ich war trotzdem zufrieden. Er hätte sagen können, dass ich es mir bloß einbilde. Dass meine Fantasie sich überall Gefahren ausmale, bloß weil ich so viel Schlimmes hinter mir hatte. Aber er kannte mich gut genug, um zu wissen, dass ich auch dann hinausgehen würde, wenn er nicht mitkäme.

Wir schlichen leise raus, um Ulla nicht zu wecken. Ich nahm Wuff an die Leine, dann bewegten wir uns lautlos auf das Gebüsch zu, wo ich die Quelle der Geräusche vermutet hatte.

Am Horizont türmten sich dunkle Wolken auf. In der Ferne donnerte es. Der Wind fuhr durch die Baumkronen, riss Blätter ab und wirbelte sie durch die Luft.

Alexander deutete besorgt auf die Wolken, die bedrohlich über den Himmel heranquollen.

„Das schaffen wir noch", behauptete ich.

Beim Gartenschuppen blieb Alexander abrupt stehen. Die Tür stand weit offen. Die Öffnung gähnte uns dunkel entgegen.

„Bin mir hundertprozentig sicher, dass ich die Tür zugemacht hab", murmelte er.

Im selben Moment schlug die Tür krachend an die Wand. Wir zuckten zusammen und ich warf mich auf Wuff, um sie am Bellen zu hindern.

Alexander ging zur Tür und untersuchte den Haken, als könnte der ihm eine Antwort liefern.

Als ich Wuff wieder losließ, rannte sie eifrig nach Spuren schnuppernd über den Boden, um dann zur Türöffnung zu laufen und in die Dunkelheit des Schuppens hineinzuspähen.

Einen kurzen Augenblick lang befürchtete ich, irgendetwas Bedrohliches würde sie angreifen. Wie so oft angesichts der Dunkelheit machten sich meine Hirngespinste bemerkbar. Alexander war immer noch damit beschäftigt, das Rätsel des offenen Hakens zu lösen, und brummte etwas von einem Vorhängeschloss, das man besorgen müsse. Aber ich nahm mich zusammen, holte tief Luft und streckte den Kopf in den Schuppen, während mir kalte Schauer über den Rücken liefen.

Leer.

Jedenfalls befand sich niemand in dem Schuppen.

Dagegen herrschte dort ein wildes Durcheinander. Alle Geräte und Töpfe lagen auf dem Boden verstreut und der Schubkarren war umgekippt.

„Bist du hier drin gewesen, seit wir unsere Sachen aufgeräumt haben?"

„Nein ..."

Alexander sah mich erstaunt an und kam dann näher.

„Hey, was ist denn *das*?"

Er schüttelte den Kopf und hob überrascht die Hände.

„Also, ich war das nicht! Das muss ein Fuchs gewesen sein oder so was."

„Oder jemand", bemerkte ich nachdenklich.

Ich war mir ziemlich sicher, dass das Durcheinander im Schuppen etwas mit den Geräuschen zu tun haben musste, die ich vorhin gehört hatte.

„Schauen wir uns mal um", schlug ich vor.

Inzwischen war es kein Problem, Alexander zum Mitkommen zu bewegen. Er hatte sich von meiner Neugier anstecken lassen. Vor allem glaubte er jetzt, dass die Geräusche, die ich gehört hatte, echt waren.

Lautlos und angespannt schlichen wir den Pfad entlang, der zum

Fluss führte. Das Wasser schimmerte in gespenstischem Graugrün. Wuff zerrte an ihrer Leine und strebte so eifrig vorwärts, als wäre es das Natürlichste auf der Welt, mitten in der Nacht in einem dunklen Park herumzustöbern. Ich konnte sie kaum bremsen.

Zwar hätten die Geräusche genauso gut von einer anderen Stelle im Park kommen können oder noch wahrscheinlicher von jenseits der Mauer, aber ich ging beharrlich weiter. Irgendwo musste man ja anfangen.

Ich weiß nicht recht, was ich erwartete, und vor allem nicht, was ich getan hätte, wenn wir tatsächlich etwas gefunden hätten. Etwas oder jemanden. Mein einziger Gedanke war, dass ich es mir nie verzeihen würde, die Möglichkeit, eine Misshandlung zu verhindern, nicht genutzt zu haben.

Das Gewitter zog heran, mit jeder Minute wurde es finsterer. Eine Waldtaube gurrte, ohne sich um das nahende Unwetter zu scheren. Sonst war bis auf unsere eigenen Schritte nichts zu hören.

Wir waren fast bei der zugewucherten Laube angelangt, als Wuff jäh stehen blieb. Sie schnupperte eifrig am Boden, kroch unter die Büsche und lief mit der Schnauze dicht über der Erde hin und her.

„Guck mal", flüsterte ich.

Trotz der Dunkelheit konnten wir deutliche Anzeichen dafür erkennen, dass hier etwas los gewesen war. Fußspuren auf dem Boden, abgebrochene Zweige und zertrampelte Blumen.

Alexander zuckte die Schultern.

Das waren natürlich keine Beweise für eine Schlägerei, aber zumindest war jemand hier gewesen.

Wie auf ein Zeichen fingen wir beide an zu suchen. Nicht mit der Nase am Boden wie Wuff, aber wir hoben Tannenzweige an, bückten uns, gingen in die Hocke, alles auf der Jagd nach Spuren, nach was auch immer, einem verlorenen Gegenstand oder einem Kleidungsstück. Dass wir auf einen Verletzten stoßen würden, war weniger wahrscheinlich. Wuff ist zwar nicht unbedingt der beste Spürhund der Welt, aber einen menschlichen Körper würde sie niemals übersehen.

Wir fanden allerdings nichts.

Eine Böe fuhr durch die aufrauschenden Baumkronen. Die Dunkelheit senkte sich wie ein Tuch über den Park, während das Gewitter direkt auf uns zukam.

Wir gingen weiter, bis wir die Rückseite des Gutshauses sehen konnten, aber dort waren alle Fenster dunkel. Die weißen Planen vor dem Baugerüst schlugen im Wind. Ansonsten bewegte sich nichts.

Es gab ganz einfach nichts mehr zu sehen.

Alexander blickte immer wieder ungeduldig zum Himmel. Offensichtlich wartete er nur darauf, dass ich unsere Suche abbrach.

„Kehren wir um", schlug ich vor.

Er nickte erleichtert.

Ich ließ Wuff von der Leine, dann spurteten wir los. Die Büsche am Rand des Pfades schaukelten heftig im Wind. Wir mussten unsere Arme zum Schutz hochhalten, damit uns die Zweige nicht ins Gesicht klatschten.

Die ersten Tropfen fielen, als wir nur noch ein paar Meter vom Haus entfernt waren. Und als Alexander die Tür zur Küche aufriss, krachte das Unwetter los.

Der erste kräftige Donnerschlag erschütterte den Boden unter meinen Füßen. In der nächsten Sekunde erhellte ein Blitz die ganze Landschaft.

„Mann, haben wir Glück gehabt!", seufzte Alexander.

„Aber ehrlich!"

Wir flüsterten, was wahrscheinlich ganz unnötig war. Hatte der Donner Ulla nicht geweckt, dann würden unsere Stimmen es auch nicht tun.

„Kannst du jetzt schlafen?", fragte Alexander.

Ich nickte, um ihn zu beruhigen, obwohl ich wusste, dass ich mir noch eine ganze Weile darüber den Kopf zerbrechen würde, was ich gehört und gesehen hatte.

Er lächelte zufrieden und verschwand in sein Zimmer.

Ich und Wuff schlüpften gleichzeitig in unser Zimmer. Als Erstes tastete ich mich durch die Dunkelheit ans Fenster, um es zu schließen. Dann zog ich mich aus, setzte mich aufs Bett und bewunderte das prachtvolle Schauspiel des Gewitters. Die Bäume schaukelten wild hin und her, während ihre Blätter vom Regen gepeitscht wurden.

In meinen Gedanken begann ich eine Erklärung für die Geräusche zu suchen, die ich gehört hatte. Wenn wir nicht draußen unterwegs gewesen wären, hätte ich wahrscheinlich Alexanders Vermutung akzeptiert, es habe sich um eine Auseinandersetzung außerhalb der Mauer gehandelt. Aber das Durcheinander im Schuppen und die zertrampelten Büsche waren deutliche Beweise dafür, dass eine oder mehrere Personen in der Nähe des Pförtnerhäuschens unterwegs gewesen waren.

Wer wohl? Und warum?

Die Furcht einflößende Mauer und das zugesperrte Tor hinderten Außenstehende sehr effektiv am Eindringen. Also mussten es welche sein, die auf dem Gut arbeiteten. Die Einzigen, die ich gesehen hatte, waren die arrogante Aufseherin, das junge Mädchen am Fenster und ein paar Bauarbeiter hinter den weißen Planen.

Der Pfarrer kannte den Code für das Tor, aber dass ein Pfarrer Ullas Schuppen verwüsten und in Schlägereien verwickelt sein könnte, ließ sich nur schwer vorstellen. Wenn, dann eher jemand von den Bauarbeitern. Vielleicht hatten sich ein paar von ihnen gestritten?

Aber warum hätten sie dann im Schuppen gewütet?

Als das Gewitter davongezogen war, kroch ich unter die Decke und schlief fast sofort ein.

Ich hatte bestimmt schon einige Zeit geschlafen, als ich davon aufwachte, dass ein Auto draußen vorbeifuhr. Der Motor schnurrte leise, während das Tor aufging.

Meine Kräfte reichten nur für einen Blick auf den Wecker. Die roten Ziffern leuchteten mir 05:31 entgegen, bevor ich wieder einschlief.

DONNERSTAG

Ich wachte davon auf, dass es in meinem Zimmer mindestens hundert Grad warm war. Wenigstens fühlte es sich so an. Dass Wuff, heiß wie ein voll aufgedrehter Heizkörper, ihren Rücken an meinen Bauch presste, machte die Sache nicht unbedingt besser.

Ich versuchte sie wegzuschubsen. Schließlich erhob sie sich unwillig knurrend und tapste ein Mal im Kreis herum, um sich dann in genau der gleichen Stellung wie vorher wieder hinzulegen.

„Aber Wuff!"

Ich warf ihr einen müden Blick zu. Plötzlich wurde es mir noch heißer.

Wuffs Schnauze war blutig!

Mindestens so hellwach wie nach einer eiskalten Dusche schnellte ich auf die Knie hoch und begann sie zu untersuchen.

Blutete sie aus dem Maul?

An den Zähnen?

Am Körper?

Aufgeregt suchte ich nach einer Wunde, fand aber keine.

Nachdem ich mich etwas beruhigt hatte, begann ich mich umzuschauen. Mein Bettbezug war fleckig, aber die Flecken waren nicht leuchtend rot, sondern eher rotbraun wie geronnenes Blut.

Sie hatte also geblutet, blutete inzwischen aber nicht mehr?

Ich lockte Wuff mit ins Badezimmer, wo ich ihre Schnauze unter der Dusche mit einem dünnen Wasserstrahl behutsam säuberte, für den Fall, dass sie irgendwo verletzt war.

Sie wand sich in meinen Händen, traute sich aber nicht, abzuhauen.

„Was machst du denn da?"

Ich hüpfte vor Schreck hoch und ließ die Dusche auf den Boden fallen. Der Schlauch ringelte sich wie eine Schlange und die Wasserstrahlen spritzten mich nass.

„Spinnst du, mich so zu erschrecken!"

Das zischte ich zwischen den Zähnen hervor wie ein echter Gangster im Kino.

Alexander lehnte am Türpfosten und kratzte sich verschlafen im zerzausten Haar.

Ich machte einen verzweifelten Versuch, einigermaßen hübsch auszusehen, das heißt, ich fuhr mir mit den Fingern durch meine wild vom Kopf abstehenden Haare, bevor ich zu erklären anfing.

„Meine Bettwäsche war ganz blutig, darum ..."

Ich deutete auf Wuff.

„Ist das nicht ...?"

Er wurde rot und sprach nicht zu Ende.

„Es dauert noch eine Weile, bis sie läufig ist", erklärte ich.

„Ich meinte nicht sie ..."

Inzwischen war er superverlegen. Er dachte, ich hätte meine Tage bekommen!

Jetzt glühten auch meine Wangen.

„Hast du gestern nicht etwas zu viel Sonne abgekriegt?", sagte er und musterte mein flammendes Gesicht.

Ich murmelte etwas Unhörbares und wandte ihm den Rücken zu, um Wuff abzutrocknen. Dann scheuchte ich sie wieder in mein Zimmer. Ich befahl ihr, still stehen zu bleiben, und untersuchte sie noch einmal eingehend. Die Schnauze, das Maul, die Pfoten, den ganzen Körper.

Weder von einer alten Narbe noch von einer neuen Wunde war das geringste Anzeichen zu erkennen.

„Ja, das sieht wie Blut aus", sagte Alexander.

An diesem Morgen nahm er sich wirklich irritierende Freiheiten heraus, kam einfach hereingetrampelt, wann es ihm passte! Ich fuhr wieder zusammen, aber diesmal interessierte er sich mehr für meine fleckige Bettwäsche.

„Schätze, sie hat sich heute Nacht verletzt."

„Schon möglich, aber ich finde keine Wunden. An den Pfoten tut ihr auch nichts weh und auch sonst nirgends ..."

„Und du?"

Ich holte Luft. Was sollte dieses lästige Gerede über meine peinlichen Tage!

Er kam mir zuvor.

„... ich meine, vielleicht hast du dich an irgendeinem Busch verletzt oder so."

Sein Blick auf meine nackten Arme und Beine ließ mich wieder erröten. Schnell musterte ich meine Gliedmaßen, obwohl ich nicht an diese Möglichkeit glaubte. Wenn ich mich am Bein verletzt hätte, würde es wehtun. Aber ich fand keinerlei Wunden.

Ich überlegte kurz.

„Sie hat ja wie verrückt draußen im Gebüsch rumgeschnuppert. Und am Schuppen. Vielleicht waren am Boden Blutspuren!"

„Aber dann hättest du das doch schon gestern Abend gesehen?"

„Ich bin ins Bett, ohne Licht zu machen."

Weiter kamen wir nicht mit unseren Vermutungen.

Beim Frühstück berichteten wir Ulla von unserem nächtlichen Ausflug. Nach dem Gewitterregen war es draußen immer noch feucht, daher hatten wir in der Küche gedeckt.

Ulla nahm einen tiefen Schluck aus ihrer Kaffeetasse und schüttelte den Kopf.

„Das muss eine Schlägerei außerhalb der Mauern gewesen sein."

Ich zuckte die Schultern. Unmöglich war es nicht.

„Aber das Durcheinander im Schuppen?", beharrte ich.

Ulla warf einen kurzen Blick auf Alexander. Und sah dann mich an.

„Ehrlich! Wir haben hinter uns aufgeräumt!", beteuerte Alexander.

„Schon gut", sagte Ulla mit einer Stimme, die verriet, dass sie Alexander keinen Glauben schenkte.

„Aber wie und wo hat Wuff sich eine blutige Schnauze geholt?"

„Vielleicht hat ein Fuchs genau an der Stelle, wo ihr gewesen seid, einen Hasen gefangen. Du hast doch gesagt, dass sie dort besonders intensiv geschnuppert hat."

„Wie können die in den Park kommen, wenn diese scheußliche Mauer da steht?"

„Die Tiere schlüpfen raus und rein, wie es ihnen passt. Sie graben Gänge oder pressen sich durch Ritzen, Gitter und Zäune. Ich hab sowohl Füchse als auch Hasen hier im Park gesehen."

Ich nickte nachdenklich. Eine Wildspur hätte Wuff bestimmt sehr viel mehr interessiert als Menschenspuren.

Ulla schenkte sich noch mehr Kaffee ein und beendete das Thema.

„Heute könnt ihr bis zum Abendessen machen, was ihr wollt. Wenn ihr Lust habt, ans Meer zu radeln, kümmere ich mich so lange um Wuff."

„Dann muss ich aber vorher noch ausführlich mit ihr Gassi gehen", sagte ich.

Alexander seufzte.

„Wir sollten vielleicht noch im Schuppen aufräumen ..."

„Das kann doch bis heute Abend warten", meinte Ulla. „Was habt ihr bisher überhaupt von der Umgebung gesehen?"

„Wir sind am Fluss entlang zum Hafen gegangen", antwortete Alexander. „Und am Marktplatz vorbei durch die Gässchen."

„Ich hab die Kirche besichtigt."

„Und die Mühle natürlich."

„Und was ist mit der Alten Burg?", fragte Ulla.

Das interessierte mich.

„Toll! Da können wir doch vor dem Schwimmen hingehen und Wuff mitnehmen."

„Ja, macht das", sagte Ulla. „Das ist ein wunderschöner Aussichtspunkt."

„Interessierst *du* dich etwa für alte Burgen?", fragte Alexander skeptisch.

„Warum sollte ich das nicht tun?"

Wir füllten einen Rucksack mit Obst und Getränken. Ich cremte mich mit Sonnenschutzmittel ein und hoffte, der heutige Tag im Freien würde mir eine attraktivere Färbung verleihen, eine braungoldene zum Beispiel, so wie die von Jo, anstelle von dem Schweinchenrosa, das mir jetzt gerade aus dem Spiegel entgegenleuchtete.

Alexander steuerte schon auf die Haustür zu, als mir etwas einfiel.

„Aber vorher könnten wir doch noch in den Schuppen reinschauen", schlug ich vor. „Bei Tageslicht sieht man mehr."

Er seufzte tief, als würde ich ihn total nerven, aber das war bestimmt bloß Getue. Jedenfalls kam er brav mit.

Die Feuchtigkeit schlug uns wie in einer Dampfsauna entgegen. Die Sonne versteckte sich immer noch hinter feuchtem Dunst, aber wenn sie erst hervorkäme, erwartete uns ein weiterer heißer Tag.

Und einiges an Arbeit, wie wir sahen, als wir das Chaos im Schuppen noch einmal in Augenschein nahmen. Umgestürzte Töpfe und Werkzeug lagen in wildem Durcheinander auf dem Boden. Das konnte kein Fuchs zustande gebracht haben.

„Wahrscheinlich diese Aufseherin, die es auf uns abgesehen hat", vermutete Alexander.

„Oder Bauarbeiter, die sich Werkzeug geholt haben. Fehlt irgendwas?"

„Soll das ein Witz sein?"

„Nein, ich hab gedacht, du weißt, was hier im Schuppen sein muss."

Darüber konnte er nur schnauben.

„Ich glaube, nicht einmal Ulla weiß das."

Wir gingen auch noch einmal zum Gebüsch zurück und schauten uns die dortigen Spuren an. Nach dem nächtlichen Gewitter troff die Luft vor Feuchtigkeit, aber die trockene Erde hatte die Regenfluten schon aufgesogen. Nur in tieferen Mulden, die von der Sonne noch nicht erreicht worden waren, glitzerten vereinzelte Wasserpfützen.

Es war kein Problem, die richtige Stelle zu finden. Bei Tageslicht war die Verwüstung mit abgebrochenen Zweigen und zertrampelten Blumen in der verwilderten Laube noch deutlicher.

Ich bückte mich unter einen Busch und wurde von tausend Tropfen geduscht. Es war so warm, dass sich die Luft fast tropisch anfühlte. Ich pulte an mehreren Stellen im Boden herum, bekam aber jedes Mal nur feuchte Erde an die Finger. Sämtliche eventuellen Blutspuren waren von dem heftigen nächtlichen Regen weggewaschen worden.

„Glaube kaum, dass ein Fuchs das hier gemacht hat."

Ich deutete auf einen frisch abgeknickten Ast in Hüfthöhe.

„Na, dann vielleicht ein Elch?"

Alexander grinste.

Ich schnaubte.

„Ein Bär? Ein Wolf?"

„Hör auf."

„Bist du bald fertig, Sherlock?", fragte er und gähnte.

Ich nickte. Hier herumstehen und in die Gegend starren machte mich auch nicht klüger. Außerdem nahm die Hitze zu. Höchste Zeit, sich auf den Rückweg zu machen.

Anfangs folgten wir dem Pfad, der zum Badeplatz führte, aber nach fünfzig, sechzig Metern zweigte ein anderer Pfad ab. Alexander war schon ein Stück voraus, mit Wuff auf den Fersen, als ich eine Entdeckung machte. Ganz in der Nähe des Flusses erhob sich ein hoher Baum, der seine Äste in den Himmel streckte – aber auch über die Mauer.

„Warte!", rief ich.

Wuff stieß fast mit Alexander zusammen, als er jäh stehen blieb.

Ich umrundete den Baum und sah nachdenklich seine kräftigen Äste an. Plötzlich kam mir eine Idee. Ich nahm Anlauf und schaffte es, auf den untersten Ast hinaufzuspringen. Danach kletterte ich fast wie auf einer normalen Leiter weiter.

„Was machst du da?", rief Alexander.

„Von hier aus kann man das Gut sehen."

„Wer hätte das gedacht!"

Aber sein spöttischer Tonfall war mir egal, ich hatte nämlich noch etwas entdeckt.

„Aber jetzt pass mal auf! Genau an dieser Stelle kann man über die Mauer klettern."

„Wie denn?"

Jetzt klang seine Stimme schon interessierter.

„Hier hat jemand die Glasscherben auf der Mauer zerschlagen und platt gedrückt. Man kann ohne Weiteres rüber und wieder zurück, ohne sich zu verletzen."

„Wenn man gelenkig genug ist, dann ja."

Das musste ich zugeben.

„Glaubst du, das ist die Erklärung für heute Nacht? Irgendwelche Typen sind hier hereingeklettert, haben in unserem Schuppen herumgewütet, Zoff gekriegt und eine Prügelei angefangen?"

„Weiß nicht", murmelte ich.

„So, jetzt hast du das gesehen", sagte er ungeduldig. „Gehen wir weiter?"

Ich wusste nicht recht, was ich mit meinem neu gewonnenen Wissen anfangen sollte, also kletterte ich wieder nach unten.

Der Pfad entfernte sich vom Fluss, wurde immer schmaler und führte allmählich durch dichtes Gebüsch auf eine Anhöhe. Zwischen den Zweigen sah ich kurz das Meer funkeln, aber sonst war von der berühmten Aussicht noch nichts zu bemerken. Allerdings waren wir ja noch nicht ganz oben angelangt.

Hinter einem Elektrozaun grasten schwarz gefleckte Kühe.

„He, Wuff, Verwandtschaft?"

Wuff und ich straften Alexanders Scherz mit eisigem Schweigen.

Nach der Kuhweide führte der Pfad in den Wald. Es tat gut, aus der sengenden Sonne zu kommen. Aber der Anstieg wurde allmählich anstrengend. Wuff hechelte mit heraushängender Zunge und schnupperte eifrig nach der Wasserflasche, die ich herausholte. Ich leerte ein wenig Wasser in ein Plastikschälchen und trank dann selbst direkt aus der Flasche.

„Schaffst du es noch?", fragte Alexander.

Ich schnaubte gekränkt.

„Ich bin genauso fit wie du!"

Vor dem letzten Anstieg öffnete sich eine kleine Lichtung zwischen den Bäumen. Die Luft flimmerte vor Hitze. Wir hechelten alle drei um die Wette, als wir die duftende Kleewiese überquerten.

Am schattigen Waldrand legten wir wieder eine Trinkpause ein.

„Apfel oder Birne?", fragte Alexander und kramte in seinem Rucksack.

„Eine Birne, bitte."

Seine Finger streiften meine Hände, als er mir die Birne reichte, und unsere Blicke verhakten sich in einander.

Aber Wuff fand es albern, so lange herumzustehen, wenn man etwas Essbares in der Hand hielt, und machte einen Satz, um meine Birne zu schnappen. Nur weil ich meine Hand blitzschnell nach oben riss, konnte ich die Birne im letzten Moment retten.

„Typisch Dalmatiner", bemerkte ich und biss herzhaft in das saftige Fruchtfleisch.

„Dass sie dich rund um die Uhr bewacht?"

„Nein, dass sie versucht, mein Essen zu stibitzen."

Zum ersten Mal kam mir der Gedanke, dass er es vielleicht nicht immer besonders lustig fand, einen aufdringlichen Hund in Kauf nehmen zu müssen, wenn er mit mir zusammen sein wollte. Das hatte er bisher gut verborgen, aber jetzt gerade sah er ziemlich genervt aus.

Wir drehten uns um und setzten unseren Weg fort.

Ein, zwei Minuten später waren wir oben.

Über mir schwebten Wattewolken, aber zu wenige, um vor der sengenden Sonne Schutz zu bieten. Ich schirmte die Augen mit der Hand ab und blickte auf die Landschaft hinaus, die sich zu unseren Füßen ausbreitete.

Ulla hatte nicht übertrieben. Die Aussicht war fantastisch. Das kleine Städtchen mit seinen engen Gassen folgte dem Fluss bis hin ans funkelnde Meer. Weiter landeinwärts wurde die Bebauung spärlicher. Die meisten Menschen wollen in der Nähe des Wassers wohnen, auch wenn man nicht davon abhängig ist, so wie früher.

„Und wo ist jetzt diese Burg?", fragte ich.

„Dort drüben."

Alexander deutete auf ein paar Steine, die oberhalb eines Steilhangs zu einer Mauer aufgestapelt waren.

„Ich hab gedacht, das wäre ein richtiges Schloss!"

„Wach auf, Svea! Diese Reste stammen aus der Wikingerzeit! Nicht einmal aus Stein gebaute Schlösser können ewig stehen bleiben."

Von hier oben konnte ich auch die Grundstücke erkennen, auf denen der neue Gutsbesitzer Luxusvillen bauen wollte.

„Was schätzt du, wie lange diese abscheuliche Mauer wohl stehen bleiben wird? Ist ja echt wie die Chinesische Mauer. Muss eine Wahnsinnsschufterei gewesen sein, bis die gebaut war."

„Oma behauptet, das hätten Jugendliche ausgeführt, und zwar ziemlich viele."

„Wär auf jeden Fall kein Job für mich gewesen. Das war doch im Frühjahr, oder?"

„Glaube schon. Warum?"

„Das Frühjahr ist doch eigentlich keine Zeit, in der Jugendliche jobben gehen."

„Na ja, wenn man nach der Neunten aufhört und auf keine weiterführende Schule will."

„Ja, schon ..."

„Was denn? Büffeln ist schließlich nicht jedermanns Sache."

„Stimmt ..."

„Was?"

„Nichts."

Irgendwas störte mich, aber ich kam nicht dahinter, was es war. Etwas, das Ulla gesagt hatte.

Die Plastikplanen vor der einen Gebäudehälfte leuchteten bis zu unserem Aussichtsplatz weiß herauf. Aber man konnte nicht erkennen, ob dort unten jemand arbeitete.

„Hat deine Oma etwa damit gerechnet, das Gutshaus selbst anstreichen zu dürfen, wenn sie nicht gestürzt wäre?", fragte ich.

„Nein, das war bestimmt dieser Kalle, der war für die Reparaturen und solche Sachen zuständig. Oma hat vor allem im Wald und im Park zu tun."

„Ein Glück. Hinter der Plane wird es bestimmt krass heiß. Wenn ich mal groß bin, werd ich ganz bestimmt nicht Anstreicher."

„Nein, du wirst ja in einer kugelsicheren Weste Verbrecher jagen."

„Aber nicht in der Hitze. Wenn ich bei der Polizei bin, werde ich im Sommer verbrechensfreie Monate einführen."

Plötzlich tat sich etwas unten beim Gutshaus. Eine Frau tauchte auf dem Hinterhof auf. Sie musste sich irgendwo im Schatten der hohen Bäume aufgehalten haben. Selbst aus der Ferne erkannte ich Marju, die muskulöse Aufseherin. Ein schmales blondes Mädchen kam hinter ihr her. Ihre dünnen Beine schauten aus viel zu großen Shorts heraus.

Konnte dies das Mädchen sein, das am Kellerfenster gewinkt hatte? Ich holte mein Handy heraus und zoomte sie mit der Kameralinse heran, erwischte aber nur noch ein Bild von ihrem Rücken. Sie war zum Baugerüst unterwegs und verschwand schnell hinter der Plastikplane.

Musste das Mädchen ganz allein hinter der Plane arbeiten? Ihre schwarzen Shorts bewegten sich wie ein Schatten hinter dem Plastikvorhang.

„Guck mal! Da, ein Mädchen hinter der Plane."

„Und?"

„Ich glaube, das ist dasselbe Mädchen, das mir zugewinkt hat."

Alexander sah mich skeptisch an.

„Was kann sie in dieser Hitze dort zu suchen haben?"

Ich zuckte die Schultern und wartete darauf, dass sie wieder auftauchen würde.

Aber Alexander verlor allmählich die Geduld und kurz darauf tat ich das auch.

„Wollen wir uns nicht lieber setzen?"

Wir ließen uns im Schatten nieder und gruben die Wasserflaschen aus dem Rucksack hervor. Alexander hatte ihn die ganze Zeit getragen, und darüber war ich echt froh. Mein Shirt klebte mir am Rücken.

Zu unseren Füßen erstreckte sich die lauschige grüne Landschaft bis an den Horizont, wo das Meer auffunkelte. Mitten im Wald entdeckte ich einen etwas breiteren Waldweg, an dessen Ende ein Container stand. Ich begann gerade zu überlegen, was der dort wohl zu suchen hatte, als das Handy meinen Gedankengang unterbrach.

Ich zog es aus der Tasche.

„Hallo, Mama", sagte ich und hob den Blick von dem verräterischen Display. „Wie geht's?"

„Gut. Und was machst du so?"

„Unkraut jäten."

Ich sagte lieber nicht, dass wir gerade einen Ausflug machten, denn dann würde sie sich vielleicht einbilden, wir würden uns vor unserer Aufgabe, Ulla zu helfen, drücken.

Alexander zwinkerte mir belustigt zu.

„Habt ihr denn kein schönes Wetter?"

„Doch, aber wir sind doch zum Helfen hergekommen, oder nicht?"

„Ja, ja, aber ihr wart doch hoffentlich auch schon schwimmen?"

„Na klar, und heute Nachmittag gehen wir auch wieder hin."

„Klingt gut. Sonst alles in Ordnung?"

„Ja-a ..."

Eine kurze Sekunde lang hätte ich ihr gern von unserem gestrigen Abenteuer erzählt, doch das bereute ich sofort. Im Hinblick auf all das, was ich hinter mir hatte, würde Mama sich nur Sorgen machen.

„Es ist doch hoffentlich nichts passiert?"

Erraten. Ihre Stimme hatte eine gewisse Schärfe angenommen.

„Nein, ich hab bloß nach Wuff geschaut. Sie gräbt gerade Blumen aus dem Beet aus."

Manchmal ist ein bisschen Flunkern erlaubt. Alex grinste, aber ich war froh, dass ich es getan hatte. Es war geradezu hörbar, wie sich ihre Besorgnis auflöste. Sie lachte kurz auf.

„Na, dann halt den kleinen Tunichtgut lieber auf. Grüße Alex und seine Oma."

„Ja, gern. Und Gruß an Papa."

„Heute radeln wir doch ans Meer, oder nicht?", fragte ich, als ich das Gespräch beendet hatte.

„Na klar."

„Schade, dass wir nur ein Fahrrad haben."

„Du kannst bei mir mitfahren."

„Es wäre einfacher, wenn jeder eins hätte."

Da fiel mir etwas ein.

„Ich hab auf dem Gutshof ein Fahrrad gesehen."

„Aber wir können doch nicht ..."

„Wir können fragen, ob wir es *ausleihen* dürfen – falls es noch dasteht."

Alexander zuckte die Schultern.

„Sollen wir nicht lieber eins mieten?"

„Ausleihen ist billiger."

„Geizkragen."

„Das Geld kann man für was Schöneres ausgeben."

„Übrigens", sagte Alexander und erhob sich. „Was hältst du davon, wieder runterzugehen und Eis zu kaufen?"

„Gute Idee."

Wir sammelten unsere Sachen ein, dann warf ich einen letzten Blick auf das Gutshaus. Die schwarzen Shorts des Mädchens bewegten sich immer noch hinter der weißen Plane. Echt verrückt, aber anscheinend arbeitete sie trotz der Hitze weiter. Aber wohl kaum alleine. Bestimmt trugen die Bauarbeiter helle Kleider und waren darum hinter der Plane nicht zu erkennen.

Womit mochten ihre Eltern sie wohl bestochen haben? Mit einem neuen Computer? Oder einem Handy? Oder einer Reise?

Um mich bei diesem Wetter zum Anstreichen zu bewegen, würde man sich schon was ganz Besonderes einfallen lassen müssen.

Oder vielleicht hatte das Mädchen dort einen Ferienjob? Ulla hatte vermutet, dass sie gerade Fenster putzte, als ich sie gesehen hatte.

Dann überlegte ich, ob sie ihre Jobwahl wohl bereute. Nächstes Jahr würde sie garantiert in einem Büro mit Klimaanlage sitzen und Papiere sortieren.

„Woran denkst du?", fragte Alexander.

„An Klimaanlagen."

Er lachte.

Dann wanderten wir zurück ins Tal.

*

Nadja schlief wie ein Stein, als Marju sie weckte. Sie wusste nicht, ob es Nacht oder Tag war. Alles, was sie wusste, war, dass sie weiterschlafen wollte. Nach der gestrigen Schufterei schmerzte jeder einzelne Muskel in ihrem Körper.

Mühsam stand sie auf und ließ sich von Marju zur Dusche führen, wo sie ein paar Minuten alleine sein durfte. Von den Jungs war nichts zu sehen. Der Schlafsaal war leer. Die Kleider waren verschwunden, genau wie die vielen Sachen, die auf den Betten herumgelegen hatten.

Als sie an dem Baugerüst vorbeigegangen waren, hatte sie das Gefühl gehabt, dass niemand mehr dort war. Nachdem sie ihren Platz auf dem Gerüst wieder eingenommen hatte, bestätigte sich ihre Vermutung. Aus dem Gutshaus kamen auch keine Geräusche und die Fenster waren geschlossen.

Wo waren alle abgeblieben?

Nur sie selbst war noch übrig.

Und Marju.

Als sie zwei, drei Stunden gearbeitet hatte, rief Marju, sie dürfe eine Pause machen. Marju hatte im Schatten desselben hohen Baumes wie gestern Abend eine Decke ausgebreitet und belegte Brote und kalte Milch hingestellt. Nadja stürzte sich auf das Essen, während Marju danebensaß, Kaffee trank und Zeitung las.

Es war einigermaßen erholsam, aber Nadja konnte sich nicht entspannen. Der Gedanke an Grigorje und die anderen Jungs beunruhigte sie. Was war mit ihnen passiert? War es ihre Schuld, dass alle plötzlich verschwunden waren?

Wenn sie jetzt einfach aufstehen und davonspazieren würde, was dann? Würde Marju sie daran hindern? Höchstwahrscheinlich.

Außerdem – wo sollte sie hin? Sie hatte kein Geld, konnte die Sprache nicht. Schon nach ein paar Stunden in Freiheit würde die Polizei sie erwischen.

Sie musste bleiben, hatte keine andere Wahl. Aber ihre Neugier verlieh ihr Mut.

„Wo sind die Jungs?"

Marju musterte sie nachdenklich, als würde sie erwägen, ob Nadjas Frage eine Antwort wert war.

„Die arbeiten anderswo", sagte sie schließlich.

„Wo denn?"

„Geht dich nichts an."

„Grigorje auch?"

Marju schüttelte bloß den Kopf. Ob das bedeutete, dass er nicht mit den anderen zusammen war oder dass sie die Frage nicht beantworten würde, wusste Nadja nicht und sie traute sich auch nicht, danach zu fragen. Marju wirkte plötzlich ungewöhnlich sauer.

„Und wann kommt Sergej wieder?"

Marju schnaubte kurz auf.

„Du kapierst wohl gar nichts, was?", sagte sie.

Nadja fühlte sich gekränkt. War doch klar, dass sie das nicht tat! Wenn niemand ihr etwas erklärte!

„Was denn?"

„Warum willst du, dass er zurückkommen soll?"

„Weil er ... mir eine Arbeit besorgen wollte. Bei einem Kumpel in Deutschland."

„Er hat also nichts gesagt?"

„Was gesagt?"

Marju schüttelte den Kopf.

„An deiner Stelle hätte ich es nicht so eilig, hier wegzukommen."

Trotz der Hitze bekam Nadja eine Gänsehaut auf den Armen.

„Ich verstehe nicht, was du meinst."

„Vielleicht besser so", sagte Marju mit einem schiefen Lächeln.

Eisige Kälte breitete sich in Nadjas Magen aus.

Die Art, wie Marju sie ansah, gefiel ihr ganz und gar nicht. Leicht spöttisch. Aber gleichzeitig voller Mitleid.

„Werde ich denn nicht nach Deutschland fahren?"

„Doch, das wirst du."

Plötzlich wurde Nadja misstrauisch.

„Aber nicht in einer Kiste ... oder?"

Marju zuckte die Schultern.

„Nein! Bitte nicht!"

„Das hab nicht ich zu bestimmen."

„Nein! Nicht in einer Kiste! Dann sterbe ich!"

„Ist doch klar, dass du nicht einfach so durch die Gegend fahren kannst. Wenn die Polizei dich sieht, ist es aus für dich!"

Panik stieg in Nadja auf, so als ob sie schon wieder in der Kiste läge. Nein, nicht noch einmal!

„Sergej hat versprochen, zurückzukommen! Er weiß, dass ich das nicht noch einmal aushalte!"

„Der kommt, keine Bange! Er will doch so viel Kohle wie möglich herausschlagen!"

„Wofür denn?"

„Für dich natürlich!"

„Wie denn? Er hat mich doch gerettet!"

„Ach herrje, Kind! Bist du so naiv oder tust du bloß so?"

Nadja versuchte zu begreifen, was Marju soeben gesagt hatte. Irgendwo im tiefsten Innern begann sie einzusehen, dass Marju wohl recht hatte. Sergej wollte nur Geld verdienen. Er hatte sie nicht aus Russland herausgeholt, weil er hilfsbereit war. Er würde dafür sorgen, dass bei der Sache etwas für ihn heraussprang.

„Wann kommt er?", fragte sie leise.

Marju antwortete nicht, sondern deutete mit der Hand auf das Baugerüst.

Sie überquerten zusammen den Hof. Ohne zu protestieren, kletterte Nadja wieder hinauf und fing erneut an zu pinseln, während Marju sich auf ihre Decke im Schatten zurückzog.

Aber Nadja begann Fluchtpläne zu schmieden.

Niemand würde sie noch einmal in eine Kiste hineinbringen!

Niemals!

„Hier geht's lang", sagte Alexander.

Wir folgten einem Pfad, der in einen Waldweg mündete. Der Weg war breit genug für einen Traktor, aber mit einem normalen Pkw kaum befahrbar. Ein Stapel abgeästeter Baumstämme lag neben dem Weg.

„Das hier ist doch Ullas Arbeitsplatz, oder?", fragte ich.

„Ja, ich glaube schon."

„Ist das wirklich der nächste Weg?"

„Ja, zum Eiskiosk."

Schon nach ein paar Metern sahen wir etwas Großes, Grünes neben dem Holzstapel leuchten.

Nach ein paar weiteren Schritten sah ich, was es war.

Es war der Container, über den ich mich schon vorhin auf dem Berg gewundert hatte.

„Was macht der hier mitten im Wald?", fragte ich.

„Wahrscheinlich wird er nach dem Baumfällen mit Zweigen und Ästen gefüllt", meinte Alexander.

Wir gingen um den Container herum. Er stand mitten in der sengenden Sonne, außerhalb des Schattens der Bäume.

Es war unerträglich heiß. Die Luft stand total still.

Ein Querriegel aus Metall hielt die Containerluke geschlossen. Aber abgeschlossen war sie nicht.

Wuff zeigte ein übertriebenes Interesse an dem Container und dem umgebenden Erdboden. Das wiederum weckte meine Neugier. Irgendwas an dem verlassenen Container war eigenartig.

Ich konnte meine Neugier nicht zügeln.

Alexander hatte sich in einiger Entfernung in den Schatten gestellt und zuckte jetzt zusammen, als er den metallischen Klang des Riegels hörte, den ich zurückschob.

„Was machst du da?"

Bevor ich antworten konnte, schlug mir ein so widerlicher Gestank entgegen, dass ich zurücksprang.

„Pfui Teufel, das riecht nach ..."

„... Kuhstall", ergänzte Alexander und rümpfte die Nase.

„Eher nach Plumpsklo. Oder Ammoniak."

„Wahrscheinlich benutzen die Waldarbeiter den Container als Klo."

„Wenn sie das ganze Gelände zur Verfügung haben?"

Ich deutete auf den Wald, der uns umgab. „Was würdest du vorziehen?"

„Dass du die Luke zumachst."

Wuff strebte mit erhobener Schnauze auf den Container zu.

„Nein, dieses Vergnügen gönne ich dir nicht", sagte ich und hielt sie mit der einen Hand zurück, während ich mir mit der anderen die Nase zukniff.

Plötzlich entdeckte ich in dem Dreck etwas, das mich erschauern ließ.

„Schau mal! Ein Schnuller!"

„Komm jetzt!"

Alexander hielt sich ebenfalls die Nase zu und wandte den Kopf ab. Aber ich konnte den Blick nicht von dem rosa Schnuller losreißen.

„Svea, bitte! Ist doch egal."

Alexander ging langsam weg, ohne auf mich zu warten.

Ich fotografierte den Container mit meinem Handy und schloss dann die Luke wieder zu. Auf dem ganzen Weg zum Eiskiosk versuchte ich eine Erklärung dafür zu finden, warum es in dem Container nach Plumpsklo gestunken hatte.

Aber an den Schnuller wollte ich lieber nicht denken. Die Vorstellung von einem kleinen Kind in diesem stinkenden Brutofen war unerträglich.

Als wir zurückkamen, saß Ulla im Garten, die Krücken an den Stuhl gelehnt.

„Wart ihr oben bei der Burg?"

„Ja."

„Ist doch schön dort oben?"

„Ja ..."

Die tolle Aussicht und die Stille waren wie weggefegt aus meinem Kopf. Das Einzige, woran ich denken konnte, waren der stinkende Container und der Schnuller.

Ich fuhr fort:

„... aber wir haben einen ekligen Container entdeckt."

„Einen Container?"

Wir erzählten abwechselnd, was wir gesehen hatten.

Ulla hörte mit gerunzelter Stirn zu.

„Wo genau steht der?"

Alexander konnte die Stelle besser beschreiben als ich.

Ullas Miene verfinsterte sich zusehends.

„Aha, Mauritz hat ohne mich mit dem Abholzen angefangen. Bestimmt will er mich arbeitslos machen. Das wäre nämlich meine Aufgabe gewesen."

Sie überlegte kurz, bevor sie fragte:

„Dieser Holzstapel, lag der tatsächlich am Ende des Weges?"

„Ja", sagte ich. „Und der Container stand ein paar Meter davon entfernt."

„Das versteh ich nicht. Es war gar nicht vorgesehen, an dieser Stelle auszulichten. Waren am Wegrand Bäume gefällt?"

Wir schauten einander an und versuchten uns zu erinnern.

„Nein, die Bäume standen alle noch da", sagte Alexander.

„Und habt ihr irgendwo abhackte Spitzen und Zweige gesehen?"

Wieder schauten wir uns fragend an.

„Nö-ö", sagte Alexander zögernd.

„Wo kamen dann diese Stämme her?"

Uns fiel keine Antwort ein.

„Das muss ich mir ansehen", beschloss Ulla. „Vielleicht hat mein Nachbar am Wochenende Zeit, mich hinzufahren. Ich muss rauskriegen, was Mauritz hinter meinem Rücken treibt."

„Warum fragst du den Pfarrer nicht, ob er dich hinfährt?", schlug ich vor, um einen Scherz zu machen. „Aber der fährt wahrscheinlich bloß nachts."

Keiner der beiden lachte.

Ich seufzte.

„Warum liegt in so einem stinkenden Container ein Schnuller? Das kapier ich nicht."

„Ein Container wird für Mülltransporte, Gartenabfälle und alles Mögliche benutzt und wird zwischen den Runden wohl kaum ausgespült", vermutete Ulla. „Der Schnuller liegt vielleicht schon ewig lang dort. Und wenn Mülltüten leck sind, stinkt es fürchterlich in der Hitze."

Ich nickte langsam, eine bessere Erklärung fiel mir auch nicht ein.

„Holt euch Saft und setzt euch zu mir. Oder wollt ihr jetzt gleich zum Schwimmen?"

„Vorher trinken wir noch Saft", entschied ich.

Alexander begann Saft zu mixen und Rosinenschnecken aufzubacken. Ich ging ins Badezimmer und beschloss, den Gedanken an den Schnuller im Container beiseitezuschieben.

Kaum hatte ich die Tür hinter mir geschlossen, als ich hörte, wie Wuff mit den Pfoten daran scharrte. Manchmal klebt sie wie ein Blutegel an mir.

Ich öffnete die Tür.

„Aber Wuff! Du machst sie doch kaputt."

Wuff trottete mit hocherhobenem Schwanz herein. Ich zog die Tür zu, ließ sie aber einen Spaltbreit offen, damit Wuff wieder rauskonnte. Sie untersuchte alle Winkel des Badezimmers und stellte sich dann auf die Hinterbeine, um aus dem offenen Wasserhahn Wasser zu trinken. Währenddessen zog ich mein Shirt und die Shorts aus.

Als sie genügend geschlabbert hatte, begann ich mich mit dem kühlen Wasser zu waschen.

„Ächz, ist das eine Hitze!", stöhnte Alexander draußen vor der Tür.

Bevor ich sie daran hindern konnte, schoss Wuff davon und schleuderte die Tür sperrangelweit auf.

Alexander bückte sich, um Wuff zu streicheln. Dann richtete er sich auf und sah mich. Er hatte sein T-Shirt ausgezogen und stand mit nacktem Oberkörper vor mir.

Mein erster Impuls war, die Tür zuzuziehen, aber sein Blick ließ mich innehalten. Er sah mich an, als würde er etwas sehr Schönes sehen.

Der Luftzug von unseren offenen Fenstern weiter hinten im Flur kühlte zwar die Haut ab, aber in meinem Innern loderten umso heißere Flammen.

Alexander lächelte unsicher.

Mit einem Schritt war ich in seinen Armen, meine nackte Haut an seine geschmiegt.

Ich hob den Kopf, aber er musste seinen senken, um meine Lippen zu erreichen. Seine Fingerspitzen berührten meine Arme, als wäre ich aus zerbrechlichem Glas. Die leichte Berührung kitzelte, in mir wurde es heiß.

Der Kontrast zu den scharfen Krallen war grausam. Wir schrien beide auf, als Wuff sich zwischen uns drängte.

„Verdammt noch mal, Wuff. Aus!"

Erst jetzt sah ich die vielen Spielsachen, die sie angeschleppt und um unsere Füße verstreut hatte. Also hatte sie zuerst versucht, unsere Aufmerksamkeit mit sanfteren Methoden auf sich zu lenken.

„Garantiert hat meine Mutter ihr das beigebracht", murmelte ich.

Alexander stieß ein gequältes Lachen aus.

„Was ist passiert?", rief die besorgte Stimme seiner Oma von draußen.

„Wuff wollte spielen", rief Alexander als Antwort.

„Vielleicht sollten wir", fuhr er dann wehmütig lächelnd fort und deutete mit dem Kopf zur Küche rüber.

„Na klar. Kann mir nichts Schöneres vorstellen als Saft!"

„Genau."

Er beugte sich mit halb geöffnetem Mund zu mir herab, traf aber ein paar Zentimeter daneben, weil er gleichzeitig Wuff im Auge behielt.

„Hab dich lieb", flüsterte er.

Die Worte begleiteten mich in mein Zimmer und tanzten um mich herum, während ich ein sauberes T-Shirt anzog.

Ich freute mich schon darauf, im Garten Saft zu trinken.

Neben ihm. Dicht neben Alexander.

Wir erzählten Ulla von dem Mädchen, das wir hinter der Plane gesehen hatten, und von unserem Vorhaben, zu fragen, ob wir das Fahrrad ausleihen dürften, das, wie ich annahm, ihr gehörte.

Ich hatte damit gerechnet, dass Ulla uns verbieten würde, zum Gut rüberzugehen, aber erstaunlicherweise schien sie nichts gegen unseren Plan zu haben.

Wuff war nach unserem langen Spaziergang in der Hitze müde. Sie lag im Schatten auf ihrer Decke, kam aber trotzdem hinter mir her, als wir uns auf den Weg machten.

Da Ulla unserem Plan zugestimmt hatte, spazierten wir ganz offen zwischen den Schatten spendenden Bäumen die Allee entlang. Aber meinen Hund legte ich sicherheitshalber an die Leine.

Und das war ein Glück, denn sie versuchte mich hartnäckig zu einem großen Gebüsch am Wegesrand hinüberzuzerren. Ich bremste sie jedoch energisch. Wahrscheinlich ein Eichhörnchen, hinter dem Wuff herjagen wollte, und diesen Spaß wollte ich ihr im Moment nicht gönnen.

Zu meiner Freude lehnte das Fahrrad noch an der Hauswand, ein blaues Damenfahrrad mit Dreigangschaltung.

„Es ist nicht abgeschlossen", stellte ich fest.

„Aber wir können es doch nicht einfach mitnehmen!"

„Das hab ich auch nicht vorgehabt," murmelte ich. „Ist doch klar, dass wir vorher fragen müssen."

Die ganze Vorderseite lag wie immer total verlassen da. Wir gingen weiter, zur Rückseite. Dort war es ebenfalls menschenleer. In dieser Hitze hielt es wohl niemand hinter der Plane aus.

Ich ging zu dem verhüllten Baugerüst hin, um nachzuschauen, wie weit sie gekommen waren. Hinter der Plane war es heiß wie in einer Sauna. Höchstens eine Minute würde ich es aushalten, dort auf dem Gerüst zu stehen, dachte ich.

Darum bekam ich fast einen Schock, als ich das blonde Mädchen über mir auf den Planken sah. Sie hielt einen Pinsel in der Hand.

Ich traute meinen Augen kaum. Es war ja mindestens zwei Stunden her, seit ich gesehen hatte, wie sie hinter der Plane verschwunden war. Sie konnte doch unmöglich die ganze Zeit dort verbracht haben?

„Hallo!", sagte ich.

Sie zuckte zusammen und sah mit großen Augen zu mir herunter.

„Oh, entschuldige, hab ich dich erschreckt? Ich wollte bloß fragen, ob das Fahrrad vor dem Haus dir gehört?"

Sie sah mich an, bewegte dabei aber ununterbrochen den Pinsel an der Wand auf und ab.

Ihre flammend roten Wangen glänzten vor Schweiß und die Haare klebten ihr am Kopf.

„Dieses blaue Fahrrad", versuchte ich noch einmal mit einer Handbewegung zur Hausecke hin.

Sie schüttelte den Kopf.

„Gehört es dir nicht?"

„Don't understand."

„Oh, sorry, that blue bicycle behind the ... wie heißt Gutshaus auf Englisch?"

„House", schlug Alexander vor.

„... behind the house, is it yours?"

Sie schüttelte den Kopf.

Irgendwas an ihr war seltsam, vor allem die Art, wie sie sich andauernd umsah, als hätte sie Angst. Und wie sie drauflospinselte, als würde sie einen elektrischen Schlag kriegen, wenn sie auch nur einen kurzen Augenblick aufhörte.

Plötzlich hielt sie mitten in einer Bewegung inne, drehte sich um und sah mich Hilfe suchend an.

„Please can you ..."

Im selben Moment zerrte Wuff an der Leine.

„Was macht ihr hier?"

Eine barsche Stimme unterbrach, was auch immer das Mädchen hatte sagen wollen. Sie drehte sich blitzschnell wieder zur Wand um und setzte ihre Pinselei fort.

„Svea, pass auf!", warnte Alexander.

Aber zu spät.

Die wütende Marju kam mit ein paar großen Schritten auf mich zu.

Ich hielt Wuff mit aller Kraft zurück und setzte mein allerliebenswürdigstes Lächeln auf.

„Wir wollten nur fragen, ob ..."

„Du hast hier nichts zu suchen!"

„Aber wir ..."

„Verschwinde! Und komm ja nicht wieder her. Das hier ist privates Gelände."

Meine gute Erziehung ließ mich die unanständige Bemerkung schlucken, die mir fast über die Lippen gehüpft wäre. Die Alte tickte ja nicht richtig!

„Dann müssen Sie sich aber auch vom Gartenschuppen fernhalten, der im Garten von Alexanders Oma steht!", fauchte ich.

Sie hielt mitten in einer Bewegung inne und machte ein verblüfftes Gesicht. Mit gerunzelter Stirn sah sie mich an.

„Wovon redest du da?"

„Irgendjemand hat in unserem Schuppen herumgewütet und Werkzeug heruntergerissen und Töpfe zerschlagen. Und wenn man bedenkt, wie wenig Leute es hier gibt ..."

„Ich war das jedenfalls nicht!", fuhr sie mich an.

„Aber irgendjemand vom Gut muss es gewesen sein. Und Sie sind ja angeblich dafür zuständig, alles, was hier passiert, zu kontrollieren, oder?"

„Schon ..."

„Na also. Wenn Sie mir nicht glauben, können Sie ja mitkommen und selbst nachschauen! Ein schöner Anblick ist das nicht."

Alexander sah allmählich genauso sauer aus wie Marju. Wahrscheinlich passte es ihm nicht, dass ich die Aufseherin verhörte, aber er war schließlich auch nicht von ihr angeblafft worden. Ihr offensichtliches Unbehagen bereitete mir Vergnügen.

„Sorgen Sie dafür, dass Ihre Arbeiter das Grundstück seiner Oma nicht mehr betreten!", befahl ich großschnäuzig.

Im selben Augenblick sah ich etwas, das unter dem Baugerüst lag.

Eine Metallleiter!

Eine der Sprossen war abgebrochen. Das musste Ullas Leiter sein.

„Schau mal!", sagte ich zu Alexander. „Die nehmen wir mit."

„Oh nein! Die gehört zur Baustelle!", protestierte Marju.

Ich hatte mich schon über die Leiter gebeugt.

„Warum steht dann Ulla darauf?", sagte ich ruhig. „Pack mit an, Alex!"

Ich hob das hintere Ende an und Alexander lief schnell ans vordere.

„Sie ist doch kaputt", sagte Marju. „Was wollt ihr damit anfangen?"

„Umtauschen. Die war ganz neu."

Sie versuchte uns die Leiter aus den Händen zu reißen.

„Das kann ich für euch erledigen."

Ihre Weigerung, die Leiter herzugeben, bestärkte mich nur noch mehr.

„Das machen wir selbst."

„Dann sorgt gefälligst dafür, dass sie auf eurem Teil des Grundstücks bleibt!", fauchte sie hinter uns her. „Ich weiß genau, wozu die benutzt wird!"

Ich ging los, worauf sie widerwillig, mit mürrischen Blicken, beiseitetrat.

„Mann, ist das eine üble Tusse!", stöhnte ich.

„Aber ehrlich! Ein Glück, dass Oma die Leiter gekennzeichnet hat."

„Das hat sie gar nicht."

„Was? Hast du gelogen?"

„Es ist doch offensichtlich, wem die Leiter gehört."

„Hoffentlich hast du recht", sagte Alexander düster.

Das hoffe ich auch, dachte ich. Sonst gibt's natürlich ein Mordstheater!

Ich begann gerade über Marjus Bemerkung nachzudenken, sie wisse, wofür die Leiter benutzt würde – das weiß doch jedes Kind –, als Alexander meine Überlegungen unterbrach.

„Los jetzt, fahren wir zum Schwimmen", sagte er. „Ist mir echt rätselhaft, wie dieses Mädchen bei der Hitze arbeiten kann!"

„Irgendwas an ihr ist komisch."

„Warum?"

„Es kam mir vor, als hätte sie Angst."

„Vor dieser bulligen Alten muss doch jeder Angst kriegen."

Ich seufzte.

„Mhm. Wo das Mädchen wohl herkommt? Schwedisch konnte sie nicht und Englisch auch nicht besonders gut."

„Vielleicht ist sie so eine Art Austauschschülerin."

„Ist sie dafür nicht zu jung? Und Austauschschüler, die büffeln doch bloß. Die brauchen sich nicht so abzurackern. Ich würde mich gern noch ein bisschen mit ihr unterhalten."

„Untersteh dich, umzukehren!"

„Nein, aber wenn ich sie zum Beispiel am Tor sehe, rede ich mit ihr. Irgendwann wird sie ja einen Spaziergang machen wollen oder zum Einkaufen oder Schwimmen radeln."

„Okay, aber jetzt lassen wir uns vorerst nicht dort blicken."

„Wird wohl besser sein. Und wie kommen wir an den Strand?"

„Wenn du nicht bei mir mitfahren willst, mieten wir ein Fahrrad", beschloss er.

„Am besten, wir mieten es gleich für mehrere Tage", sagte ich. „Dann können wir in einem anderen Laden einkaufen und brauchen diesen fiesen Angeber an der Kasse nicht mehr zu sehen."

„Ja, und außerdem gibt es weiter hinten eine Minigolfanlage. Da könnten wir irgendwann abends hinfahren."

Es war lästig, die Leiter zu tragen und gleichzeitig die Hundeleine zu halten, darum ließ ich Wuff frei, kaum dass wir außer Sichtweite waren. Wuff lief vor uns her in Richtung Pförtnerhäuschen, blieb aber plötzlich stehen und starrte dasselbe Gebüsch an, das sie schon auf dem Hinweg so fasziniert hatte.

„Was ist denn, Wuff?"

„Bin gespannt, wie sie antwortet! Mit wuff? Oder lieber mit wau, wau?"

Ich ignorierte Alexanders Witzchen. Wuffs steife Körperhaltung war Antwort genug.

Hinter den Büschen musste etwas sein. Und zwar weder ein Eichhörnchen noch eine Katze, denn dann wäre Wuff wie der Blitz dorthin geschossen. Jetzt dagegen wirkte sie ängstlich und gleichzeitig auch neugierig.

„Ich schau kurz mal nach."

Ich legte mein Leiterende ab und näherte mich den Büschen.

Wuff kam hinterher, sprang aber plötzlich zurück und kläffte laut auf. Sie bellte wild weiter und lief dabei aufgeregt hin und her, ohne die Büsche aus den Augen zu lassen.

Da war etwas.

Etwas, das raschelte.

Shit!

Ich fuhr zusammen und bekam heftiges Herzklopfen.

Aus dem üppigen Laub tauchte unversehens ein dunkelhaariger Junge in gelbem T-Shirt auf. Mit ausgestreckten Händen begann er sich durch die Zweige voranzuarbeiten. Vor allem die rechte Hand kam zum Einsatz. In der Linken trug er einen weißen Kunststoffkanister.

Ich starrte ihn entsetzt an. Er sah fürchterlich aus. Sein eines Auge war dick zugeschwollen und auf einer Wange klaffte eine hässliche Wunde. Sein Gesicht war gestreift von getrocknetem Blut.

Ich legte Wuff an die Leine und zog sie zu mir her.

„Tut mir leid ..."

Weiter kam ich nicht mit meinem Entschuldigungsversuch. Der Junge machte einen großen Bogen um mich und hinkte aufs Gutshaus zu.

„Geh da lieber nicht hin! Die Aufseherin dort ist gerade stinkwütend ..."

Ohne auf meine Warnung zu hören verschwand der Junge um eine Wegbiegung.

Ich wollte schon hinter ihm herrennen, aber Alexander packte meinen Arm mit eisernem Griff.

„Wohin willst du?"

„Der Junge läuft der Aufseherin doch direkt in die Arme. Lass mich los!"

Ich befreite mich mit einem Ruck.

„Genau dorthin wollte er wahrscheinlich."

„Aber er sah aus, als hätte er Todesangst."

„Bestimmt ist er vor uns erschrocken."

„Vor uns?"

„Ja, oder vor Wuff. Viele Leute haben Angst vor Hunden."

Obwohl ich das wusste, starrte ich ihn an, als wäre das eine ganz neue Idee.

„Aber er war doch verletzt! Wir müssen ihm helfen."

„Was weißt du über Krankenpflege?"

Nicht besonders viel, aber ich hatte in genügend Hockeyspielen mitgespielt, in denen meine Mit- und Gegenspieler angerempelt und verletzt worden waren, um zu wissen, welche Wunden genäht werden mussten.

„Bestimmt bringt die Aufseherin ihn ins Krankenhaus. Wir könnten das nicht."

„Die doch nicht!"

„Jedenfalls hat sie ihn nicht davongejagt. Sonst wäre er schon wieder hier aufgetaucht."

Alexander hatte recht, das war mir klar. Die Frau würde natürlich sehen, dass er Hilfe brauchte. Wir wären bloß im Weg und würden den Jungen außerdem aufs Neue erschrecken, wenn er sich tatsächlich vor Hunden fürchten sollte, wie Alexander vermutete.

Aber wie war er so zugerichtet worden?

„Wahrscheinlich war er heute Nacht das Opfer, das zusammengeschlagen wurde", fiel mir ein.

Alexander sah nachdenklich aus.

„Ja, irgendwas in der Art muss passiert sein."

„Dann hat er seitdem hier gelegen. Wuff hat schon auf dem Hinweg zu den Büschen rübergewollt. Garantiert lag er da schon dort. Was machen wir bloß? Wir können doch nicht einfach ..."

„Ich bitte Oma, die Aufseherin anzurufen", unterbrach Alexander mich. „Die beiden müssen dann entscheiden, ob man die Polizei benachrichtigen soll."

Ich nickte. In einer so ernsten Angelegenheit würden sie bestimmt zusammenarbeiten können, auch wenn sie sonst nicht unbedingt dicke Freunde waren.

Wir hoben die Leiter auf und marschierten hintereinanderher zum Pförtnerhäuschen.

Erst als wir vor dem Gartenschuppen angekommen waren, musterten wir die zerbrochene Sprosse etwas genauer. Sie war direkt in der Mitte auseinandergebrochen, als hätte jemand sie durchgesägt.

Alexander schüttelte den Kopf.

„Eigenartig."

„Mal hören, was die im Laden dazu sagen. Also, ich meine, wenn jemand das mit Absicht gemacht hat, dann ..."

„Ja, wir fragen Oma, wo sie die Leiter gekauft hat. Wenn es nicht zu weit ist, können wir die Leiter dorthin tragen."

Wir ließen die Leiter beim Schuppen zurück. Dort konnte sie vorläufig liegen bleiben.

Während wir zum Schuppen unterwegs gewesen waren, war kein

Auto an uns vorbeigefahren. Die Aufseherin schien keine Eile zu haben, den Jungen ins Krankenhaus zu bringen. Nur der Gedanke daran, dass Ulla Marju anrufen würde, hielt mich zurück. Sonst wäre ich bestimmt wieder zum Gutshaus gerannt.

*

Nadja sah, wie das blonde Mädchen wieder davongejagt wurde. In ihr brach alles zusammen. Arme und Schultern schmerzten und in der Hitze wurde ihr schwindlig. Jetzt war ihre Lage endgültig hoffnungslos.

Nur wenige Minuten später riss das Geräusch von rennenden Schritten auf dem Kies sie aus ihrer Verzweiflung. Im Glauben, das Mädchen käme wieder, spähte sie hinter der Plane hervor.

Aber es war Grigorje.

Er sah schrecklich aus, blutverschmiert, mit geschwollenem Gesicht! Stolpernd und hinkend überquerte er den Kiesplatz zu dem roten Gebäude, wo sie geduscht hatte. In der einen Hand hielt er einen weißen Plastikkanister, in dem irgendeine Flüssigkeit schwappte.

„Bleib stehen!"

Er ignorierte Marjus Befehl, lief weiter und fauchte Marju dabei an, sie sei eine verfluchte Schlange und er sei gekommen, um seine Sachen zu holen. Dann werde er es ihr heimzahlen.

„Nadja, komm herunter!", schrie Marju.

Nadja begann nach unten zu klettern, während Grigorje im Haus verschwand.

„Hopp, hopp!"

Marju stiefelte ungeduldig zu ihr her, packte sie an der Hand und zerrte sie so unwirsch und heftig zu dem roten Haus hinüber, als ginge es ums nackte Leben.

Nadja hoffte, Grigorje treffen zu dürfen, aber Marju zog sie zum Badezimmer und stieß sie dort hinein.

„Bleib da drin!"

Doch offenbar traute sie Nadja nicht, denn sie zog schnell den Schlüssel ab und drehte ihn von außen im Schloss um. Nadja blieb mit klopfendem Herzen hinter der verschlossenen Tür stehen, während Marjus schnelle Schritte sich in Richtung Schlafsaal entfernten.

Die wütenden Stimmen von Marju und Grigorje hallten immer lauter aus dem Schlafsaal herüber und klangen schließlich so erregt, dass man unmöglich alle Beschimpfungen unterscheiden konnte, die durch die Luft prasselten. Es fiel Nadja schwer, herauszuhören, wer wen anklagte – sie verstand nur, dass es sich um Misshandlung, Diebstähle, Betrug, entführte Jungs und Schulden handelte und um Vereinbarungen, die nicht eingehalten worden waren.

Aber eins war sicher. Beide waren außer sich vor Wut.

Nadja wurde übel. Was war Grigorje zugestoßen? Hatte er einen Unfall gehabt? Allerdings sah er eher aus, als wäre er verprügelt worden.

Endlich befand sie sich an dem Ort, wohin sie sich all die letzten Stunden gesehnt hatte, aber jetzt war es ihr unmöglich, sich einfach unter die Dusche zu stellen, als wäre nichts passiert.

Plötzlich näherten sich die Stimmen. Sie starrte die Tür erwartungsvoll an, aber niemand öffnete sie. Dann hörte sie die Haustür zuschlagen und schnelle Schritte auf dem Kies.

Hatten beide das Haus verlassen oder war Grigorje noch da?

Sie sah sich im Badezimmer um. Über dem Waschbecken war ein kleines rundes Fenster angebracht, nur dummerweise einen halben Meter über ihrem Kopf.

Schnell kletterte sie auf den Toilettensitz, konnte aber immer noch nicht hinaussehen. Erst als sie sich auf dem Spülkasten auf die Zehenspitzen stellte, reichte sie an das Fenster hinauf. Das war zwar unbequem, aber immerhin konnte sie hinausschauen.

Girgorje und Marju standen mitten auf dem Hof. Er war einen Kopf kleiner als die Frau und viel dünner. Beide schrien sich immer noch an, aber schon bald begnügte Marju sich nicht mehr mit Worten, sondern ging zu Handgreiflichkeiten über.

Sie packte den Jungen an den Schultern und schüttelte ihn heftig hin und her. Sie war so viel größer als er, eine wahre Riesin.

Grigorje leistete Widerstand, dabei fielen ihm die Tüte und der Kanister aus den Händen, die er mit sich herumgeschleppt hatte. Als er sich suchend nach den Sachen umsah, versetzte Marju ihm einen harten Stoß.

Er stürzte nach hinten, auf den Rücken, aber durch den Kies wurde der Fall ein wenig gelindert. Zumindest hoffte Nadja das. Wenigstens prallte er nicht auf harten Asphalt.

Girgorje blieb liegen, regungslos.

Nadja hielt den Atem an.

Plötzlich hob er den Kopf, dann kam er langsam und mühselig auf die Beine. Er wirkte total erledigt, offensichtlich konnte er sich nur mit letzter Kraft aufrecht halten.

Kopfschüttelnd starrte er Marju an. Dann bückte er sich und hob den Kanister auf. Mit ein paar blitzschnellen Handbewegungen hatte er den Deckel abgeschraubt und den Inhalt des Kanisters direkt auf Marju geschleudert.

Sie zuckte heftig zurück, riss den Saum ihres T-Shirts hoch und rieb sich damit wild im Gesicht.

Nadja starrte voller Entsetzen hinaus. War das eine Art Säure oder etwas anderes, das auf der Haut brannte?

Marju stampfte auf den Boden, wie um den Schmerz loszuwerden, und ihr markerschütternder Schrei drang bis ins Badezimmer.

Grigorje betrachtete sie mit eiskalter Ruhe und wühlte gleichzeitig in seiner Hosentasche, bis er einen kleinen Gegenstand herauszog, der in seine eine Hand passte. Den hielt er ihr vor die Augen.

Dann drehte er ihr den Rücken zu und schwankte stolpernd davon.

Nadjas Beine waren fast gefühllos und auf ihrem Rücken klebte der Schweiß. Am liebsten hätte sie sich sofort unter die Dusche gestellt, aber vorher wollte sie sich vergewissern, dass Grigorje unbehelligt davonkam.

Er kam nur langsam von der Stelle. Nadja konnte geradezu sehen, wie sehr ihn jeder einzelne Schritt schmerzte. Bei seinem Sturz musste er sich schlimm verletzt haben. Oder vielleicht setzten ihm auch die früheren Schläge noch zu? Womöglich stammten die auch von Marju? Beim Anblick seines übel zugerichteten Gesichts hatte die Aufseherin ja kein bisschen erstaunt gewirkt.

Nadjas Angst wuchs.

Sie sah Marjus Profil, sah ihre starren Gesichtszüge, als sie dem davonstolpernden Girgorje hinterherblickte, sah, wie sie nach dem Knüppel tastete, der über ihrem rechten Schenkel hing.

Nadja wurde es eisig kalt.

Es war noch nicht vorbei.

Plötzlich schoss Marju mit hocherhobenem Knüppel auf Grigorje zu. Wahrscheinlich hörte er ihre Schritte, er blieb nämlich stehen und drehte sich langsam um. Irgendetwas hielt er in der Hand.

War das ein Klappmesser? Er schien sich auf seine Waffe zu verlassen und verhielt sich so ruhig, als wäre er der Überlegene. Aber gleichzeitig bewegte er sich so schwerfällig und gequält, dass er keine Chance hatte, die wutschäumende Aufseherin aufzuhalten.

Der erster Knüppelschlag traf Grigorjes eine Hand, die den Gegenstand hielt. Er krümmte sich vor Schmerz, seine Hand zuckte zurück. Doch da hatte Marju sich schon auf ihn gestürzt und ihn zu Boden geschleudert.

Der Knüppel sauste wieder durch die Luft.

Nadjas Schrei blieb ihr im Hals stecken. Nur ein kläglicher Jammerlaut drang heraus. Ihre Beine zitterten und trugen sie nicht mehr. Sie krabbelte von der Toilette runter und sank auf dem Boden zusammen, legte den Kopf auf die Knie und kniff die Augen zu.

Sie schluchzte vor Hilflosigkeit und Angst. Eigentlich müsste sie versuchen, Marju aufzuhalten.

Aber sie traute sich nicht.

Marju könnte ihre Wut auf sie richten. Sie könnte sie ebenfalls zusammenschlagen und dann, das Schlimmste überhaupt, die Polizei verständigen. Dann würde Nadja im Gefängnis landen.

Sie schämte sich, konnte aber nichts anderes tun, als sitzen zu bleiben und zu hoffen.

Leise begann sie zu summen, um den Horror auszusperren.

Plötzlich drang eine Stimme in ihr Bewusstsein.

Eine zornige, befehlsgewohnte Stimme.

War das nicht ... Svenne?

Blitzschnell flog sie auf den Toilettensitz hinauf und kletterte mit zitternden Beinen auf den Spülkasten.

Marju stand mitten auf dem Hof und duschte sich mit den Kleidern am Leib unter dem Wasserschlauch ab.

Girgorje lag auf dem Kies. Bewegungslos.

Ein blonder Mann mit kurz geschorenem Haar beugte sich über ihn.

Nadja sah den Mann von der Seite. Das genügte.

In ihrem Kopf explodierte die Gewissheit.

Es war *tatsächlich* Svenne! Er lebte!

Aber lebte Grigorje auch?

Sie sah, wie Marju ihn unter den Armen packte und Svenne ihn an den Füßen nahm. Grigorjes Körper hing schlaff zwischen ihnen, als sie ihn zur Kellertür trugen und dann dahinter verschwanden.

Alles war innerhalb einer Minute vorbei. Nadja kam es wie eine Ewigkeit vor.

Gelähmt vor Entsetzen starrte sie auf den Hof.

Wie sehr war Grigorje verletzt? Oder war er ... tot?

Doch diese Fragen wurden von etwas noch Stärkerem beiseitegedrängt – von einer Einsicht.

Svenne hatte überlebt! Und das, obwohl Sergej behauptet hatte, er sei gestorben.

Hieß das dann ...

Sie wagte den Gedanken kaum zu denken.

... dass ihre Mutter ebenfalls noch lebte?

Svenne und Marju kamen wieder aus dem Keller. Ohne Grigorje.

Nadja brach der kalte Schweiß aus.

Sie musste mit Svenne sprechen!

Sie tastete das Fenster ab, fand aber keinen Griff. Das Fenster ließ sich nicht öffnen.

Wild gestikulierend stand Svenne vor Marju und brüllte sie an. Man brauchte die Worte nicht zu hören, um zu verstehen, dass er außer sich war vor Zorn.

Marju nahm alles hin, ohne sich zu verteidigen.

Das schien Svennes Empörung ein wenig zu dämpfen. Er fuchtelte noch mit der Faust in der Luft herum, doch dann drehte er sich um und verschwand hinter einer Tür am anderen Ende des Gutshauses.

Am liebsten wäre Nadja hinter ihm hergeflogen. Ihre Gefühle befanden sich im wilden Taumel zwischen Hoffnung und Zweifel.

Kann es sein, dass Mama lebt?!

Ich muss das Fenster einschlagen, hinter ihm herrufen!

Oder wäre das dumm? Soll ich lieber warten?

Sie versuchte ruhiger zu atmen, um klar denken zu können. Jetzt irrten ihre Gedanken nur im Kreis und lieferten ihr keine vernünftigen Ratschläge.

Als ihre Atmung langsamer wurde, begannen auch die Gedanken sich zu beruhigen. Sie sah ein, dass sie sich gedulden musste. Jetzt gerade konnte sie nichts tun. Wenn sie erst einmal im Gutshaus wäre, könnte sie Svenne suchen, von Zimmer zu Zimmer laufen, bis sie vor ihm stand.

Ihr Herz klopfte vor Aufregung.

Zwar würde er bei ihrem Anblick bestimmt an die Decke gehen, weil er wusste, dass sie an dem Unfall schuld war, doch was machte das schon, wenn ihre Mutter lebte!

Svenne schien den Unfall unverletzt überstanden zu haben, dann müsste ihre Mutter das auch getan haben!

Marju war auf dem Hof zurückgeblieben. Sie sammelte Grigorjes Sachen ein und lief hin und her, als würde sie etwas suchen. Schließlich holte sie noch einmal den Wasserschlauch und spritze den Hof ab, den Blick immer nach unten gerichtet. Es war, als würde sie Spuren wegspülen.

War das etwa ... Blut? Übelkeit stieg in Nadja auf.

Plötzlich, ohne Vorwarnung, drehte Marju sich zum Badezimmerfenster um.

Nadja duckte sich und hüpfte auf den Boden hinunter, wo sie sich in rasender Hast die Kleider vom Leib riss und dann die Dusche aufdrehte. Das Wasser war eiskalt, aber sie erstickte ihren Schrei. Mit zitternder Hand tastete sie nach dem Thermostat und drehte das warme Wasser auf.

Der Duschstrahl hatte gerade die richtige Temperatur erreicht, als sie hörte, wie die Haustür aufgeschlossen wurde und schnelle Schritte sich dem Badezimmer näherten. Schlüssel raschelten im Schloss und die Tür flog auf.

Marju stand mit flammendem Blick in der Türöffnung. Ihre Kleider waren durchnässt und ihre Schuhe hinterließen nasse Spuren auf dem Boden. Ein eigenartiger Geruch ging von ihr aus.

Wie ... Benzin?

War es das, womit Grigorje sie übergossen hatte?

Aber vor lauter Angst gelang es Nadja nicht, ihre Gedanken zu Ende zu denken. Sie musste vor allem das Entsetzen, das sie zur wilden Flucht drängte, bekämpfen.

Marju weiß, dass ich gesehen habe, was sie getan hat.

Das sieht sie mir an!

Ist doch klar, dass ich verängstigt aussehe, versuchte sie sich zu beruhigen. Da würde doch jeder erschrecken, wenn man splitternackt in der Dusche steht und plötzlich kommt jemand einfach hereingestürmt.

Sie versuchte Marjus Misstrauen abzulenken, indem sie so tat, als würde sie sich ihrer Nacktheit schämen, und wandte ihr den Rücken zu. Dabei liefen ihr eisige Angstschauer über die Haut.

Mit ungeheurer Überwindung gelang es ihr, ruhig stehen zu bleiben, anstatt sich auf den Boden zu kauern, den Kopf in den Händen zu verstecken und um Gnade zu flehen.

„Das reicht jetzt!"

Marjus Stimme klang barsch.

„Stell das Wasser ab!"

Der Befehl kam wie ein Peitschenhieb.

Nadja stellte das Wasser ab, streckte die Hand nach dem Badetuch aus und begann sich abzutrocknen, scheinbar ruhig, aber mit zitternden Beinen. Sie hatte das Gefühl, vor Entsetzen ohnmächtig zu werden.

„Ein bisschen schneller, wenn ich bitten darf!"

Sie schlüpfte in ihre Kleider und wurde dann von Marju fast hinausgezerrt. Marju war offensichtlich so gestresst, dass sie kaum still stehen konnte.

Nadjas Kopf war voller Fragen. Was war mit Grigorje? Aber vor allem – was war mit ihrer Mutter?

Auf wundersame Weise hatte Svenne überlebt. Vielleicht hatte ihre Mutter das auch!

Nadja klammerte sich an diesen Gedanken.

Während sie mit Marju den Hof überquerte, schielte sie zu den Fenstern des Gutshauses hinauf, in der Hoffnung, etwas von Svenne zu sehen. Sie hielt auf das Baugerüst zu.

Aber Marju hinderte sie abrupt daran.

„Du musst rein", erklärte sie.

Nadja blieb stehen.

Ihr Hals schnürte sich zu.

„Ich will aber draußen bleiben!", sagte sie mit dünner Stimme.

„Nein!"

„Aber ich muss ... will ... malen!"

Marju stieß sie in Richtung Kellertür vor sich her.

„Für dich ist Schluss mit malen! Du kommst morgen nach Deutschland!"

Nadja wurde es eiskalt.

Das durfte doch nicht wahr sein! Dann hätte sie keine Möglichkeit, mit Svenne zu sprechen! Wenn sie erst einmal in einem neuen Land war, würde sie nie mehr hierher zurückfinden. Und dabei befand sich die Antwort auf ihre Frage in Reichweite.

Sie warf einen Blick über die Schulter.

Marju war ein paar Meter zurückgeblieben.

Dies war ihre Chance!

Blitzschnell spurtete sie zu der Tür am anderen Ende des Hauses, hinter der Svenne verschwunden war, stürzte die Treppe hinauf und drückte den Türgriff nach unten.

Nein!

Am liebsten hätte sie laut geschrien vor Enttäuschung.

Es war abgeschlossen.

Hinter sich hörte sie Marjus schwere Schritte.

„Was treibst du da?"

Wild entschlossen lief sie auf der Suche nach einer anderen Tür weiter, fand aber keine. Sie musste zur Vorderseite des Gutshauses.

Mit letzter Kraft umrundete sie die Hausecke, immer mit der schreienden und fluchenden Marju auf den Fersen.

An der Giebelseite gab es auch keine Tür, aber als sie um die nächste Ecke bog, sah sie einen prächtigen säulengeschmückten Eingang.

Bitte, bitte, lass die Tür offen sein, flehte sie lautlos.

Sie hatte nicht viele Meter zurückgelegt, war aber mit ihren Kräften am Ende, konnte nur noch keuchen. Ihre Beine wurden immer schwerer und sie spürte heftiges Seitenstechen. Stehen bleiben und Luft holen ging nicht, Marjus Schritte hallten beunruhigend nah.

Nadja schüttelte die Erschöpfung von sich ab und hetzte weiter.

Noch zwei Meter.

Sie warf sich auf die Haustür und drückte auf den Türgriff.

Die Tür war offen, aber schwer, und bewegte sich unendlich langsam, wie in einem Albtraum.

Nadja konnte gerade noch einen Blick in eine große möblierte Eingangshalle werfen, bevor Marju sie eingeholt hatte und sich auf sie stürzte.

„Svenne!", schrie Nadja. „Svenne! Ich muss mit dir reden!"

Doch Marju packte sie mit festem Griff um die Hüften, zerrte und zog und trug sie schließlich fast mit sich hinaus.

Die Tür schlug automatisch hinter ihnen zu.

„Sven ..."

Marju presste ihr die Hand auf den Mund.

„Was zum Teufel soll das?"

Nadja wand sich heftig und versuchte sich aus der Umklammerung zu befreien, aber Marju war kräftig und fit.

Nadja hatte keine Chance.

Während sie zum Hinterhof zurückgeschleppt wurde, flogen ihre Schuhe davon, was zur Folge hatte, dass sie sich auf der Kellertreppe die Füße an den Stufen aufschlug.

Sie weinte und schrie, aber nicht wegen der Schmerzen, nein, es war die Ungewissheit, die sie plagte.

Ich muss unbedingt wissen, ob meine Mutter lebt!

Marju stieß sie in den kahlen Raum, in Nadjas Gefängnis. Nadja landete auf dem Fußboden und schlug mit dem Steißbein und der einen Hand auf. Der Schmerz schoss ihr bis an den Scheitel.

„Bitte!", flehte sie. „Lass mich ... mit Svenne sprechen. Bitte, bitte!"

„Hier gibt's keinen Svenne!"

„Do-och! Ich hab ihn gesehen!"

Inzwischen hatte es keinen Sinn mehr, etwas zu verschweigen. Das einzig Wichtige war, zu erfahren, ob ihre Mutter lebte. Svenne kannte die Antwort.

„Ich muss es wissen. Meine ... Mutter ..."

„Die ist tot!"

„Aber was ist mit Svenne ... der saß doch im selben Auto ..."

„Was faselst du da für einen Mist?"

„Ich hab ihn draußen gesehen. Er lebt doch!"

„Wann hast du ihn gesehen?"

„Als ich im Bad war."

„Was hast du noch gesehen?"

Marjus Stimme klang plötzlich scharf.

„Ich ..."

Nadja traute sich nicht weiterzuprechen, dann würde sie sich nur in Erklärungen verwickeln, die zu viel verrieten.

Marju packte sie am Arm und zerrte sie auf die Beine, drückte rücksichtslos fest zu. Das tat weh.

„Los! Antworte!"

Nadja stand da und starrte ihre bloßen Füße an.

Marju ließ ihren Arm los, drehte sich auf dem Absatz um und schlug Nadja die Tür vor der Nase zu.

„Neeein!", schrie sie auf.

Das Geräusch der Schritte wurde immer schwächer und erstarb schließlich ganz. Nur der Geruch nach Benzin schwebte noch in der Luft.

Laut weinend und schluchzend sank Nadja auf dem Kellerboden zusammen.

Alles war verloren.

Sie würde die Wahrheit nie erfahren.

Als ihre Tränen versiegten, fiel ihr die Gabel ein, die sie versteckt hatte.

Eine Chance zur Flucht hatte sie noch. Wenn Marju zurückkäme, um sie zu holen, würde sie sich hinter der Tür verstecken und sie mit der spitzen Gabel angreifen, einfach blind zustechen, und dann davonrennen.

Über einem dicken Rohr hatte sie ein Versteck gefunden. Wenn sie sich auf die Zehenspitzen stellte, konnte sie es vom Bett aus erreichen.

Sie begann die Gabel an der rauen Backsteinwand zu reiben und würde weiterreiben, bis der Stiel messerscharf war.

Das war ihre letzte Chance.

*

Am Strand standen reihenweise Liegestühle, und eingeölte glänzende Körper streckten sich auf leuchtend bunten Badetüchern aus. Nackte Kleinkinder buddelten am Wasserrand mit ihren Schäufelchen im feuchten Sand, neben ihnen hockten ihre Mütter und Väter. Ältere Kinder mit Gänsehaut und blauen Lippen standen bibbernd weiter draußen im Wasser und erklärten ihren Eltern hartnäckig, dass ihnen überhaupt nicht kalt sei.

Nach vielem Hin und Her hatten wir beschlossen, doch kein Fahrrad zu mieten. Es ging auch so gut. Alexander hatte Ullas Fahrrad genommen und ich hatte mich hinter ihn auf den Gepäckträger gesetzt.

Jetzt breiteten wir unsere Badetücher etwas weiter oben am Strand aus, abseits von der Menge.

Der Sand war heiß. Auf dem Weg ins Wasser mussten wir rennen, um uns die Fußsohlen nicht zu verbrennen.

Nach dem dritten Mal Schwimmen bekamen wir Gesellschaft. Nur einen Meter von unseren Badetüchern entfernt standen plötzlich der blonde Junge von der Brücke mit zwei Kumpeln, einer von ihnen leider der Brocken mit den schwellenden Muskeln.

Dennoch war es der Blonde, der die Blicke der Mädchen auf sich zog. Bedauerlicherweise auch meine. Er trug sommerlich gemusterte Shorts, ein knallgelbes T-Shirt und weiße Sneakers, die seine braunen Beine besonders gut zur Geltung brachten.

Als er uns sah, kam er auf uns zu, als wären wir alte Bekannte. Der Machotyp warf uns dagegen saure Blicke zu und der andere Junge, der schulterlange dunkle Haare hatte, wandte sich dem Wasser zu, als würde dort etwas besonders Interessantes passieren.

„War es warm?"

Er deutete aufs Meer hinaus.

„Mhm", antwortete ich.

Alexander legte sich auf sein Badetuch, um deutlich zu machen, dass er nicht mit ihnen reden wollte. Zwar war ich immer noch sauer, weil ich vom Brückengeländer gestoßen worden war, aber irgendwie hatte ich das Gefühl, dass der Junge sich entschuldigen wollte, obwohl es ja gar nicht er gewesen war, der mich geschubst hatte. Ich beschloss, ihm eine Chance zu geben.

„Du heißt Svea, stimmt's?"

„Ja. Und das hier ist Alex."

Ich deutete auf das Badetuch, obwohl es offensichtlich war, wen ich meinte.

„Und ihr?"

„Lukas."

Er nickte zu seinen Kumpeln rüber.

„Und Martin und Johan."

Wer von ihnen wer war, wurde mir nicht klar.

Er räusperte sich und starrte verlegen auf seine Füße, bevor er wieder zu mir aufsah.

„Das da auf der Brücke ... das ist nicht mit Absicht passiert", sagte er.

„Echt? Und wie fest hätte er geschubst, wenn es *tatsächlich* Absicht gewesen wäre?"

Er lachte unsicher.

„Martin wird manchmal ein bisschen ... na ja, du weißt schon ..."

„Wieso? Was fehlt ihm denn?", unterbrach ich ihn unwirsch.

Der Kerl hätte sich schließlich selbst entschuldigen können, anstatt seinem Kumpel diese Peinlichkeit zuzumuten.

„Das ist ein bisschen kompliziert", fuhr Lukas fort. „Hoffentlich hast du es uns nicht übel genommen."

„Dass ich mir fast das Genick gebrochen hätte? Nein, nein, kein bisschen! Bin es echt gewöhnt, dass man versucht, mich umzubringen."

Lukas kannte mich ja nicht, also wusste er nicht, dass das, was ich sagte, der Wahrheit entsprach. Man hatte *tatsächlich* versucht, mich umzubringen. Aber ich hatte wirklich nicht vor, mich daran zu gewöhnen!

Er lachte entwaffnend wie über einen gelungenen Witz.

„Ihr arbeitet wohl auf dem Gut?", fragte er und wechselte mit den beiden anderen Blicke.

Als er diese Frage stellte, geschah etwas. Es war nicht nur die Hitze, die in der Luft vibrierte. Das Mienenspiel der Jungs machte mich misstrauisch. Ich habe schon viel erlebt und kann bedrohliche Hintergedanken und Untertöne geradezu riechen, selbst wenn sie nicht laut ausgesprochen werden.

„Nein, im Pförtnerhäuschen. Und was heißt schon arbeiten. Alex' Oma wohnt dort und wir helfen ihr, weil sie sich das Bein gebrochen hat."

„Ja, ja", sagte Macho-Martin. „So kann's gehen, wenn man in der Gegend herumklettert."

Also konnte er doch sprechen. Und grinsen konnte er auch. Er schien es komisch zu finden, dass Ulla sich verletzt hatte. Doch dann kam ich darauf, dass er vermutlich mich meinte, als ich aufs Brückengeländer geklettert war. Wie auch immer, jedenfalls fand ich ihn voll bescheuert!

Ich war schon drauf und dran, das auszusprechen, verzichtete dann aber darauf, weil es doch nur zu erneutem Zoff geführt hätte.

„Aha, ihr wohnt also bei Ulla", sagte Lukas langsam und warf seinen Kumpeln dabei wieder vielsagende Blicke zu.

Ich wurde immer gereizter. Jetzt würde ich die Fragen stellen!

„Kennst du sie?"

„Na klar."

„Und wie gut kennst du den Pfarrer?"

„Ziemlich gut. Warum?", fragte er mit schiefem Lächeln.

Ich überlegte kurz, beschloss dann aber, es einfach zu riskieren. Wie sollte ich sonst jemals Antworten bekommen?

„Er ist neulich nachts mit einem Lieferwagen zum Gutshaus gefahren. Hast du eine Ahnung, warum?"

Irgendetwas an Lukas' Gesichtsausdruck verriet, dass er die Frage nicht schätzte. Und seine Kumpel stöhnten laut. Offensichtlich glaubten sie mir nicht.

Lukas schüttelte den Kopf.

„Du musst dich geirrt haben."

„Ich hab's genau gesehen!"

„Das glaub ich nicht."

Wut stieg in mir hoch, wie jedes Mal, wenn man mir nicht glaubt.

„Du kannst doch nicht wissen, was der Pfarrer nachts alles treibt!", fauchte ich.

Die beiden anderen Jungs wieherten inzwischen lauthals. Offensichtlich fanden sie mich sehr komisch. Lukas lachte auch.

„Oh doch!"

„Wie denn?"

„Er ist mein Vater!"

Lukas sah mich an, als wäre ich nicht ganz bei Trost, und kehrte uns dann den Rücken zu.

„Los, ab ins Wasser!"

Er zog das T-Shirt und die Shorts aus. Darunter hatte er seine Badehose an.

„Kommt!"

Er nickte seinen Freunden zu. Sie zogen ebenfalls ihre Klamotten aus. Macho-Martin warf mir einen höhnischen Blick zu, bevor er hinter Lukas herlief.

„Das war aber keine besonders gute Entschuldigung", brummte Alexander von seinem Badetuch her.

„Nein. Ich hab ehrlich gesagt gar nicht geglaubt, dass dieser Klops überhaupt sprechen kann, aber immerhin hat er ja ein paar Mal gegrunzt."

Alexander lachte anerkennend.

„Stimmt. Aber den Pfarrer in Gegenwart seines Sohnes zu verdächtigen, war wohl keine besonders schlaue Idee."

„Woher sollte ich denn wissen, dass Lukas sein Sohn ist?", murmelte ich. „Außerdem hab ich ihn nicht beschuldigt. Ich hab bloß gesagt, was ich gesehen hab."

„Du hast doch gehört, was er sagte. Gib zu, es war auf keinen Fall der Pfarrer, den du gesehen hast."

„Ich bin mir hundertprozentig sicher, dass er es war."

„Kannst du dich wirklich nicht geirrt haben?"

„Nein. Garantiert nicht!"

„Und ist das denn so wichtig?"

„Wenn jemand bewusst lügt, werd ich misstrauisch."

„Vielleicht macht er irgendeine Schwarzarbeit", überlegte Alexander.

„Was denn für eine?"

„Schwarz Taxi fahren, zum Beispiel. Und Lukas weiß darüber Bescheid, aber es ist ihm peinlich und darum will er es nicht vor seinen Freunden zugeben."

Das klang tatsächlich irgendwie plausibel.

„Aber wie hängt dann das Navi mit seiner nächtlichen Fahrt zusammen?"

Bevor Alexander antworten konnte, war ich schon selbst darauf gekommen.

„Ein offizielles Taxis hat natürlich GPS. Das Navi hat er wahrscheinlich bekommen, um leichter ans Ziel zu kommen."

Ich überlegte noch eine Weile.

„Dann muss dieser maskierte Typ in der Kirche jemand sein, mit dem er zusammenarbeitet."

In diesem Moment kam Lukas tropfnass aus dem Wasser zurück, worauf wir unsere Vermutungen lieber beendeten.

Lukas holte eine Wasserflasche aus seiner Tasche und trank gierig mit großen Schlucken.

Alexander warf einen Blick auf die Uhr.

„Ich glaube, wir müssen jetzt los", bemerkte er, stand auf und begann seine Sachen zusammenzuraffen.

„Wir spielen heute Abend Volleyball. Habt ihr Lust mitzumachen?", fragte Lukas.

Ich sah, wie Martin den Mund öffnete, um zu protestieren, doch im selben Augenblick schüttelte Lukas sich das Wasser aus den Haaren wie ein nasser Hund und spritzte dabei Martin an.

„Hey, Mann, lass das!"

Martin hob abwehrend die Arme und legte sich dann bäuchlings auf sein Badetuch.

„Meinst du Beachvolleyball hier am Strand?", fragte ich.

„Nein, am Hafen gibt es einen richtigen Volleyballplatz."

Alexander warf mir einen Blick zu. „Ich weiß nicht ...", murmelte er.

„Stehst du nicht auf Volleyball?", fragte Lukas.

„Klar tu ich das!"

„Na dann!"

Johan ließ unten am Wasser einen großen Badeball auf und ab federn.

„Kommt endlich!", rief er.

Martin hob den Kopf, stand auf und begann zum Wasser hinunterzutrotten, ohne uns eines Blickes zu würdigen.

„Alex ist der beste Spieler der Schule", sagte ich auftrumpfend.

„Na, das müsst ihr erst mal beweisen!", sagte Lukas. „Jetzt muss ich aber ..."

Er deutete auf seine Kumpel.

Wir hatten uns zwar geschworen, dass wir nichts mehr mit der Clique zu tun haben wollten. Aber gleichzeitig wäre es eine gute Gelegenheit, Lukas noch mehr aushorchen zu können. Er schien Frieden schließen zu wollen, auch wenn die anderen Jungs sich uns gegenüber seltsam feindselig verhielten.

Einen Versuch war es wert. Wenn es nicht klappte, konnten wir immer noch was anderes unternehmen.

„Wir kommen", versprach ich.

„Mal sehen", kam es mürrisch von Alexander.

Wahrscheinlich war er immer noch sauer. Als ob er nicht auf Volleyball stehen würde!

Lukas ignorierte ihn.

„Um sieben!", rief er und lief zum Wasser hinunter.

„Ist dir langweilig?", fragte Alexander, als ich mich auf den Gepäckträger setzte und von hinten die Arme um ihn legte.

„Nö-ö! Warum?"

„Warum musst du dann unbedingt mit diesem Typ zusammen sein?"

Inzwischen trat er schon in die Pedale.

„Der ist mir doch völlig egal. Ich will Volleyball spielen. Du etwa nicht?"

Was war nur mit ihm los?

„Wir wollten doch nichts mehr mit denen zu tun haben", sagte er schließlich.

„Ja, aber jetzt hat er sich ja entschuldigt."

„Er schon. Aber hat er dich etwa runtergestoßen? Und seine Kumpel haben eindeutig nichts für uns übrig."

„Das werden sie aber, wenn sie erst mal gesehen haben, wie wir spielen. He, du!"

Ich presste meinen Kopf an seinen Rücken und umarmte ihn noch etwas fester.

„Das wird bestimmt super."

„Gefällt er dir?"

Ich ächzte.

„Was meinst du damit?"

Er hielt den Blick auf die Straße gerichtet.

„Nichts."

Im selben Moment begriff ich, wo das Problem lag.

Alexander war eifersüchtig!

Das war schmeichelhaft, aber auch befremdend. War ihm denn nicht klar, dass ich ihn gernhatte?

Erst als wir vor dem Pförtnerhäuschen vom Fahrrad gestiegen waren, sah er mich an.

„Aber eins musst du mir versprechen – fang heute Abend nicht wieder an, Leute zu verhören!"

Ich lächelte.

„Dann willst du also *doch* spielen?"

„Wenn es zeitlich hinhaut. Vorher müssen wir ja den Schuppen aufräumen. Und Abendessen machen."

Dem konnte ich nicht widersprechen.

Aber immerhin flogen keine Giftpfeile mehr zwischen uns hin und her. Die sommerliche Wärme hüllte uns ein und ließ die Kälte zwischen uns dahinschmelzen.

Ich nickte entschlossen.

„Das schaffen wir."

Es ging überraschend schnell, den Gartenschuppen aufzuräumen. Nach einer halben Stunde stand alles schön säuberlich an seinem Platz. Die zerbrochenen Töpfe waren trotz allem doch nicht so zahlreich gewesen. Wir sammelten die Scherben in einem Karton ein, den Ulla zum Müllplatz bringen würde, wenn sie wieder Auto fahren konnte.

Während des Aufräumens fragte ich mich immer wieder, wer hier wohl gewütet hatte. Und warum? Elektrische Geräte, die vermutlich wertvoll waren, lagen noch da. Auch vom Werkzeug – Hammer, Säge, Schraubenzieher und Zangen – fehlte nichts.

Ein Dieb, der nach etwas ganz Speziellem gesucht hatte? Oder hatte die nächtliche Schlägerei, die ich gehört hatte, hier im Schuppen stattgefunden?

Ich musste an den misshandelten Jungen denken. Ulla hatte die Aufseherin angerufen, und die hatte versprochen, sich um ihn zu kümmern, falls sie ihn fände.

In meiner Erinnerung war irgendetwas Besonderes mit ihm verbunden.

Er hatte etwas in der Hand gehalten.

Einen weißen Plastikkanister.

Mir kam eine Idee und ich begann sofort den Schuppen zu durchsuchen.

„Läuft der Rasenmäher mit Benzin?"

„Ja", antwortete Alexander erstaunt. „Warum?"

„Wo wird das Benzin aufbewahrt?"

Er zuckte die Schultern.

„Hier muss irgendwo ein Kanister sein. Oma hat gesagt, er sei leicht zu finden. Sie hat ‚Benzin' draufgeschrieben. Aber ich hab gar nicht nachfüllen müssen."

„Ein weißer Plastikkanister?"

„Ja. Und?"

„Dieser Junge, der aus dem Gebüsch aufgetaucht ist, hielt einen Plastikkanister in der Hand."

„Das hab ich gar nicht gesehen. Glaubst du, *er* hat das Durcheinander hier drinnen verursacht?"

„Keine Ahnung, aber siehst du irgendwo einen Benzinkanister?"

Wir suchten eine Weile, konnten aber keinen finden.

„Aber warum sollte er Benzin klauen wollen?", fragte Alexander.

„Vielleicht hatte er vor, das Gutshaus abzufackeln", schlug ich vor.

Das sagte ich zwar im Spaß, aber so was war schon vorgekommen. Das konnte auch hier passieren.

„Ich glaube, er hat Benzin für sein Moped gebraucht", vermutete mein realistischer denkender Freund.

„Es gibt doch hundert einfachere Möglichkeiten, Sprit zu klauen, als über diese grässliche Mauer zu klettern ..."

Dann fiel mir etwas ein.

„Natürlich muss es der Benzindieb sein, der die Glasscherben hinten beim Baum zerkleinert hat!"

„Dann kann es nicht das erste Mal gewesen sein, dass er hier war."

„Nein, kaum."

Ich überlegte.

„Ich glaube, ich weiß, was passiert ist", fuhr ich eifrig fort. „Er ist heute Nacht über die Mauer geklettert, wurde aber im Schuppen von einem andern überrascht, als er den Benzinkanister klauen wollte, und die haben sich dann geprügelt. Irgendwie gelang es ihm zu fliehen, aber im Gebüsch ist er zusammengebrochen und dort blieb er liegen, bis Wuff ihn aufscheuchte."

Alexander sah mich an und grinste.

„Du und deine Theorien."

„Lass dir doch was Besseres einfallen!"

Erst als wir unsere Arbeit beendet hatten, entdeckten wir, dass die Leiter fehlte. Ich vermutete, dass wir sie beim Baugerüst wiederfinden würden, aber Alexander hatte keine Lust, jetzt danach zu suchen. Solange Ulla sie nicht brauchte, sei es doch egal, wo die Leiter sei, meinte er. Und damit musste ich mich zufriedengeben.

„Das kommt mir nicht ganz geheuer vor", bemerkte Ulla, als wir ihr von der verschwundenen Leiter und dem Benzinkanister erzählten.

„Aber wahrscheinlich hat er tatsächlich Benzin für sein Moped gebraucht", fügte sie dann hinzu, in Übereinstimmung mit Alexander. „Dagegen fällt es mir schwer, meine kaputte Leiter als verlockende Diebesbeute zu sehen."

„Ich glaube, diese Marju hat sie geholt", sagte ich. „Um Beweise verschwinden zu lassen."

„Willst du etwa behaupten, sie hätte die Sprosse *absichtlich* angesägt?", fragte Ulla und schüttelte den Kopf.

„Wer sonst?"

„Nein, meine Liebe, das kann ich nicht glauben."

Sie warf einen Blick auf die Uhr.

„Was haltet ihr von einer kleinen Saftpause?"

Im Gegensatz zu mir schien es Ulla und Alexander nicht allzu sehr zu beunruhigen, dass ein Junge mit einem Benzinkanister im Park herumirrte. Doch schließlich sagte ich mir: Diese Marju wird sich inzwischen bestimmt um ihn gekümmert haben.

Ein Saftkrug und ein Teller mit Zimtschnecken auf dem Gartentisch brachten mich auf andere Gedanken. Wir saßen entspannt im Schatten und genossen die Abkühlung.

Ulla war ehrlich gesagt eine viel sympathischere Arbeitgeberin als meine Mutter, die mich unabhängig vom Wetter ins Unkraut gejagt hätte.

Ich saß mit einem aufgeschlagenen Buch da, aber schon bald zerflossen die Buchstaben zu einer schwarzen Masse, ohne dass ich irgendwas verstand. Außerdem wurde ich von Ullas Seufzen und Ächzen gestört.

Sie hatte die Abendzeitung vor sich liegen und murmelte immerzu vor sich hin. Genauso verhält sich meine Mutter auch immer. Das Ächzen ist ein Zeichen, dass sie Aufmerksamkeit haben will, aber nicht sagen möchte, was sie ärgert, bevor man sie fragt.

Alexander legte sein Buch mit dem Rücken nach oben auf den Tisch und seufzte.

„Was ist denn, Oma?"

Ulla schob ihre Lesebrille in die Stirn und ächzte noch einmal.

„Diese verdammten Rassisten!"

Ooops!

Alexander und ich wechselten schnell einen Blick.

„Ein junger somalischer Flüchtling ist von Rassisten außerhalb eines Asylantenheims misshandelt worden. Die haben schon das ganze Frühjahr Asylanten aus dem Heim verfolgt."

„Was sagt die Polizei dazu?"

Alexander zwinkerte mir mit einem Auge zu. Svea wieder in Aktion!

„Dass sie niemanden ohne Beweise festnehmen können."

Seufzend legte sie die Zeitung beiseite.

„Es ist wirklich traurig. Aber nicht alle Leute sind dafür, dass man Menschen hilft, die in Not sind."

Ulla legte ihre Lesebrille auf den Tisch, lehnte sich in dem Ruhesessel zurück und schloss die Augen.

Alexander und ich lasen weiter. Die Bienen und Fliegen summten.

„Heute Abend müsst ihr wahrscheinlich gießen."

Ich befand mich gerade in einem spannenden Abschnitt in meinem Buch und zuckte zusammen, als ich Ullas Stimme hörte.

Ich sah auf die Uhr. Inzwischen war es schon halb sechs.

„Können wir das jetzt gleich machen?"

„Habt ihr heute Abend etwas vor?"

„Wir wollten Volleyball spielen."

„Aber wenn wir gießen müssen ...", begann Alexander.

„Wann wollt ihr los?"

„Um sieben sollen wir am Hafen sein."

„Na, dann nichts wie ran an die Arbeit!"

„Und was wird aus dem Abendessen?", wandte Alexander ein.

Ulla schien sich zu fragen, ob es wohl eine tiefere Ursache für Alexanders plötzliche Fürsorglichkeit gab.

„Svea kann doch etwas aus der Kühltruhe aufwärmen, während du gießt, oder?"

Ich legte das Buch weg und stand auf.

„Gern."

Alexander folgte meinem Beispiel, wenn auch eher widerstrebend.

Ich durchwühlte die Kühltruhe. Seit unserer Ankunft war der Inhalt bedenklich geschrumpft, aber ich fand schließlich zwei größere Plastikbehälter, die mit „Fischgratin" säuberlich beschriftet waren.

Ich schob sie in die Mikrowelle und ging eine Runde mit Wuff.

Wir folgten der abschreckenden Mauer mit den mörderischen Glasscherben bis zu der Stelle, wo der große Baum hinter der Mauer seine großen Äste ausstreckte. Überrascht stellte ich fest, dass die Leiter, die wir im Schuppen vermisst hatten, genau dort an der Mauer lehnte, wo die Glasscherben zertrümmert worden waren. Irgendjemand hatte sie benutzt, um hinüberzuklettern.

Aber wer?

Es musste der Junge mit dem Benzinkanister gewesen sein. Das hieß, dass es ihm gelungen war, Marju auszuweichen und auf eigene Faust zu entkommen.

Was sollte ich jetzt mit der Leiter machen? Sie alleine zurückzuschleppen, war schwierig. Und das Essen in der Mikrowelle wartete. Kurz entschlossen kippte ich sie um, bevor ich zurücklief.

Wir sahen die Clique schon von Weitem. Sie spielten auf dem großen graswachsenen Platz am Hafen.

Es war noch nicht sieben, aber das Spiel lief schon auf vollen Touren.

Sie hatten pro Mannschaft sechs Spieler zusammengebracht. Lauter Jungs. Die Mädchen standen am Rand und guckten zu. Ihre flackernden Blicke verrieten, dass sie unsere Ankunft registriert hatten, obwohl keiner uns zuwinkte oder Hallo rief.

„Die Mannschaften sind ja schon vollzählig", brummte Alexander.

Er machte eine ungeduldige Geste, als fände er es sinnlos, überhaupt hinzugehen.

„Eine Weile können wir doch zuschauen", sagte ich.

Aber ich war enttäuscht. Ich hatte mich ehrlich darauf gefreut, spielen zu dürfen.

Lukas' Mannschaft spielte mit heftigen Aufgaben und kassierte die meisten Punkte. Der erste Satz war in wenigen Minuten vorbei.

Alexander verlor genauso schnell die Lust.

„Scheiß drauf. Komm, wir gehen!"

Ohne meine Antwort abzuwarten, begann er davonzutraben.

Ich sah, wie einer der Spieler Martin anstieß und zu uns hinübernickte. Beide grinsten.

In mir kochte es vor Wut und Enttäuschung. Was sollte das eigentlich?

Schnell lief ich hinter Alexander her.

Wir waren erst ein Stück weit gekommen, als ich hinter uns rennende Schritte hörte.

Ich warf einen kurzen Blick über die Schulter, drehte mich aber nicht um. Es war Lukas. Er holte uns ein.

„Wartet! Ich hab nicht gewusst ... dass alle kommen würden", keuchte er hervor.

Ich blieb stehen, drehte mich aber immer noch nicht um. Er musste einen Bogen um mich machen, um Blickkontakt mit mir zu bekommen.

Alexander blieb auch stehen und schielte sauer zu uns her.

„Nachher, wenn wir fertig sind, dann ...", begann Lukas.

„Wir haben keine Zeit, um zu warten", unterbrach Alexander ihn.

„Also ehrlich! Das war ganz bestimmt nicht so geplant!"

Lukas sah aufrichtig betrübt aus. Ich beschloss, mir anzuhören, was er zu sagen hatte, obwohl Alexander so gereizt auf der Stelle trat, als würde er barfuß auf glühenden Kohlen stehen.

„Wollt ihr morgen zu unserer Party kommen?"

„Um danebenzustehen und zuzugucken, wie ihr feiert?"

Lukas lächelte über meine spöttische Bemerkung. Dabei sah er ziemlich attraktiv aus, wie ich zugeben musste.

„Eins zu null für dich. Aber auf einer Party braucht niemand außen vor zu bleiben, oder?"

Alexander starrte gelangweilt auf den Boden.

„Kommt ihr?"

Ich suchte Alexanders Blick.

Er starrte so beharrlich seine Füße an, als befürchtete er, sie würden davonrennen, wenn er nicht auf sie aufpasste.

„Wo findet die Fete statt?"

„Im Pfarrgarten."

„Und wo ist der?"

„Das weiß ich", sagte Alexander kurz.

Lukas nickte zufrieden.

„Na dann. Also kommt ihr?"

„Ja-a", antwortete ich zögernd.

Alexander sagte nichts.

„Mal sehen", fügte ich hinzu.

„Halb acht", sagte Lukas.

Ich nickte.

Auf dem Heimweg gingen wir am Fluss entlang. Viele Leute waren unterwegs. Die Touristen erkannte man daran, dass sie mit gezücktem Fotoapparat herumliefen und die alten Holzhäuser, die blühenden Gärten und den ruhig strömenden Fluss fotografierten.

„Du bist ja echt scharf darauf, mit diesen Typen zusammen zu sein", sagte Alexander, nachdem wir eine Weile schweigend nebeneinander hergegangen waren.

„So eine Party kann doch Spaß machen."

„Die sind doch total fies und wollen uns bloß fertigmachen!"

„Schon, aber da kann Lukas nichts dafür."

Er schwieg.

„Von mir aus, lassen wir es halt bleiben", sagte ich mürrisch.

„Und dann bin ich natürlich der letzte Spielverderber!"

„Quatsch. Ist doch egal."

„Und warum hast du dann Ja gesagt?"

„Mal sehen, hab ich gesagt."

„Du hättest gleich Nein sagen können."

Ich seufzte und fand ihn und sein Gemecker echt bescheuert.

„Du findest Partys doch auch gut?"

Stumm zuckte er die Schultern.

„Mit Mikaela bist du dauernd auf Partys gewesen!"

Wenn er schon unbedingt sauer sein musste, hatte er es nicht anders verdient.

Er warf mir einen wütenden Blick zu.

Ich bereute meine Worte sofort. Ich hatte mir zwar eingebildet, die Tatsache, dass er in Mikaela verliebt gewesen war, würde mich nicht im Geringsten stören, aber ich war eine schlechte Lügnerin, nicht einmal mir selbst konnte ich das vormachen. Obwohl sie doch tot war. Dadurch wurde das, was ich soeben gesagt hatte, noch idiotischer.

Aber was sollte ich machen, ich wurde nun mal sauer. Und ich bat ihn auch nicht um Entschuldigung.

„Na, dann gehen wir eben auf diese Party, wenn es dir so wichtig ist!", fauchte er.

So, wie er es sagte, klang es wie eine Art Strafe. Mir verging die Lust total, doch dann sagte ich mir, wir sollten wenigstens die Lage peilen. Wenn es öde war, konnten wir jederzeit nach Hause gehen.

Außerdem hatten wir Zeit bis morgen Abend. Bis dahin konnten wir unsere Meinung immer noch ändern.

Kurz darauf fingen wir an, über andere Dinge zu reden, über das Volleyballcamp, das wir verpasst hatten, und über Hockeyspiele, die wir im vergangenen Winter gespielt hatten. Langsam, aber sicher wurde alles wieder gut. Bald gingen wir Hand in Hand und der morgige Tag war in weite Ferne gerückt.

Als wir zurückkamen, trafen wir Ulla im Garten an.

Wuff raste wie ein Wirbelwind um sie herum.

„Das war aber ein kurzes Spiel", sagte sie, während sie meinen eifrigen Hund lachend streichelte. „Ich hatte damit gerechnet, dass ihr länger wegbleibt."

Wir sahen uns an.

„Mhm", sagte Alexander.

Da er nicht erwähnte, dass wir gar nicht gespielt hatten, sagte ich auch nichts. Ich wollte Ulla im Glauben lassen, dass wir uns wohlfühlten. Und das taten wir auch, trotz einiger Tiefschläge, die wir hatten einstecken müssen.

„Seid ihr müde?"

„Na ja", antwortete ich.

Sicherheitshalber. Wenn meine Mutter mich fragt, ob ich müde bin, sage ich immer Ja. Wenn ich Nein sage, zwingt sie mich nämlich, den Abwasch zu machen oder den Tisch zu decken.

Das tat Ulla nicht.

„Seid ihr noch munter genug, um Karten zu spielen?", fragte sie.

„Na klar!"

Alexander und ich holten Limo, Gebäck und Süßigkeiten und dann setzten wir uns an den Gartentisch und begannen Karten zu spielen.

Wuff legte sich neben mich ins Gras.

Gegen zehn erklärte Ulla, sie wolle ins Bett. Nachdem wir ihr ins Haus geholfen hatten, setzten Alexander und ich uns in die Hollywoodschaukel. Der Sonnenuntergang tauchte den Horizont in einen goldenrosa Schimmer. Es war windstill. Bis auf das Gurren einer einsamen Waldtaube waren die Vögel verstummt.

Wir saßen eng nebeneinander und schaukelten langsam hin und her. Alexander strich mit den Fingerspitzen über meine Wange und schob eine Haarsträhne zurück, die mir immer wieder über die Augen fiel.

Ich rückte ganz nah an ihn heran und er legte die Arme um mich, vor uns hatten wir das Gemälde des farbensprühenden Himmels.

Plötzlich stand er auf.

„Was ist?"

„Ich muss mal."

Er deutete mit dem Kopf ins Haus.

„Bleiben wir nachher noch ein bisschen hier draußen?", fragte ich.

„Wenn du willst."

„Mhm."

Er ging hinein, mit Wuff auf den Fersen.

„*Muss* sie mich überallhin begleiten, sogar aufs Klo?", fragte er von der Türöffnung her.

„Sie glaubt, du gehst in die Küche, um heimlich was zu naschen."

„Wow, kalt erwischt!"

Wuff und Alexander verschwanden und ich blieb allein sitzen. Es war bald elf und ich wurde allmählich müde, aber ich wollte auf keinen Fall, dass der verzauberte Abend schon zu Ende sein sollte.

Während ich wartete, hörte ich ein Auto auf der Straße. Es sauste nicht vorbei, sondern wurde langsamer und bremste. Neugierig, wie ich bin, lief ich ums Haus und spähte hinter der Ecke hervor.

Wieder der weiße Lieferwagen! Er rollte langsam ans Tor hin.

„Was machst du da?"

Ich fuhr zusammen.

Alexander stand mit Wuff hinter mir.

„Wollten wir nicht noch ein bisschen in der Hollywoodschaukel sitzen?"

Seine Enttäuschung hing zwischen uns in der Luft.

Doch, das wollte ich natürlich. Aber vorher musste ich mich vergewissern, ob es der Pfarrer war, der am Steuer saß.

„Guck mal", sagte ich und deutete auf das Auto. „Jetzt werden wir gleich sehen, ob ich recht gehabt hab oder nicht."

Wir duckten uns hinter die Büsche.

Der Fahrer stieg aus.

„Der Pfarrer!", flüsterte ich. „Was hab ich gesagt?"

Er ging zielstrebig auf das Tor zu, ohne sich umzuschauen.

Wuff hatte allerdings ihre eigene Auffassung von Reviergrenzen. Laut bellend schoss sie aus dem Gebüsch.

Der Pfarrer erstarrte. Erschrocken sah er den Hund an, obwohl er sich hinter dem Tor in Sicherheit befand.

Ich lief zu Wuff hin, die ihre Schnauze durch das Eisengitter presste und drohend knurrte.

„Tut mir leid", sagte ich mit einem entschuldigenden Lächeln, während ich Wuff festhielt. „Ich bring sie gleich ins Haus."

„Mhm", murmelte er. „Schöner Abend, nicht wahr?"

Er deutete mit einem Kopfnicken auf den glühenden Horizont und drehte sich um. Ich sah verblüfft zu, während er ins Auto stieg und davonfuhr.

Alexander war im Gebüsch geblieben, trat jetzt aber hervor.

„Super Wachhund!"

„Shit aber auch! Jetzt wissen wir nicht, was der Pfarrer hier vorhatte. Das war doch echt mysteriös! Kaum hat er uns gesehen, hat er schon kehrtgemacht."

„Vielleicht kommt er zurück", sagte Alexander nachdenklich.

Das eigenartige Verhalten des Pfarrers hatte sogar ihn neugierig gemacht.

Ich nickte.

„Warten wir noch eine Weile."

Wir beschlossen, ins Haus zu gehen. Von meinem Fenster aus war die Aussicht aufs Tor genauso gut wie von draußen. Außerdem war es einfacher, Wuff im Auge zu behalten.

Die Vorhänge waren dünn genug, damit wir hinausschauen konnten, aber auch dick genug, um uns auf unseren Logenplätzen zu verbergen.

Wir setzten uns auf mein Bett und warteten.

Das brauchten wir nicht lange zu tun.

Schon nach zehn Minuten kam der Lieferwagen zurück. Aber diesmal hielt er in einiger Entfernung an. Der Pfarrer stieg aus und benahm sich ganz so, als hätte er etwas Verdächtiges vor. Auf dem Weg zum Tor schaute er immer wieder über die Schulter und spähte wie ein wachsamer Vogel umher.

Ich hatte erwartet, dass er am Tor den Code eingeben würde, doch stattdessen ging er direkt zum Briefkasten, versicherte sich noch einmal, dass niemand in der Nähe war, und zog einen Umschlag heraus.

Ich hatte mein Handy schon gezückt und machte schnell ein paar weitere Fotos für meine Sammlung über das geheimnisvolle Doppelleben des Pfarrers.

Mit dem Umschlag in der Hand lief er dann schnell wieder zum Auto zurück und fuhr davon.

„Komisch", bemerkte Alexander.

„Ja, nicht wahr! Warum hat er den Umschlag nicht vorhin schon abgeholt?"

„Ist doch klar!", sagte er. „Das ist der Briefkasten vom Gutshaus!"

„Was treibt er eigentlich? Versteckt Navis in Taufbecken und klaut Briefe aus fremden Briefkästen!"

Ich überlegte kurz.

„Oder vielleicht war dieser Umschlag für ihn bestimmt."

„Und warum ruft er nicht einfach an oder schickt eine Mail oder eine SMS, wie normale Leute?"

„Einen Brief kann er verbrennen, aber SMS und Mail hinterlassen elektronische Spuren, die als Beweise gegen ihn benutzt werden können."

„Beweise! Glaubst du etwa, da steckt was Kriminelles dahinter?"

„Vielleicht schon."

Alexander sah mich in der Dunkelheit an und schüttelte den Kopf.

„Ein Talar ist schließlich keine Garantie für ein gesetzestreues Leben", sagte ich.

„Da hast du recht."

Er gähnte laut und stand auf.

„Jetzt wird wohl kaum noch was passieren?"

„Nö."

Er nahm mich noch einmal in die Arme und sagte dann Gute Nacht. Ich merkte es kaum. In meinem Kopf rotierten die unterschiedlichsten Theorien über das Verhalten des Pfarrers. Aber keine davon lieferte eine befriedigende Antwort auf meine vielen Fragen.

Schließlich gab ich auf und kroch ins Bett.

*

Nadja hatte eine Zeit lang geschlafen, als sie davon aufwachte, dass eine Tür zugeschlagen wurde.

Draußen auf dem Gang waren schwere Schritte zu hören.

Schlagartig war sie hellwach.

Jetzt kommen sie, um mich zu holen!

Sie tastete unter der Matratze, bis sie die geschliffene Gabel fand, und schlüpfte dann schnell aus dem Bett, um ihren Platz hinter der Tür einzunehmen. Sie hatte genau geplant, wie sie die eintretende Person überraschen würde. Hoffentlich war es Svenne! Aber wahrscheinlich würde es Marju sein.

Ihr Herz hämmerte so heftig in der Brust, als müsste es zerspringen. Jetzt kam es darauf an! Dies war ihre letzte Chance, mit Svenne sprechen zu können.

Wer auch immer da draußen kam, kam zum falschen Zeitpunkt, viel zu früh. Sie war immer noch schlaftrunken und steif. Ihre Muskeln waren weder auf Angriff noch auf Flucht vorbereitet.

Aber sie musste es schaffen!

Sie machte ein paar vorsichtige Bewegungen, um ihren Körper aufzuwärmen und in Schwung zu bringen.

Die Schritte draußen vor der Tür klangen schwerfällig und schleppend. Sie hörte jemanden stöhnen, dann einen harten Aufprall auf dem Zementboden.

Die Schritte kamen näher.

Jetzt!

Sie packte die geschliffene Gabel mit krampfhaftem Griff und biss sich auf die Lippen, um nicht vor Nervosität zu schreien.

Aber niemand kam. Die Schritte hielten inne. Aufgebrachtes Gemurmel war zu hören. Verärgerte Stimmen.

Plötzlich klapperten die Schritte davon, entfernten sich von ihrer Tür. Irgendwo schlug eine Tür zu.

Es wurde still.

Sie wartete, aber nichts geschah. Schließlich schlich sie sich an das Guckloch und spähte hinaus.

Kein Mensch zu sehen.

Doch dann erblickte sie etwas, das auf dem Boden stand. Etwas, das vorher nicht dort gestanden hatte.

Kalter Schweiß trat ihr aus den Poren.

Es war eine Kiste!

Dieselbe schlichte Holzkiste, in der sie vor ein paar Tagen Höllenqualen durchlitten hatte.

Die Kiste stand da und wartete auf sie!

Nadja schnappte nach Luft und wimmerte schweißgebadet vor sich hin.

Nein! Nein! Nein!

Ihr wurde schwarz vor den Augen. Sie glaubte, sterben zu müssen.

Falls sie wieder in die Kiste gesteckt würde, wäre das ihr sicherer Tod!

*

Ich schlief genauso schnell ein wie Wuff, wachte aber mitten in einem Traum auf.

Obwohl das Fenster offen stand, war die Luft drückend heiß. Ich war nur mit einem Betttuch zugedeckt.

Etwas hatte mich geweckt. Vielleicht die Hitze?

Dann hörte ich es.

Es war Wuff. Mit dumpfem Knurren starrte sie zum Fliegenfenster hin. Ich lauschte, konnte aber nichts hören. Nicht einmal Mücken.

War es schon Morgen?

Das Handydisplay zeigte 01:33.

Wenn man nicht weiß, wie spät es ist, kann man sich ohne Weiteres einbilden, es wäre Zeit zum Aufstehen.

Jetzt wusste ich, dass es mitten in der Nacht war. Worauf ich sofort todmüde wurde.

Aber Wuff war hellwach, trotz meiner Versuche, sie zu beruhigen.

„Es ist nichts. Schlaf jetzt!"

Ich streichelte sie und versuchte schließlich ihren Kopf mit sanfter Gewalt auf die Matratze zu drücken, aber sie wand sich aus meinem Griff und fuhr mit ihren dumpfen Brusttönen fort.

Ich setzte mich auf und spähte hinter dem Vorhang hinaus.

Eigentlich war ich nicht einmal überrascht, als ich den Lieferwagen vor dem Tor sah. Diesmal hatte der Pfarrer den Motor abgestellt. Er wollte wohl so wenig Aufmerksamkeit erregen wie möglich, aber mein wachsamer Hund sorgte dafür, dass ich ihn genau in dem Augenblick sah, als er den Code für das Tor eingab.

Anschließend beobachtete ich, wie er zum Lieferwagen zurückkehrte und wie das Auto durch die Allee fuhr, bis es hinterm Gutshaus verschwand.

Danach geschah nichts mehr.

Ich überlegte kurz, ob ich aufstehen und mich vergewissern sollte, wo das Auto abgeblieben war, war dann aber doch zu müde für solche Unternehmungen.

Es war völlig windstill. Als der Motor erstarb, war kein Laut mehr zu hören. Aber ich konnte nicht wieder einschlafen. Die Stille hatte etwas Bedrohliches an sich.

Bald hörte ich wieder eine Autotür zuschlagen und mehrere Stimmen. Ich bildete mir auch ein, Kinderweinen zu hören, war mir aber nicht sicher, weil die Geräusche zu weit entfernt waren.

Hatte der Pfarrer jemand im Auto mitgebracht? Oder wurde er vielleicht von irgendwelchen Leuten erwartet, die jetzt den Lieferwagen entluden? Aber was für eine Last hatte er dann transportiert? Und warum kam er immer mitten in der Nacht? Vielleicht weil es kühler war? Oder weil er tagsüber so viel zu tun hatte?

Oder weil es dunkle Machenschaften waren, die kein Tageslicht vertrugen?

Die Fragen waren zahlreicher als die Antworten und bereiteten mir einiges Kopfzerbrechen, während ich dalag und darauf wartete, dass der Lieferwagen zurückfuhr. Aber schließlich schlief ich ein.

Irgendwann in der Nacht glaubte ich ein Fahrrad zu hören, das an meinem Fenster vorbeirollte, schlief aber schnell wieder ein.

FREITAG

Ich wachte zu Vogelgezwitscher auf und warf einen Blick auf die Uhr. Fast acht. Die Vorhänge waren noch zugezogen, konnten aber das Sonnenlicht, das durch den Stoff hindurchsickerte, nicht aussperren.

Wuff hob den Kopf, seufzte und senkte ihn wieder. Ich hatte es auch nicht eilig, sondern blieb liegen und dachte an die nächtlichen Ereignisse zurück.

Unbeantwortete Fragen kann ich nicht ausstehen. Meine Gedanken kreisten vor allem um eine Frage.

Was steckte hinter dem Verhalten des Pfarrers?

Plötzlich fiel mir ein, wie ich mehr darüber erfahren könnte. Ich könnte noch einmal versuchen, mit dem Mädchen, das auf dem Gutshof arbeitete, ins Gespräch zu kommen. Wenn es mir gelang, ungesehen hinter die Plane zu schlüpfen, wo sie arbeitete, könnten wir uns ungestört unterhalten. Marju hielt sich ja meistens im Schatten auf und mied die Saunawärme auf dem Baugerüst. Sie war eine schlimmere Sklaventreiberin als meine eigene Mutter!

Mit meinem schlauen Plan zufrieden krabbelte ich aus dem Bett und zog die Vorhänge zur Seite. Eine neuer sonniger Tag im Paradies.

„Warte hier!"

Ich deutete streng auf Wuff. Sie blieb tatsächlich liegen.

Barfuß huschte ich zum Bad.

Kaum hatte ich die Tür hinter mir geschlossen, hörte ich aus meinem Zimmer einen leichten Plumps, dann über den Boden klappernde Krallen. Wuffs Pfoten hielten zuerst vor der Badezimmertür an, verschwanden dann aber in eine andere Richtung.

„Hallo! Guten Morgen!", kam es aus Ullas Zimmer.

Ich fluchte über meinen unfolgsamen Hund, wickelte mich in ein Badetuch und stürzte hinaus.

Ullas Tür stand sperrangelweit offen. Ulla selbst lag im Bett, neben sich Wuff, die sich auf dem Rücken wälzte.

„Tut mir leid! Hat sie dich geweckt?"

Ulla sah zu mir hoch. Ihre hennaroten Haare waren nach der Nacht noch ganz zerzaust. Sie lachte.

„Nein, nein! Ich hab gelesen."

„Möchtest du frühstücken?"

„Keine Eile. Geh ruhig vorher unter die Dusche. Wuff kann solange bei mir bleiben."

Als ich zurückkam, war die Badezimmertür abgeschlossen. Die Dusche lief.

Ich hämmerte gegen die Tür.

„Echt nett von dir, Alexander! *Ich* wollte doch duschen!"

„Du warst nicht da!"

„Aber meine Sachen liegen doch da drinnen!"

Er fing an, lauthals zu singen, um meine Proteste zu übertönen. Ich hämmerte an die Tür, er sang noch lauter. Plötzlich stellte er das Wasser ab und kam heraus, ein Handtuch um die Hüften geschlungen. Als er sich zu mir herunterbeugte und mir einen Kuss auf die Wange drückte, tropfte ihm das Wasser aus den Haaren.

Ich trat einen Schritt zurück.

„Ich werd nass!"

Er schüttelte den Kopf und bespritzte mich mit noch mehr Wasser.

„Hör auf!"

Er verschwand schnell in sein Zimmer und hinterließ eine Duftmischung aus Shampoo und Deo. Als ich mit einem Lächeln auf den Lippen die Dusche aufdrehte, schwebte der Duft noch in der Luft.

Kurz darauf kam ich in die Küche, wo Alexander schon den Tisch gedeckt hatte. Die Kaffeemaschine blubberte und der Wasserkocher sprudelte.

Ich stellte noch Joghurt, Milch und Aufschnitt auf den Tisch, holte Brot aus dem Gefrierfach und Frühstücksflocken aus der Speisekammer.

„Ihr zwei arbeitet so gut zusammen, als hättet ihr nie etwas anderes getan", stellte Ulla von der Türöffnung aus fest, bevor sie auf ihren Krücken hereingehinkt kam.

Alexander und ich wechselten Blicke und gaben uns ein High five. Als zwei der besten Sportler der Schule müssen wir oft in verschiedenen Mannschaften gegeneinander antreten, aber wenn wir in ein und derselben spielen dürfen, sind wir unschlagbar.

Wir frühstückten in der Küche bei geöffneter Terrassentür.

„Und was habt ihr heute für Pläne?", fragte Ulla.

„Zuerst wollen wir dir helfen", sagte Alexander. „Und dann ..."

Er sah mich an.

„Joggen? Minigolf? Oder Schwimmen?"

„Alle drei Sachen. Und heute Abend sind wir zu einem Fest eingeladen."

„Was denn für ein Fest?", fragte Ulla neugierig.

„Irgendwas beim Pfarrhaus", fuhr ich fort, als Alexander nichts sagte.

„Wahrscheinlich das jährliche Sommerfest?"

„Keine Ahnung."

„Doch, das muss es sein", sagte Ulla zu sich selbst. „Da werden immer alle Jugendlichen aus der Gegend eingeladen."

Ich nickte zufrieden. Es war also keine Privatfete von Lukas und seinen Freunden, wo wir wie zwei Außerirdische behandelt worden wären.

Alexander musste etwas Ähnliches gedacht haben, er nickte nämlich auch und sah ziemlich happy aus.

„Das wird bestimmt nett", vermutete Ulla und wechselte dann das Thema. „Wir brauchen noch Obst und Gemüse. Könnt ihr das vor dem Mittagessen besorgen?"

„Na klar", versprach ich. „Sollen wir noch mehr mitbringen?"

„Ich hab eine Liste geschrieben."

„Wir machen erst mal hier alles fertig", meinte Alexander. „Willst du Wäsche aufhängen oder den Abwasch machen?"

„Wäsche?"

Da erst hörte ich die Waschmaschine in der Waschküche. Wann hatte er die eingeschaltet?

Im selben Moment fiel mir mein Vorhaben ein, mich mit diesem Mädchen zu unterhalten.

„Wäsche!"

Die Waschküche lag zwischen der Eingangsdiele und der Küche. Es war das erste Mal, dass ich den Raum betrat, aber keine Trommelwirbel erklangen, um den historischen Moment zu feiern. Ich leerte den Inhalt der Maschine in einen Wäschekorb, den ich dann zu einem Wäscheständer an der Giebelseite hinaustrug.

Die Vögel zwitscherten und die Hummeln hatten schon ihre summende Suche nach Nektar gestartet. Wuff schnupperte nach unsichtbaren Spuren im Gras. Ich behielt sie im Auge, damit sie sich nicht auf unerlaubte Abenteuer begab.

Bald flatterten wohlriechende Handtücher, Blusen und Hemden in dem milden Wind. Ich schielte zum Pförtnerhäuschen rüber. Alexander war nicht zu sehen. Jetzt konnte ich meinen Plan ausführen.

Ich ließ den Wäschekorb im Gras stehen und begab mich im Laufschritt zum Gutshaus, Wuff immer auf den Fersen. Maximal zehn Minuten hatte ich Zeit, bevor Alexander vermuten würde, dass ich nicht nur Wäsche aufhängte.

Die Leiter lag immer noch unterhalb der Mauer, wo ich sie zurückgelassen hatte, und dort durfte sie noch eine Weile liegen bleiben. Wir würden sie später holen, um sie Ulla zu zeigen. Vielleicht konnte sie besser als wir entscheiden, ob die Sprosse absichtlich beschädigt worden war.

Als ich mich dem Gutshaus näherte, legte ich Wuff an die Leine, lief langsamer und bewegte mich so leise wie möglich. Inzwischen war ich echt nervös. Marju durfte mich auf keinen Fall wieder erwischen, das gäbe einfach zu viel Zoff!

Ich kroch in mein Versteck hinter den Büschen und hielt angespannt Ausschau nach der Aufseherin, konnte sie aber nirgends entdecken.

Auf der Rückseite des Gutshauses war einiges passiert, seit ich zuletzt hier gewesen war. Das Baugerüst stand nicht mehr an seinem alten Platz, sondern war ans andere Ende des Hauses versetzt worden.

Das musste gestern Abend oder heute Nacht geschehen sein, nachdem wir dort gewesen waren. Die fertig gestrichene gelbe Wand glänzte mit der Sonne um die Wette.

Direkt vor der Kellertür stand der weiße Lieferwagen. War der Pfarrer noch hier oder war er zu Fuß weggegangen? Oder hatte ihn jemand mitgenommen?

Ich spähte wieder zu der Plane hinüber, diesmal etwas aufmerksamer. Erst jetzt stellte ich fest, dass sich hinter dem Plastikvorhang mehrere Gestalten bewegten. Mindestens zwei oder drei pro Stockwerk.

Aber war das Mädchen auch dabei? Das konnte ich unmöglich erkennen. Alle sahen aus wie Schatten.

Plötzlich tauchte ein Junge hinter der Plane auf. Er bückte sich und hob einen Wasserschlauch auf. Der Junge war spindeldürr und kaum älter als ich. Sein nackter Rücken und seine bloßen Beine glänzten blauschwarz in der Sonne, als er begann, die Wand mit Wasser abzuspritzen. Cooler Job! Gegen den hätte sogar ich nichts einzuwenden gehabt.

Von Marju war immer noch nichts zu sehen. Die Gelegenheit, zum Baugerüst hinzulaufen, schien günstig, aber ich begann mich zu fragen, ob es tatsächlich so schlau wäre. Der Junge mit dem Wasserschlauch würde mich sofort entdecken, wenn ich mich näherte.

Und was würde er dann wohl tun? Die Aufseherin verständigen? Lohnte es sich, das zu riskieren? Das Mädchen war vielleicht nicht einmal da.

Ich ließ den Blick von Fenster zu Fenster wandern, auf der Suche nach irgendwelchen Lebenszeichen. Wo konnte diese Marju nur stecken?

Plötzlich machte ich eine Entdeckung. Das Fahrrad war verschwunden!

Ich war enttäuscht und gleichzeitig auch erleichtert. Das Fahrrad gehörte ja meiner Meinung nach dem Mädchen, und das musste dann bedeuten, dass sie heute nicht arbeitete.

Also hatte es keinen Sinn, sich dem Risiko einer Begegnung mit der Aufseherin auszusetzen.

Ich warf einen letzten Blick auf die Reihe der Kellerfenster. Im selben Fenster, wo ich das Mädchen schon mal gesehen hatte, bewegte sich etwas hinter der Scheibe.

Das war sie!

Sie spähte mit ängstlicher Miene hinaus.

Ich wollte hinrennen, hielt mich aber im letzten Moment doch zurück. Der Junge stand immer noch da und spritzte die Wand ab. Stattdessen starrte ich angespannt zu dem Mädchen rüber, um sie dazu zu bringen, in meine Richtung zu schauen. Doch die Telepathie zwischen uns funktionierte nicht. Sie verschwand.

Ich beobachtete die übrigen Kellerfenster, um festzustellen, ob sie vielleicht von Zimmer zu Zimmer lief, sie tauchte aber nirgends mehr auf.

Warum schaute sie immer zum selben Fenster hinaus? Wohnte sie dort? Oder hatte sie dort unten irgendeinen Job? Musste sie nähen? Oder etwas anstreichen?

Mir wollte keine Antwort einfallen.

Wenn man etwas entdeckt, das einem irgendwie verdächtig vorkommt, hat man meistens ein Problem: Es gibt keine Regeln dafür, wie man weiter vorgehen soll. Ich konnte schließlich kaum an der Haustür klingeln und fragen, was das Mädchen da unten eigentlich machte.

Bald würde Alexander mich vermissen. Am besten, ich kehrte schnell zurück, damit er nicht erfuhr, wo ich gewesen war. Sonst würde er sich nur aufregen. Bestimmt gab es für alles eine natürliche Erklärung, ich musste meine Neugier eben noch eine Weile zügeln.

Es gelang mir, unentdeckt zum Pförtnerhäuschen zurückzukommen.

Als wir zum Einkaufen loszogen, war Alexander glänzender Laune. Das wurde ich auch, als ich sah, dass anstelle von Macho-Martin ein dunkelhaariges Mädchen an der Kasse saß.

Auf meinen Vorschlag hin schleppten wir auf dem Rückweg die Leiter von der Mauer zum Schuppen, wo Ulla sie sich genauer anschauen konnte. Sie schüttelte nachdenklich den Kopf und meinte genau wie ich, es sei unwahrscheinlich, dass die Sprosse von alleine durchgebrochen sei. Allerdings war sie nicht so scharf darauf, Marju die Schuld daran zu geben, wie ich es war. Aber einen anderen Vorschlag hatte sie auch nicht auf Lager.

Wir einigten uns darauf, die Sache auf sich beruhen zu lassen, bis Ulla ihren Gips los war. In dem Laden, wo sie die Leiter gekauft hatte, würde es bei der Reklamation bestimmt Ärger geben. Diese Auseinandersetzung wollte sie uns nicht zumuten.

Dann meinte sie, für uns sei es jetzt höchste Zeit, uns erholsameren Dingen zu widmen.

Da konnten Alexander und ich nur zustimmen.

Als Erstes spielten wir Minigolf. Die Bahn hatte achtzehn ziemlich schwierige Löcher. Ich schaffte es, mit sechzig Schlägen zu gewinnen, obwohl Alexander, als schlechter Verlierer, behauptete, ich hätte beschissen.

Bei unserer Joggingrunde machte er es wieder wett. Anstatt neben mir herzutraben, sorgte er dafür, immer ein paar Meter Vorsprung zu haben. Als wir uns dem Parkplatz näherten, wo wir gestartet waren, rannte er, als ginge es um Leben und Tod.

„Ich hab gewonnen!", jubelte er.

Das hätte er überhaupt nicht getan, wenn ich geahnt hätte, dass wir um die Wette liefen.

Aber ich schluckte meinen säuerlichen Kommentar. Papa versuchte auch ab und zu, aus unseren Trainingsrunden ein Wettrennen zu machen, und ich hatte gelernt, dass es besser war, den Mund zu halten, wenn man sich für den restlichen Abend Ärger ersparen wollte.

Die Sonne brannte heiß herab. Höchste Zeit für ein kühles Bad. Als wir bei der alten Steinbrücke ankamen, hatten wir Glück. Diesmal hatten wir den Steg und den Fluss für uns alleine.

Während wir auf dem Steg in der Sonne lagen, dachte ich an das abendliche Fest. Vorfreude stieg in mir auf. Mein erstes Fest mit Alexander!

Ich hob den Kopf und sah ihn an. Sein wohlgeformter Arm lag direkt neben mir, ich hätte ihn ohne Weiteres küssen können! Im Vergleich mit Alexander sahen alle anderen Muskelprotze alt aus! Er war der Superstar! Und verliebt zu sein, war echt das Schärfste!

Ich legte den Kopf auf das sonnenwarme Badetuch und seufzte zufrieden.

„Was ist?", murmelte er, ohne die Augen zu öffnen.

„Nichts. Alles ist ... total okay."

„Obwohl du verloren hast?"

Oh Mann!

Da sah ich, dass es um seine Mundwinkel zuckte.

„Ja, obwohl ich verloren hab."

*

Nadja hatte die Gabel geschliffen, bis ihr die Hände schmerzten. Sie befühlte den Stiel. Er war scharf. Wie ein Messer.

Aber schließlich gingen ihre Kräfte zu Ende. Mit dem Rücken zur Wand sank sie aufs Bett zurück und legte die scharfe Gabel griffbereit neben sich. Ihr Körper fühlte sich schwer an, aber sie widerstand der Versuchung, sich hinzulegen. Selbst wenn sie im Sitzen einschliefe, wäre sie so schneller auf den Beinen.

Nicht einschlafen, nur kurz die Augen schließen.

Die Zuckungen ihres Körpers weckten sie immer wieder auf. In ihrem schlafenden Gehirn lebten ihre Albträume weiter. Sie würde sich nicht wegtransportieren lassen, bevor sie eine Antwort erhalten hatte.

Svenne musste es wissen.

Womöglich lebte ihre Mutter doch, trotz allem!

Nur kurz die Augen schließen ...

*

Alexander und ich räumten den Esstisch ab, erledigten gemeinsam den Abwasch und begannen uns dann fein zu machen. Weil Alexander offenbar nichts mehr gegen die Party einzuwenden hatte, freute ich mich ehrlich auf einen tollen Abend und summte und sang vor mich hin, als ich unter der Dusche stand.

Ich föhnte mir die Haare, bis sie schön luftig fielen. Kurze Haare hatten außerdem den Vorteil, dass sie schnell trockneten.

Die Kleiderwahl war nicht schwierig. Ich hatte nur ein einziges hübsches Kleid eingepackt und das streifte ich mir jetzt über den Kopf. Es war blau, dünn wie ein Lufthauch und hatte Spaghettiträger. Ich tanzte eine Weile vor dem Spiegel hin und her und fühlte mich sexy. Der Stoff schmiegte sich an meinen Oberkörper und umspielte meine Beine in weichen Wellen.

Ich trug zwei Schichten Mascara auf meine Wimpern auf, überpuderte meine glänzende Nase und schmierte mir Lipgloss mit Himbeergeschmack auf die Lippen.

Hoffentlich mag er Himbeeren, dachte ich.

Immer noch über diesen Gedanken lachend schob ich die Tür auf.

Im selben Moment öffnete auch Alexander seine Tür.

„Wow!", sagte er.

Er sprach aus, was ich dachte. Sein Anblick raubte mir den Atem.

Das weiße T-Shirt umschloss seine durchtrainierten Muskeln und die Jeans saßen wie angegossen an seinen langen Beinen.

„Worüber lachst du?", fragte er.

„Magst du Himbeeren?"

„Erdbeeren sind mir lieber."

„Och, schade!"

Ich zog eine übertriebene Schnute mit meinen lipglossigen Lippen.

War das *ich*?

Unglaublich, wie albern einen die Liebe machen kann!

Er zwinkerte mir zu und beugte sich vor, um an meine Oberlippe zu kommen.

Seine Zunge kitzelte heftig.

„Ich liebe Himbeeren", seufzte er.

Plötzlich war ich in seinen Armen.

Mein Kopf landete direkt unter seinem Kinn, mein Mund über dem Halsausschnitt seines T-Shirts an seinem Hals. Er strich sanft über den hauchdünnen Kleiderstoff, streichelte meinen Rücken.

Ich schmiegte mich noch enger an ihn.

Da landete Wuff mit einem Gazellensprung zwischen uns.

„Dein Hund ist schlecht erzogen", brummte Alexander, als wir auseinanderwichen.

„Im Gegenteil. Es ist ihr Job, auf mich aufzupassen."
„Wie wär's, wenn du ihr mal Urlaub geben würdest?"
Ich lachte.
„Kein Problem. Nächstes Jahr vielleicht."
Wir gingen zu Ulla ins Wohnzimmer. Sie saß mit einem Buch in ihrem Lieblingssessel. Die Fenster waren weit geöffnet. Sie schob sich die Lesebrille auf die Stirn und bedachte uns mit einem begeisterten Lächeln.
„Wie hübsch ihr seid!"
Wir spiegelten uns gegenseitig in unseren Augen. Ja, das waren wir.
Nachdem sie uns einen schönen Abend gewünscht hatte, zogen wir los. Ohne Eile gingen wir zu dem Fußweg hinunter, der am Fluss entlangführte. Ich weiß nicht, wer von uns zuerst nach der Hand des anderen tastete. Möglicherweise beide gleichzeitig.
Wir waren nicht die Einzigen, die den lauen Abend genossen. Auf den Fußwegen zu beiden Seiten des Flusses wimmelte es von Menschen. Sommerlich in Shorts und T-Shirts oder dünne Hemden gekleidet, schlenderten sie gemächlich durch die Gegend oder blieben stehen, um die alten Häuser und die Enten auf dem Fluss zu bewundern. Aber manche hatten sich auch in Schale geworfen, so wie wir, und bewegten sich zielstrebiger vorwärts.
Es war nicht schwierig zu erraten, wohin wir unterwegs waren. Schon von Weitem war zu hören, dass irgendwo ein Fest im Gange war. Die Musik hallte durch die Gassen und trug noch mehr zu meiner festlichen Stimmung bei.
Das Pfarrhaus lag wie erwartet in der Nähe der Kirche. Ich hatte es letztes Mal nur nicht beachtet. Es war ein großes rotes Holzhaus, und obwohl es bestimmt nicht so alt war wie die Kirche, stand es sicher schon seit mindestens hundert Jahren da.
Im Garten vor dem Haus war ein großes, mit Papierlaternen, Papierschlangen und bunten Girlanden geschmücktes Partyzelt aufgestellt.
Das Fest lief bereits auf vollen Touren. Überall waren Leute, sie saßen auf den Plastikstühlen und Gartenbänken und standen in Grüppchen auf dem Rasen.

In dem Partyzelt war die Hälfte des Bodens von Brettern bedeckt. In der hintersten Ecke wiegte sich ein DJ im Takt zur Musik vor einem Halbkreis tanzender Mädchen.

Eine von ihnen erkannte ich wieder, sie war auch auf der Brücke dabei gewesen. Sie klimperte wie eine Puppe mit ihren langen Wimpern, erwiderte meinen Gruß aber nicht, als ich ihr zuwinkte.

Lukas erblickte uns im selben Moment, als ich ihn sah. Er verließ die Gruppe, in deren Mitte er gestanden hatte, und kam uns mit einem Plastikglas in der Hand entgegen.

„Also seid ihr doch gekommen."

Da merkte ich, dass alle ringsum ebenfalls Gläser in den Händen hielten.

„Hätten wir Getränke mitbringen sollen?", fragte ich verblüfft.

„Natürlich nicht. Kommt!"

Er führte uns zu einem viereckigen kleineren Partyzelt. Auf einem langen Tisch in der Mitte des Zeltes standen Zweiliterflaschen mit Limo und Cola, große Schalen voller Bowle und Schüsseln mit Chips, Käsestangen und Popcorn.

„Bedient euch", sagte er.

„Was ist da drin?" Alexander deutete auf die Bowle.

„Apfelcidre, Orangensaft und Früchte", sagte Lukas. „Mein Vater ist ja hier, darum ..."

Er kniff das eine Auge zu.

Ich nahm einen Schöpfer, der am Rand der Bowleschüssel hing, und füllte ein Glas. Alexander trank lieber Cola.

Neue Gäste strömten herein. Lukas setzte wieder sein Begrüßungslächeln auf.

„Bis nachher."

Ich nickte.

Die meisten hier schienen sich zu kennen. Alexander und ich blieben etwas verloren an dem Tisch stehen und aßen und tranken. Die Bowle war lecker, prickelte leicht und schmeckte nach Früchten.

„Wollen wir?"

Alexander nickte zu dem großen Zelt hinüber.

Ich schüttelte den Kopf. Noch nicht. Bisher waren die Mädchen die Einzigen, die vor dem DJ eine Show abzogen.

Aber schon einen Moment später legte dieser etwas ganz anderes auf. Die Lautsprecher pumpten Bassrhythmen heraus, Rhythmen, die im Brustkorb vibrierten und unter den Fußsohlen pulsierten.

Plötzlich drängte alles auf die Tanzfläche.

Jetzt möchte ich tanzen, dachte ich und wollte es Alexander gerade sagen, als Lukas neben mir auftauchte.

„Warum steht ihr hier herum?", fragte er, nahm mich an der Hand und zog mich hinter sich her in das große Zelt, wo er sich durchs Gedränge pflügte und uns Platz zum Tanzen verschaffte.

Ich suchte mit dem Blick nach Alexander – wo war er abgeblieben? –, wurde aber von der Musik mitgerissen. Lukas tanzte geschmeidig und rhythmisch direkt vor mir.

Seine Lippen bewegten sich und ließen eine Reihe perfekter weißer Zähne aufblitzen. Ich hörte kein Wort.

„Was?!"

Er lachte und beugte sich zu mir vor. Sein Atem kitzelte mein Ohr und ich musste kichern.

„Hat dein Freund keine Lust zu tanzen?", schrie er mir ins Ohr.

Erst jetzt sah ich Alexander. Er stand immer noch am selben Fleck. Ich winkte ihm zu, er solle herkommen, aber er wandte sich ab.

Hatte er mich nicht gesehen?

„Doch", sagte ich. „Oder ... weiß nicht so recht."

Meine eigene Antwort verblüffte mich zwar, aber so war es tatsächlich. Dies war unsere erste gemeinsame Party.

„Wie lange seid ihr schon zusammen?"

„Seit der Abschlussfeier. Aber wir gehen in dieselbe Klasse und ..."

Ich glaube, er verstand mich falsch.

„Aha! Er ist also dein Kumpel."

Er sagte das so, als wäre das die Erklärung, warum Alexander nicht mit mir tanzte. Ich wollte das Missverständnis gerade richtigstellen, als ich jemanden sah, der sich vom Pfarrhaus näherte.

Der Pfarrer höchstpersönlich!

Er trug einen großen Korb voller belegter Brötchen. Sein Blick schweifte über die Tanzfläche und blieb an Lukas hängen. Er winkte. Lukas winkte auch. Sicherheitshalber setzte ich ein höfliches Lächeln auf, aber wahrscheinlich bemerkte er mich gar nicht.

Doch schon dieser kurze Augenblick hatte genügt, um meine schlummernde Neugier zu wecken. Mir fiel wieder ein, dass dies eine prima Gelegenheit war, um Lukas nach den nächtlichen Fahrten seines Vaters zu fragen.

Ich trat näher zu ihm hin.

Er legte mir sofort die Arme um die Taille und schaukelte so mit mir im Takt zur Musik.

Ooops, dachte ich. Das war nicht unbedingt meine Absicht gewesen.

Ich hatte vorgehabt, ihn auszufragen. Außerdem ist Paartanzen nicht meine Stärke. Ich trete den Jungs immer auf die Füße, weil ich am liebsten selbst führen will.

Aber zu meiner großen Überraschung klappte es richtig gut. Ehrlich gesagt ... wie von selbst. Mein Körper bewegte sich erstaunlich geschmeidig und meine Füße in den hochhackigen Sandaletten fühlten sich ganz leicht an.

Ich beugte mich zu Lukas vor.

„Warum fährt dein Vater nachts mit einem Lieferwagen durch die Gegend?", schrie ich.

„Lieferwagen?"

Lukas lachte, als hätte ich einen Witz gemacht, aber plötzlich war eine gewisse Spannung zwischen uns zu spüren. Er wurde steif und unbeholfen und kam immer wieder aus dem Takt.

„Heute Nacht ist er jedenfalls am Pförtnerhäuschen vorbeigefahren. Und gestern Abend war er auch da."

Um ihm zu beweisen, dass ich die Wahrheit sagte, kramte ich mein Handy aus der Handtasche und zeigte ihm die Bilder, die ich von seinem Vater am Tor aufgenommen hatte.

Im selben Moment ließ er mich los und wich ein paar Schritte zurück. Als er mich ansah, war sein Blick eiskalt.

„Spionierst du etwa hinter meinem Vater her?"

„Nein, hab ihn bloß zufällig gesehen."

„Du spinnst ja! Das ist nicht er!"

„Aber schau mal ..."

„Hallo, Svea! Ich geh jetzt."

Plötzlich stand Alexander neben uns und funkelte mich finster an.

„Aber wir sind doch eben erst gekommen!", wandte ich völlig verdattert ein.

Er zuckte die Schultern.

„Na und?"

„Und wir wollten uns doch amüsieren!"

„Das scheinst du ja zu tun."

Er machte ein Gesicht, als hätte er frisch gepressten Zitronensaft getrunken, und drehte sich um.

„Hey! Was soll das!"

Ich griff nach seinem Arm, um ihn aufzuhalten.

„Alex! Wir können jetzt nicht gehen!"

Er riss sich los und bahnte sich einen Weg durch die Tanzenden. Lukas hatte mir schon den Rücken zugewandt und tanzte mit ein paar anderen Mädchen, ohne mich eines Blickes zu würdigen.

Ich fluchte vor mich hin. Wie war das hier denn passiert? Was war mir da eigentlich gelungen? Ich hatte es tatsächlich geschafft, dass zwei Jungs gleichzeitig auf mich sauer waren!

Ich lief hinter Alexander her und holte ihn an der Giebelseite des Pfarrhauses ein.

„Jetzt bleib doch stehen!"

Er drehte sich um und starrte mich mit gekränktem Blick an. Ich stand so nah, dass ich ihn hätte berühren können. Aber sein Gesichtsausdruck stieß mich ab.

„Was ist denn?", fragte ich.

„Nichts."

Seine Stimme klang streitsüchtig.

Ich stöhnte auf.

„Nur weil ich mit ihm getanzt hab?"

„Du kannst tanzen, mit wem du willst."

„Jetzt hör mal, Alex. Das war eine echt gute Musik und ich war wirklich der Meinung, du wärst hinterhergekommen. Außerdem hab ich nicht direkt *mit ihm* getanzt. Andere tanzten auch um uns herum."
„In meinen Augen habt ihr sehr eng getanzt."
„Aber ich hab mit ihm *geredet*! Er konnte mich sonst nicht verstehen."
„Warum seid ihr dann nicht rausgegangen?"
„Äh ... das hat sich einfach so ergeben. Irgendwie passte es nicht. Und er wäre bestimmt nicht mitgekommen, es hat ihm nämlich ziemlich gestunken, dass ich ihn nach seinem Vater gefragt hab."
„Ach, tatsächlich?"
Er schien mir kein Wort zu glauben.
„Er hat behauptet, ich hätte mich geirrt."
„Mhm."
„Aber ich hab ihm das Foto gezeigt."
„Mhm."
Ich brauste auf.
„Alex, du hörst mir ja gar nicht zu!"
Er drehte sich um.
„Ich geh jetzt nach Hause, dann kannst du ungestört mit ihm *reden*."
Shit!
Ich hielt Ausschau nach Lukas, um ihm zu sagen, dass wir gehen wollten, fand ihn aber nicht in der Menge.
Alexander marschierte weiter, ohne sich umzusehen.
„Mensch, dann warte wenigstens auf mich!"
Ich trippelte auf meinen hohen Absätzen hinter ihm her, als ich plötzlich etwas sah, das mich jäh anhalten ließ. An der roten Wand des Pfarrhauses lehnte ein blaues Damenfahrrad mit drei Gängen! Dasselbe Fahrrad, das ich hatte leihen wollen!
War das Mädchen aus dem Gutshof denn hier?
Alexander trabte weiter und vergrößerte den Abstand zwischen uns.
Ich lief hinter ihm her und hüpfte fast vor Eifer.

„Jetzt warte doch! Das Fahrrad von diesem Mädchen steht drüben beim Pfarrhaus. Jetzt haben wir eine Superchance, sie zu fragen ..."

„Du bist ja krank!"

Ich fuhr zusammen, als hätte er mich geschlagen.

Wir gingen an der blumengeschmückten Brücke vorbei und folgten dem romantischen Fluss, Seite an Seite. Aber Alexander hielt genügend Abstand, um meine Hände ja nicht aus Versehen zu streifen.

Und er sagte nichts.

Ich auch nicht. Ich war gekränkt und enttäuscht, und sein ungerechtes Bild von mir machte mich sprachlos. *Krank!*

Der Abend war im Eimer, aber total.

Ich hatte mich bloß amüsieren wollen. Und gehofft, Antworten auf meine Fragen zu finden.

Wie zum Teufel hatte alles so schiefgehen können?!

Ulla saß im Wohnzimmer vor dem Fernseher, als wir nach Hause kamen. Die Hintergrundmusik verriet, dass ein Mörder gerade dabei war, sein Opfer einzuholen – die Streicher jaulten unheilvoll.

Sie streckte die Hand nach der Fernbedienung aus. Aber als keiner von uns mehr als Hallo sagte, lehnte sie sich wieder zurück. Sie fragte nicht, wie das Fest gewesen war. Die Antwort stand vor ihr. Wir strahlten nicht unbedingt vor Glück.

Wuff umtanzte mich wild vor Wiedersehensfreude, aber ich strich ihr nur zerstreut über den Kopf. Auf dem Bildschirm stieß jemand einem Mädchen ein Messer in die Brust, dass das Blut nur so über ihre weiße Bluse spritzte. Ich war den Tränen nah, schluckte sie jedoch. Ulla würde sich nie mit der Notlüge begnügen, dass ich über das Mädchen auf der Mattscheibe weinte, sondern würde uns ausquetschen, mit einer Frage nach der anderen, und die wollte ich alle nicht beantworten.

Alexander rumorte in der Küche. Ich folgte ihm, doch da öffnete er die Terrassentür und verzog sich in den Garten, als würde ich einen schlechten Geruch verbreiten. Ich schlich hinterher, als wäre ich sein Schatten, nahm aber in größtmöglichem Abstand von ihm Platz.

Stumm saßen wir da und sahen alles Mögliche an, bloß nicht einander. Noch nie waren Ullas Rosen und Lilien mit so großem Interesse betrachtet worden.

Auf dem Tisch stand ein Krug mit Saft, aber nur ein Glas. Ich holte mir noch eins und schenkte mir ein. Dann wartete ich darauf, dass er etwas sagte. Aber er trank bloß Schluck für Schluck aus seinem Glas, stellte es dann mit einem Knall auf den Tisch, um es gleich darauf wieder zu nehmen und mit seinem Schluck, Schluck, Schluck weiterzumachen. Gleichzeitig wippte er nervös mit dem rechten Bein, das er über das linke geschlagen hatte.

Das war echt nervtötend.

„Was ist los?"

Er trank schweigend.

Ich zog den Saftkrug zu mir her und füllte Alexanders Glas bis an den Rand, damit es fast überschwappte. Er streckte seine Hand danach aus, konnte das Glas aber nicht hochheben, ohne sich zu bekleckern.

Er starrte zuerst das Glas finster an, dann mich.

„Was treibst du eigentlich?"

„Was treibst *du* eigentlich?", wiederholte ich wie ein Echo.

„Nichts."

Wuff schnupperte eifrig im Beet herum und lief mit peitschendem Schwanz hin und her. Sie musste ein Eichhörnchen gewittert haben, denn plötzlich hielt sie jäh unter einem Baum an.

Alexander seufzte laut, sagte aber nichts.

„Hey, hör auf!", sagte ich gereizt.

„Fährst du auf ... ihn ab?"

„Auf wen?"

Ich wusste sehr gut, wen er meinte, fragte aber nur, um ihn zu piesacken.

„Auf diesen ... Lukas."

Er sprach den Namen wie einen schwer aussprechbaren Namen in einer fremden Sprache aus.

„Er kommt mir ganz okay vor."

„Also fährst du *doch* auf ihn ab!"

Ich stöhnte laut.

„Du wolltest doch auch zu seiner Party gehen, oder?"

„Mhm."

„Na also!"

Er ließ das randvolle Glas stehen, wippte aber weiterhin mit dem Bein.

„Ich kapier einfach nicht, dass du so sauer werden kannst!", fuhr ich ihn an.

„Ich bin doch überhaupt nicht sauer!"

Er warf mir einen wütenden Blick zu.

„Oh Mann, mit dir kann man ja nicht reden!", fauchte ich.

„Nein, aber mit ihm war's kein Problem."

„Wenn ich mit anderen Jungs nicht mal reden darf, will ich nicht mehr mit dir zusammen sein!"

„Ja, das hast du mir deutlich gezeigt."

Er fuhr hoch und verschwand mit ein paar Schritten in der Küche.

Ich stand ebenfalls auf. Ich zitterte am ganzen Leib.

Ich hasste ihn.

Hasste!

„Komm, Wuff!"

Meine Absätze sanken in die weiche Erde, als ich laut über Alexander und meine hochhackigen Schuhe schimpfend davondampfte.

So ein Idiot! Ich wollte ihn nie mehr sehen! Ich würde nach Hause fahren.

Jetzt sofort!

Alles war beschissen. Papa musste kommen und mich abholen. In ein paar wenigen Minuten hätte ich alle meine Sachen in die Reisetasche geschmissen. Ich könnte Papa sogar entgegengehen, bloß um diesen bescheuerten Blödmann nicht mehr sehen zu müssen.

Automatisch tastete ich nach dem Handy, aber mein Kleid hatte keine Taschen. Das Handy lag in meiner Handtasche auf dem Gartentisch.

Erst als ich kehrtmachen wollte, wurde mir bewusst, wo ich mich befand. Ich war so intensiv mit meiner Wut beschäftigt gewesen, dass ich keinen Gedanken daran verschwendet hatte, wohin ich unterwegs war. Es war kein schönes Erwachen. Ich stand ausgerechnet wieder auf dem gekiesten Hinterhof des Gutshauses, das verhüllte Baugerüst ungefähr zehn Meter vor mir.

Kein Mensch war zu sehen, nur der weiße Lieferwagen, der direkt vor der Kellertür parkte.

Mein Adrenalinkick ließ nach und ich begann mich zu fürchten. Ich lauschte auf irgendwelche Geräusche und sah mich ängstlich um.

Darum vergaß ich ganz, auf meinen Hund aufzupassen. Wuff lief schnurstracks auf die Reihe der Kellerfenster zu. Ich traute mich nicht, zu pfeifen oder zu rufen, sondern klatschte die Hände nur auf die Knie, um den Hund zurückzulocken. Das funktionierte meistens.

Diesmal auch. Wuff horchte auf und lief dann leicht widerstrebend zu mir zurück.

Meine Augen wanderten an der Fensterreihe entlang, bis ich das Fenster gefunden hatte, wo das Mädchen immer rauszuschauen pflegte.

Sie war da!

Ich hob die Hand. Sie auch. Sie winkte, schnell und eifrig, als wollte sie mich zu sich locken. Ihre Lippen bewegten sich.

Sie wollte mir etwas mitteilen.

Ich begann auf das Fenster zuzugehen.

Angeblich hinterlassen schreckliche Erlebnisse Spuren im Gedächtnis, damit man lernt, alles zu vermeiden, was an diese früheren Erlebnisse erinnert. Ich hatte mich im Laufe meines vierzehnjährigen Daseins öfter in Gefahr befunden, als andere sich in ihren schlimmsten Albträumen auch nur vorstellen konnten.

Dennoch ging ich weiter.

Allerdings mit dem unangenehmen Gefühl im Magen, dass ich lieber umkehren sollte.

Irgendwas stimmte hier nicht.

*

Nadja wurde aus einem Traum gerissen, weil etwas an die Fensterscheibe klopfte.

Sie schlug die Augen auf. Eine schwarze Schnauze.

Das musste der Hund dieses blonden Mädchens sein!

Sie kletterte aufs Bett, um hinauszuschauen.

Draußen stand das Mädchen! Sie trug ein schönes Kleid und hatte die Haare gelockt.

Nadja winkte. Dies war ihre Chance! Das Mädchen könnte herkommen und sie freilassen! Dann könnten sie gemeinsam nach Svenne suchen.

Aber der Hund stand im Weg. Das Mädchen sah sie nicht, sondern lockte den Hund zu sich her. Er drehte sich um und trottete davon.

Mit wachsender Verzweiflung klopfte Nadja ans Fenster. Sie wollte die Fensterscheibe schon mit der Faust einschlagen, als das Mädchen den Blick hob und direkt zum Fenster herschaute.

Nadja winkte und betete bei sich: Bitte! Komm näher!

Als hätte das Mädchen sie gehört, kam sie zum Fenster her und beugte sich zur Glasscheibe vor.

„Help!" Mit einer flehenden Geste streckte Nadja die offenen Hände an die Decke.

Das Mädchen sah sie mit gerunzelter Stirn an.

Hatte sie es nicht gehört? Oder nicht verstanden?

„Help me!", rief Nadja noch einmal und formte die Worte langsam mit dem Mund.

Das Mädchen nickte.

Nadja jubelte innerlich. Sie hatte es begriffen!

Jetzt erhob sich das Mädchen und entfernte sich, von dem Hund umschwänzelt.

Nadja wartete gespannt darauf, ihre Schritte im Korridor zu hören. Und danach das Rasseln im Schlüsselloch.

Sie wartete.

Warum dauerte es so lang? Doch dann fiel ihr ein, dass das Mädchen erst einmal einen Schlüssel auftreiben musste.

Die Minuten verstrichen. Nadjas Beine zitterten vor Erschöpfung.

Draußen rührte sich nichts.

Die Minuten wurden zu einer halben Stunde.

Mit einem Tränenkloß im Hals sank sie auf dem Bett zusammen.

Bestimmt hatte das Mädchen nicht verstanden, was sie gemeint hatte.

Oder es war ihr egal.

Sie holte die Gabel hervor und presste sie fest in der Hand.

*

Ulla war schon zu Bett gegangen, als ich mit Wuff ins Haus kam. Aus dem Türspalt zu ihrem Zimmer drang ein Lichtstreifen. Wahrscheinlich las sie noch.

Am liebsten hätte ich ihr von dem Mädchen am Fenster erzählt. Ich war voller Unruhe und Angst und wusste nicht, was richtig war. Wäre ich zu Hause gewesen, hätte ich mit meinen Eltern geredet, selbst wenn sie sich über mich aufgeregt hätten. Aber mit einer fremden Oma war es etwas anderes.

Stattdessen schaute ich nach, wo Alexander steckte.

Er war im Bad. Ich hörte Wasser ins Waschbecken laufen. Ungeduldig auf der Stelle tretend klopfte ich an die Tür.

Es dauerte ein, zwei Minuten, bis er aufmachte. Er sagte nichts, sondern ging einfach an mir vorbei und auf sein Zimmer zu, als wäre ich Luft.

„Alex, ich hab vorhin dieses Mädchen am Fenster wieder gesehen. Sie …"

Er drehte sich um und sah mich mit schwarzem Blick an.

„Du wolltest doch nicht mehr dorthin!"

„Aber sie …"

„Bist du schwer von Begriff?"

„Aber dieses Mädchen braucht Hilfe. Sie …"

„Das braucht meine Oma auch, doch das ist dir scheißegal. Heute Abend ging es ihr gar nicht gut!"

Er verschwand wieder in sein Zimmer und zog die Tür hinter sich zu. Bestimmt hätte er sie am liebsten zugeknallt, verzichtete aber darauf, um Ulla nicht zu stören.

Ich starrte seine geschlossene Tür an.

Das war fies von ihm! Ich hatte Ulla durchaus geholfen, nur heute Abend nicht. Typisch, dass es ihr ausgerechnet heute Abend schlecht gegangen war! Oder hatte er das bloß behauptet, damit ich ein schlechtes Gewissen bekam? Glückwunsch, konnte ich da nur sagen, denn das war ihm gelungen. Ich fühlte mich supermies.

Ich ging in mein Zimmer und ließ mich aufs Bett fallen.

Was sollte ich jetzt tun?

Ich hoffte, dass Alexander an meine Tür klopfen würde, doch vergeblich.

Wuff hüpfte zu mir hinauf, schleckte mich kurz ab und begann etwas zu beschnuppern.

Meine Handtasche! Die musste Alexander hereingeholt haben.

Ich kramte mein Handy hervor.

Jetzt rufe ich Papa an und bitte ihn, mich abzuholen. Und Alexander und das Mädchen am Fenster können mir den Buckel runterrutschen!

Im selben Moment, als ich anfing, das Telefon zu betasten, sah ich die flehenden Blicke des Mädchens vor mir.

Das Handy landete auf dem Nachttisch. Zuerst musste ich mit ihr sprechen und feststellen, was sie wollte. Wenn ich hinterher erfahren würde, dass sie tatsächlich Hilfe gebraucht hatte und ich hätte mich nicht um sie gekümmert, würde ich es mir nie verzeihen!

Aber wie sollte ich ins Gutshaus kommen?

Die Lösung dieses Problems fiel mir sofort ein. Das Bild des Schlüsselbunds im Schlüsselkästchen stand mir noch deutlich vor Augen. Schlimmstenfalls hatte der neue Besitzer die Schlösser ausgetauscht. Im besten Fall passte einer der Schlüssel.

Leider musste ich mein Glück ohne Alexander versuchen. Nicht einmal Wuff durfte mich begleiten. Sie könnte mich mit einem einzigen Knurren verraten.

Wuff bewachte mich aufmerksam, als ich mich umzog und in meine Jeans und ein schwarzes T-Shirt schlüpfte. Das Kleid hängte ich über einen Kleiderbügel. Dieses Kleid würde ich nie mehr tragen, weil es mich nur an den Abend erinnern würde, als alles ein Ende genommen hatte.

Schon wollten mir die Tränen kommen, doch ich biss die Zähne zusammen und zwinkerte sie weg. Über Alexander weinen, das konnte ich später tun. Sozusagen mein restliches Leben lang.

„Bleib hier!", befahl ich.

Ich unterstrich den Befehl mit einer Handbewegung.

Widerstrebend legte sich Wuff auf dem Bett zurecht.

Ich schob das Handy in die Tasche, schlich aus dem Zimmer und schloss die Tür hinter mir ab, ließ aber den Schlüssel von außen stecken. Für den Fall, dass Wuff anfing, Radau zu machen, könnte Alexander so ins Zimmer kommen.

Auf dem Weg zum Schlüsselkasten knarrte eine Bodendiele. Ich blieb stehen und wartete, aber niemand kam. Also ging ich weiter.

Der Schlüsselbund hing noch an derselben Stelle. Ich schnappte ihn mir und ließ ihn in meine Tasche gleiten.

Kurz zuckte ich zusammen, als die Terrassentür mit einem leisen Klicken ins Schloss fiel, doch dann sagte ich mir, dass ich trotzdem wieder ins Haus könnte. Mein Fenster war ja nur angelehnt.

Erst als ich im Freien war, zog ich meine weißen Sneakers an, dann lief ich auf dem inzwischen wohlvertrauten Pfad zum Gutshaus.

Der Sommerabend ging allmählich in Nacht über. Feuchter Nebel schwebte wie Rauch überm Gras.

Ich schauderte. Hinter den Nebelschwaden konnte sich alles Mögliche verstecken. Schon begann ich mein Vorhaben zu bereuen. Vielleicht hatte ich die Geste des Mädchens missverstanden. Womöglich hatte sie mir nur einen Gruß zugewinkt. Dann würde sie sich natürlich gewaltig wundern, ja sogar stinksauer werden, wenn ich mitten in der Nacht auftauchte.

Aber meine Handlungen werden nicht immer von Vernunft bestimmt. Ehrlich gesagt meistens von Dickköpfigkeit und Neugier.

Bei meinem alten Versteck hielt ich an und spähte zu den Fenstern des Gutshauses hinüber. Alle waren dunkel. Der Lieferwagen stand noch da, aber nirgends war eine Spur von Leben zu sehen. Auch das große, stallähnliche Gebäude lag im Dunkeln.

Von der Rückseite führten zwei Türen ins Haus. Eine davon war die Kellertür.

Zuerst versicherte ich mich ein weiteres Mal, dass niemand mich sehen konnte, dann lief ich über den Hof und die drei Betonstufen zur Kellertür hinunter.

Ich drückte auf den Türgriff. Die Tür war abgeschlossen. Logisch.

Ich klopfte.

Nichts geschah.

Also steckte ich auf gut Glück einen Schlüssel ins Schlüsselloch. Er passte nicht. Ich probierte einen Schlüssel nach dem andern aus, aber keiner passte.

Kurz überlegte ich, ob ich das ganze Unternehmen nicht doch lieber aufgeben sollte, doch dann schlich ich um die Ecke zu dem Kellerfenster, wo ich das Mädchen gesehen hatte, und beugte mich vor.

Der Raum war kahl. Nur ein Bett und eine Holzkiste. Die massive Tür war geschlossen, vermutlich auch abgeschlossen.

Das sah ja aus wie eine Gefängniszelle!

Das Mädchen kauerte auf dem Bett, an die Wand gelehnt. Sie schien zu schlafen.

Zuerst wollte ich ans Fenster klopfen, zögerte dann aber. Warum war sie eingeschlossen wie eine Gefangene?

Plötzlich fiel mir etwas ein, woran ich bisher nicht gedacht hatte. Vielleicht war sie gefährlich! Ein Gutsbesitzer wird so ein junges Mädchen doch nicht einfach grundlos einsperren?

Ich sah sie noch einmal an. Sie war schmal, mit mageren, dünnen Armen, wirkte klein und verletzlich. Nein, die konnte nicht gefährlich sein, beschloss ich.

Aber warum saß sie dann da?

Das musste ich herausfinden!

Ich probierte die Schüssel an der zweiten Tür aus, doch auch da passte keiner. Jetzt blieb nur der Haupteingang übrig. Ich schlich um das Haus zu der prächtigen Eingangstür hin und drückte schnell auf den vergoldeten Klingelknopf, bevor ich Zeit hatte, es zu bereuen. Irgendwo im Innern des Hauses schrillte es.

Kalte Schauer liefen mir über den Rücken.

Was soll ich sagen?

„Entschuldigung, aber ich wüsste gern, warum Sie ein Mädchen im Keller eingesperrt haben!"

Ich wartete. Niemand reagierte auf das Klingeln.

Also drückte ich noch einmal auf den Knopf und zählte bis sechzig.

Das Haus wurde gerade renoviert. Vielleicht befand sich außer dem Mädchen niemand im Haus.

Dieser Gedanke verlieh mir Mut.

Eins und zwei und drei ...

Auf gut Glück wählte ich einen Schlüssel aus, steckte ihn ins Schloss und drehte um. Er passte!

Als ich den Griff nach unten drückte, klopfte mein Herz so heftig, dass ich kaum atmen konnte. Ich zog die Tür zu mir her und biss in angespannter Erwartung auf die Zähne. Sie ging weich und unhörbar auf.

Als die Tür halb offen war, streckte ich den Kopf hinein.

„Hallo! Ist da jemand?"

Meine Stimme hallte durch die Stille.

Ich wartete gespannt. Wenn jetzt jemand kommt und mich an der offenen Tür entdeckt, behaupte ich, die Tür wäre offen gewesen und ich hätte bloß wissen wollen, warum, dachte ich.

Aber was hatte ich spätabends überhaupt hier zu suchen?

Keine einzige Notlüge wollte mir einfallen. Mein Gehirn war total blockiert.

Nachdem ich jetzt schon so weit gekommen war, würde ich trotzdem weitermachen. Um nicht durch ein Handyklingeln verraten zu werden, schaltete ich das Handy aus. Dann nahm ich all meinen Mut zusammen und trat vorsichtig in eine große Eingangshalle. Dank der Gummisohlen konnte ich mich lautlos über den Klinkerboden bewegen.

Die Halle war möbliert. Ich verstand, warum der Besitzer noch nicht eingezogen war. Der Geruch nach frischer Farbe war fast betäubend stark.

An den Wänden befanden sich helle Tapeten und ein meterhoher vergoldeter Spiegel hing über einer ebenfalls vergoldeten Kommode.

In luftiger Höhe baumelte ein Kristalllüster von der Decke. Eine geschwungene Treppe mit weißem Geländer führte ins Obergeschoss hinauf, wo die Renovierung noch nicht beendet zu sein schien. Dort bedeckte braunes Papier den Fußboden und die Tapeten hingen heruntergerissen von den Wänden.

Ich horchte die ganze Zeit nach irgendwelchen Geräuschen, aber nichts störte die Stille. Nach der Hitze des Tages war die Luft hier drin drückend und stickig. Mir war leicht übel. Mit jedem Schritt, den ich machte, schrumpften die Chancen, meine Anwesenheit plausibel erklären zu können. Wenn jemand mich hier fände, würden sowohl ich als auch Ulla schneller an die Luft gesetzt werden, als ich das Wort Rauswurf überhaupt aussprechen könnte.

Meine Vernunft riet mir, umzukehren. Mein anderes Ich, das dickköpfige, zwang mich, weiterzugehen.

Unschlüssig sah ich mich um und warf dabei einen Blick in einen großen Raum links von der Halle. Er war ebenfalls fertig eingerichtet. Die Möbel sahen altmodisch aus und die Fenster wurden von schweren Vorhängen eingerahmt.

Die übrigen Türen waren geschlossen. An einer drückte ich versuchsweise auf den Türgriff. Vor mir öffnete sich eine Toilette mit hell gekachelten Wänden.

Ich versuchte mir im Kopf den Grundriss des Hauses vorzustellen und wählte dann eine Tür, die meinen Berechnungen nach in den Keller führen müsste.

Die Tür war nicht abgeschlossen, öffnete sich aber mit lautem Quietschen.

Das Geräusch kam total überraschend und brachte mich vor Schreck fast um den Verstand. Um ein Haar wäre ich davongestürzt, doch dann riss ich mich zusammen. Schließlich blieb ja alles ruhig. Es schien tatsächlich so, als wären ich und das Mädchen im Keller die Einzigen im Haus.

Mit klopfendem Herzen ging ich weiter.

Ein kalter Luftstrom schlug mir entgegen, als ich meinen Fuß auf die oberste Stufe einer Zementtreppe setzte. Es war feucht, roch leicht modrig. Nach zehn weiteren Stufen öffnete sich ein langer, schmaler Kellergang mit Backsteinwänden und unebenem Fußboden vor mir.

Im Abstand von ein paar Metern hingen nackte Glühbirnen von der Decke, aber ich traute mich nicht, Licht zu machen. Nachdem die Augen sich an die Dunkelheit gewöhnt hatten, war es allerdings nicht mehr so finster. In jeder Tür an der rechten Korridorseite befand sich ein faustgroßes rundes Fensterchen, durch das bleiches Mondlicht in den Gang sickerte und den Staub, der durch die Luft wirbelte, wie mit Scheinwerfern beleuchtete.

Die gegenüberliegenden Verschläge waren dagegen fensterlos, aber mit Maschendrahttüren versehen. Im ersten Verschlag lagen säuberlich aufgestapelte Holzbretter, im nächsten sah ich Regale und Schränke.

Als Erstes musste ich jetzt herausfinden, wie ich wieder hinausgelangen könnte. Ich trat an die Tür, die auf den Hinterhof ging, doch zu meiner großen Enttäuschung hatte sie keinen Klinke. Und den passenden Schlüssel besaß ich ja nicht. Also führte der einzige Weg ins Freie durch die Eingangshalle.

Ich schluckte meine Enttäuschung und überlegte, wo das Mädchen wohl sein mochte. Einfach zu rufen oder auch nur zu flüstern, das war mir zu riskant. Mein Herz steckte mir wie ein Kloß im Hals, als ich weiterschlich und durch das erste Türfensterchen schaute.

Mein Blick strich schnell durch den kahlen, unmöblierten Raum.

Plötzlich war mir, als hätte ich einen Tritt in die Magengrube bekommen.

Auf dem Fußboden lag ein Junge.

Regungslos.

Sein Körper lag mit dem Rücken zu mir in einer unnatürlich verdrehten Haltung inmitten einer Pfütze, die sich wie ein Schatten auf dem Fußboden ausbreitete. Sein dunkles Haar war verklebt von geronnenem Blut.

Ich erkannte seine Kleidung – das gelbe T-Shirt und die schwarzen Shorts.

Es war der verprügelte Junge, den Wuff aus dem Versteck unter den Büschen aufgescheucht hatte!

Warum lag er hier auf dem Fußboden?

Lebte er noch?

Meine Beine zitterten. Was war das nur für ein Schlamassel, in dem ich da gelandet war?! Ich musste unbedingt Hilfe holen. Aber nicht ohne das Mädchen mitzunehmen!

Mit heftig hämmerndem Puls lief ich von Tür zu Tür in der Hoffnung, sie zu finden. Fast wäre ich über eine längliche Holzkiste gestolpert, die hinten im Gang stand und an einen einfachen Sarg erinnerte.

Mir wurde kalt. Warum stand die hier?

Es war wie in einem Albtraum!

Wo war das Mädchen?

Hinter der letzten Tür fand ich sie endlich. Sie saß immer noch in derselben zusammengesunkenen Haltung wie vorhin auf dem Bett.

Vor lauter Entsetzen konnte ich kaum noch klar denken. Doch plötzlich schlug das Misstrauen zu wie eine Notbremse und hinderte mich daran, sie zu rufen.

Das Mädchen und der Junge hatten vielleicht irgendeine tödliche Krankheit, wie zum Beispiel Pest oder Vogelgrippe, und durften darum keine anderen Menschen treffen. Und da käme ich dann reingetrampelt und würde mich anstecken! Mein Gehirn wollte sogar irgendein altes Albtraumbild von Vampiren hervorkramen, doch in dem Moment drang mir ein Geräusch ins Bewusstsein.

Das Echo von Schritten.

Zuerst hielt ich es nur für Einbildung. Ich stand still und horchte. Die Härchen auf meinen Armen sträubten sich. Ich war nicht mehr allein in dem Haus! Über meinem Kopf hörte ich das Klappern von harten Absätzen.

Ich hatte alle Türen hinter mir geschlossen. Eigentlich gab es nichts, was meine Anwesenheit verraten könnte. Wenn nur niemand in den Keller kam!

Aber wie in einem schlimmen Traum passierte genau das. Das Quietschen der Kellertür schnitt mir direkt ins entsetzte Herz. Die harten Absätze kamen die Kellertreppe heruntergeklappert, gleichzeitig schlug oben die Tür zu.

Ich schaffte es nicht, mich auch nur einen Schritt von der Stelle zu bewegen.

Es handelte sich um Sekunden.

Als Erstes tauchte Marju, die Aufseherin auf. Als sie mich entdeckte, fuhr sie zusammen, als hätte sie ein Gespenst erblickt.

„Was zum Teufel machst du hier?"

Hinter ihr kam ein Mann mit hellem Stoppelhaar.

Ich stand da wie angewurzelt, konnte mich nicht bewegen.

Jetzt war alles aus!

Ein Schrei riss mich aus meiner Erstarrung.

Er drang durch die Tür hinter mir.

Das Mädchen, das bisher wie halb tot auf dem Bett gehockt hatte, war plötzlich zum Leben erwacht. Aus ihrem Mund strömte ein Schwall von Worten, die ich nicht verstand.

Ich war weder in der Lage, Marjus Frage zu beantworten, noch selbst die Frage zu stellen, warum das Mädchen eingesperrt war. Oder warum hinter einer anderen Tür ein blutiger, offensichtlich lebloser Junge lag. Ich hatte bloß entsetzliche Angst. In meinem Kopf gab es nur einen Gedanken: Nichts wie weg hier!

Ich bewegte mich auf die Treppe zu. Aber in einem schmalen Kellerkorridor war das ein aussichtsloses Unterfangen.

Marju fing mich sofort ab, packte mich und brüllte dem Mädchen etwas zu, das sie zum Verstummen brachte.

„Lassen Sie mich los!", schrie ich und wand mich in ihrem Griff, worauf sie mich nur noch fester packte.

„Das tut weh! Sie haben kein Recht, mich festzuhalten!"

„Doch, das haben wir", behauptete der Mann mit strenger Stimme. „Du bist hergekommen, um die Wände zu besprayen. Und das ist kriminell."

Ich wurde so verblüfft, dass ich aufhörte mich zu wehren.

„Sprayen?"

„Wo hast du die Spraydose versteckt?"

„Aber ... ich hab keine Dose."

„Dann hat dein Kumpel sie", mischte sich Marju ein. „Wo steckt der?"

Meinte sie Alexander?

„Er ... ist nicht mitgekommen."

„Was soll das heißen, nicht mitgekommen? Warum stand dann die Leiter an der Mauer? Als ihr neulich die Stallwand vollgesprayt habt, war es genauso. Was wolltet ihr denn heute vollschmieren?"

Ich konnte ihrem schwefeldampfenden Wortschwall nicht recht folgen. Die Leiter hatten wir doch zu Ullas Gartenschuppen zurückgetragen. Wieso stand die an der Mauer – schon wieder?

Marju ließ mich nicht in Ruhe nachdenken.

„Ist dein Kumpel hier irgendwo in der Nähe?"

„Nein! Das sehen Sie doch! Ich bin allein."

„Wenn noch einer hier ist, finde ich ihn, darauf kannst du dich verlassen. Der kommt mir nicht aus dem Park. Ich hab die Leiter ein für alle Mal weggestellt! Du hast kein Recht, dich hier herumzutreiben!"

Was faselte sie da?

„Aber Alex ist doch bei seiner Oma zu Besuch. Wir wohnen hier!"

„Aber nicht in diesem Haus", fuhr der Mann mich an. „Wie bist du in den Keller gekommen?"

„Es war offen", murmelte ich.

Die Schlüssel brannten in meiner Tasche.

„Was treibst du überhaupt hier?"

Die Gedanken tanzten mir wild durch den Kopf. Sollte ich lügen oder die Wahrheit sagen? Marju hatte mich ja schon mal hinterm Haus gesehen. Am besten, ich hielt mich so eng wie möglich an die Wahrheit.

„Ich hab sie am Fenster gesehen."

Das Mädchen hinter dem Guckfenster war kurz verstummt, aber jetzt legte sie wieder los. Ihre Stimme wurde immer schriller und flehender, doch die beiden sahen nicht mal in ihre Richtung.

„Warum haben Sie sie eingesperrt?", fragte ich.

Ich bekam keine Antwort.

„Hast du hier herumgeschnüffelt?", fragte Marju.

Nach dem Jungen in dem anderen Kellerraum wagte ich nicht zu fragen. Die beiden waren direkt auf mich zugekommen, ohne in sein Verlies hineinzuschauen. Dennoch mussten sie wissen, dass er dort lag. Er war verletzt, brauchte Hilfe. Warum kümmerten sie sich nicht um ihn? Das war sehr verdächtig. Aber es war wohl am klügsten, nichts davon zu erwähnen, dass ich ihn gesehen hatte, das spürte ich intuitiv. Jedenfalls vorläufig.

„Ich hab nicht geschnüffelt. Ich wollte bloß wissen, was mit ihr los ist. Kommt mir echt verrückt vor, dass sie in einem Keller eingesperrt ist! Ist sie krank? Oder sind Sie krank?"

Angriff ist die beste Verteidigung, dachte ich, obwohl meine Beine so sehr zitterten, dass sie mich kaum noch trugen.

Mit den beiden hier war irgendwas oberfaul. Inmitten der sommerlichen Idylle hielten sie zwei junge Leute eingesperrt. Diese Geschichte war zu viel für mich, damit wurde ich nicht allein fertig. Ich würde sofort die Polizei verständigen, wenn ich erst mal draußen war.

„Ich muss jetzt gehen", sagte ich. „Ich werde erwartet."

Mit einem kräftigen Ruck versuchte ich mich zu befreien, aber Marju hatte nicht vor, mich loszulassen.

Der Mann warf ihr einen Blick zu und nickte. Dann holte er einen Schlüssel hervor und steckte ihn in das Schlüsselloch der Tür, hinter der sich das Mädchen befand.

Eine Sekunde lang hoffte ich, sie hätten vor, das Mädchen freizulassen. Doch als Marju im selben Moment anfing, mich auf die Zelle zuzuschubsen, sah ich ein, dass ich mich geirrt hatte.

Als mir die Gefahr aufging, packte mich eisiges Entsetzen.

Sie hatten keineswegs vor, das Mädchen gehen zu lassen. Und mich auch nicht.

Und niemand wusste, wo ich war!

Ich sträubte mich und kämpfte um mein Leben.

„Sie können mich nicht einfach einsperren!"

Da kam der Mann Marju zu Hilfe. Während sie mich festhielt, untersuchte er meine Taschen. Er holte mein Handy heraus und fand natürlich auch Ullas Schlüssel. Mit einer siegesgewissen Geste ließ er sie vor meiner Nase klirren.

„Ich weiß, wem die gehören. Die fliegt morgen raus, das darfst du mir glauben."

Ich brüllte und fluchte. Sie waren zu zweit. Das war nicht fair.

Als ob das Böse irgendwelche Spielregeln befolgen würde! Diese beiden taten das jedenfalls nicht.

Mit vereinten Kräften gelang es ihnen, mich in die Zelle zu stoßen. Ich landete auf allen vieren auf dem harten Zementboden.

Obwohl ich schnell wieder auf den Beinen war, war ich doch zu langsam.

Die Tür schlug direkt vor meiner Nase zu.

Ich holte Luft, brüllte los und trommelte gegen die Tür.

„Sie können mich nicht einsperren! So was ist verboten!"

Aber mit den beiden eingesperrten Jugendlichen hatten sie bewiesen, dass sie das sehr wohl tun konnten.

Jetzt war auch ich ihre Gefangene.

*

Nadja war kurz eingenickt, als sie die Schritte hörte. Im selben Moment explodierte der Gedanke in ihrem Kopf.

Hilfe, jetzt kommen sie, um mich zu holen!

Mit der Gabel fest in der Hand schoss sie schnell aus dem Bett und spähte in den Korridor hinaus.

Ihr Herz hüpfte vor Freude.

Es war gar nicht Marju!

Nein, vor ihrer Tür stand das blonde Mädchen.

Das hübsche Kleid hatte sie inzwischen mit Jeans und T-Shirt getauscht. Sie hatte dem Guckfenster den Rücken zugekehrt.

Aber sie stand still. Also waren es nicht ihre Schritte, die Nadja gehört hatte.

Harte Absätze trampelten durch den Korridor.

Sie hörte Marjus Stimme. Das Mädchen antwortete.

Ein männliche Stimme mischte sich ein.

Das war Svenne!

Nadja schrie.

„Svenne, bitte, Svenne! Lebt meine Mutter? Svenne! Das muss ich wissen. Lebt meine Mutter noch? Marju, sag ihm, er soll antworten! Ist meine Mutter am Leben?"

Marju packte das Mädchen mit festem Griff. Das Mädchen wehrte sich und protestierte laut mit Worten, die Nadja nicht verstand.

Im nächsten Augenblick rasselte etwas im Schloss. Die Tür ging auf. Kurz erhaschte sie einen Blick auf Marju und Svenne, bevor die beiden das blonde Mädchen hereinstießen. Das Mädchen stürzte auf den Boden.

Nadja wollte zur Tür.

„Ist meine Mutter am Leben? Lebt sie?"

Die Tür fiel zu.

Blitzschnell war das Mädchen wieder auf den Beinen. Sie warf sich auf die Tür und trommelte mit den Fäusten dagegen.

Nadja begann auch zu hämmern und schrie weiterhin nach Svenne.

Sie schrien für taube Ohren. Marju und Svenne waren nicht mehr da.

Das Mädchen drehte sich murmelnd um.

„Idioten!"

Das verstand Nadja.

„Yes", sagte sie.

Sie sahen einander an, Nadja mit wachsendem Entsetzen.

Das Mädchen war hergekommen, um ihr zu helfen. Noch jemand, der ihretwegen in Schwierigkeiten geraten war!

„I'm sorry", sagte sie mit zittriger Stimme.

Das Mädchen schüttelte energisch den Kopf.

„They can't keep me here. Alex will help us out."

„Who is Alex?"

„My boyfriend."

Nadja nickte. Sie hatte ihn ja schon mal gesehen.

„We'll just wait", sagte das Mädchen.

Sie begann sich umzuschauen, musterte das Fenster und die Tür.

„What's your name?"

„Nadja."

„I'm Svea. What are you doing here?"

Nadja begann zu erzählen. Angefangen von ihrer fürchterlichen Reise nach Schweden bis hin zu ihren Befürchtungen, wieder in eine

Kiste gesteckt und weitertransportiert zu werden. Ihr fehlten die Hälfte der Wörter auf Englisch, aber Svea nickte und schien alles zu verstehen, obwohl Nadja ein Detail ausgelassen hatte – den Grund, warum sie sich vor der Polizei verstecken musste.

„Why are you in Sweden?", fragte Svea.

„Work", antwortete Nadja und senkte den Blick. „As Grigorje, but he and Marju were fighting ..."

„There is a boy here in the cellar a couple of doors away", unterbrach Svea sie. „Can it be ... Grigorje?"

Nadja zuckte zusammen.

Grigorje! Im Keller? Warum hatte er dann nicht nach ihr gerufen? Er musste doch gehört haben, wie sie schrie und weinte.

„How does he look?"

„Our age. Slim with short dark hair."

Nadja schluckte.

„And his clothes?"

„Yellow t-shirt and black shorts."

Das Zimmer schien sich um Nadja zu drehen.

„Grigorje", flüsterte sie. „Is he okay?"

Svea schüttelte langsam den Kopf.

„I don't know. He was just lying ..."

Nadja dachte daran, wie Grigorje nach dem Streit im Kies gelegen hatte und wie Marju und Svenne seinen schlaffen Körper ins Haus getragen hatten.

Demnach hatte er seitdem im Keller gelegen.

Still und ruhig.

War das der Grund, warum die übrigen Jungs, die mit ihm gearbeitet und im selben Schlafsaal gewohnt hatten, plötzlich anderswo arbeiten mussten? Damit sie ihn nicht vermissen und nach ihm suchen würden? Vor allem sein Freund Vladi. Der hatte keine Ahnung, was mit Grigorje passiert war.

Nur sie und Nadja wussten Bescheid.

Grigorje musste tot sein.

Sie und Svea würden auch nicht am Leben gelassen werden.

*

Meine erste Analyse der Lage war, dass Nadja und ich echt beschissen dran waren.

Ich untersuchte die zwei möglichen Ausgänge, das Fenster und die Tür, und stellte fest, dass wir ohne Hilfe von außen keine Chance hatten zu entkommen. Das Fenster könnten wir an und für sich einschlagen, aber nicht einmal Nadja, die viel dünner war als ich, würde es gelingen, sich durch die enge Öffnung hinauszuwinden. Und die Tür war zu dick, die konnten wir niemals eintreten, zudem war sie mit einem alten, stabilen Eisenschloss abgesperrt.

Ich tat mein Bestes, um Nadja – und auch mich selbst – davon zu überzeugen, dass Alexander uns helfen würde.

Aber an mir nagte der Zweifel. Alexander war sauer auf mich. Vermutlich scherte er sich keinen Deut darum, was mit mir passierte.

Wuff würde natürlich einen fürchterlichen Radau machen, wenn ich nicht zurückkäme – wahrscheinlich hatte sie schon damit angefangen –, aber Alexander würde sie mit Leckerlis und Keksen ohne Weiteres zum Schweigen bringen können und dann möglicherweise versuchen, mich anzurufen oder anzusimsen.

Wenn er keine Antwort bekäme, würde er mich vielleicht suchen, aber würde er begreifen, wo ich war? Es war mir zwar gelungen, ein paar Worte darüber zu äußern, dass ich Nadja am Fenster gesehen hatte, bevor er mich unterbrach, aber er würde es niemals für möglich halten, dass ich dumm genug war, mich heimlich ins Gutshaus zu schleichen. Wahrscheinlich wusste er nicht einmal etwas von den Schlüsseln zum Gutshaus, die sich immer noch in Ullas Besitz befanden. Vielleicht würde er mich auf dem Pfad und im Park suchen, dann aber aufgeben.

Also musste ich irgendwie sein Interesse wecken, wenn er auf seiner Suche hier vorbeikäme. Außerdem musste ich erreichen, dass er schnellstens Hilfe holte, anstatt zu uns herzukommen, denn dann riskierte er nur, genau wie wir eingefangen und eingesperrt zu werden.

Ich besah mir das Fenster noch einmal ganz genau. Die Scheibe war aus gewöhnlichem Glas. Die einzuschlagen wäre kein Problem.

Aber ich beschloss, noch etwas zu warten. Ab und zu knarrte der Fußboden über unseren Köpfen. Marju und der Mann, den Nadja Svenne nannte, befanden sich noch im Haus. Wenn sie das Klirren von Glas hörten, würden sie angestürzt kommen. Die beste Gelegenheit wäre der Moment, wenn ich Alexander erblickte. Das Klirren würde sofort seine Aufmerksamkeit erregen, und dann könnte ich ihm zurufen, er solle Hilfe holen, bevor Marju angerannt kam.

Etwas Besseres wollte mir nicht einfallen.

Hoffentlich war er nicht nachtragend, denn dann würde er gar nicht erst anfangen, nach mir zu suchen.

Nadja, die nichts von unserem Streit wusste, fand den Plan gut. Ein Junge, der mich liebte, müsste mich natürlich vermissen. Zum Glück fragte sie nicht, warum er nicht von Anfang an mitgekommen war. Ich ließ sie in dem Glauben, dass ein edler Ritter hoch zu Ross unterwegs wäre, um uns zu retten. Fast fiel ich selbst darauf rein.

Wir beschlossen, abwechselnd am Fenster Wache zu halten, damit wir ihn nicht verpassten, wenn er auftauchte.

Ich übernahm die erste Wache, weil ich viel zu aufgeregt war, um still sitzen zu können. Nadja sank aufs Bett und lehnte sich an die Wand.

Sie sah müde aus. Und traurig.

Mir fiel ihr verzweifelter Wortschwall ein, als Marju mit dem Mann aufgetaucht war. Sie hatte immer wieder dieselbe Frage gestellt, ohne eine Antwort zu bekommen.

„What did you ask them before they captured me?"

„Captured?"

„Put me ... here."

Ich verdeutlichte mit Gesten, was ich meinte.

Sie schluckte.

„I asked them about my mother."

„Where is she?"

„I think she is dead."

„Think! Don't you know?"

Sie schüttelte den Kopf und senkte den Blick.

„Please ..."

Sie machte eine Handbewegung als Zeichen, dass sie nicht mehr darüber reden wollte.

Das klang ja unglaublich! Sie *wusste* nicht, ob ihre Mutter lebte oder tot war! Aber aus irgendeinem Grund wussten Marju und Svenne das. Kein Wunder, dass Nadja total außer sich war.

„I'll help you to find out", versprach ich.

Sie saß schweigend da, während ich den friedlichen Park beobachtete. Es fiel mir immer noch schwer, wirklich zu begreifen, dass ich in einem Keller eingesperrt war. So etwas konnte einfach nicht passieren!

Nach ein paar ereignislosen Minuten hob Nadja den Kopf und fragte, ob ich etwas gesehen hätte.

Ich schüttelte den Kopf.

Sie warf mir einen verschwörerischen Blick zu und holte dann etwas aus ihrer Tasche.

Was war das?

Ich wollte den Park nicht aus den Augen lassen, war aber gleichzeitig neugierig auf den Gegenstand, den sie in der Hand hielt.

Ein Messer?

„May I see?"

Wir tauschten die Plätze, damit ich es genauer anschauen konnte. Es sah aus wie eine Gabel, deren Stiel scharf war wie ein Messer.

„Have you ...?"

Sie nickte.

Aber was wollte sie damit? Hatte sie vorgehabt, die Gabel gegen Marju zu verwenden?

Ich kam nicht mehr dazu, sie zu fragen.

„Your boyfriend is here!", verkündete sie eifrig.

Im selben Moment fiel weiter hinten im Flur eine Tür zu und klappernde Schritte näherten sich rasch.

Blitzschnell schmuggelte ich die Gabel in meine Tasche und zog mir einen Schuh aus. Nadja stieg vom Bett, um mir nicht im Weg zu sein. Im selben Augenblick, als der Schüssel im Schloss rasselte, flog ich mit gezücktem Schuh aufs Bett.

Die Tür ging auf und Marju kam herein, gefolgt von dem blonden Mann. Ich sah gerade noch, wie Marju sich auf Nadja warf, bevor ich meine Faust, durch den Schuh geschützt und gestärkt, ins Fensterglas rammte. Die Glassplitter stoben in alle Richtungen und der Schuh flog hinterher.

„Hilfe!", brüllte ich. „Hol die Polizei!"

Aus dem Augenwinkel nahm ich wahr, dass Nadja wie eine Stoffpuppe in Marjus Armen hing. Was hatte Marju getan?

Svenne hatte mich schon erreicht. Mit einem letzten verzweifelten Schrei streckte ich mich zu dem eingeschlagenen Fenster hinauf.

„Hiiilfe!"

Im selben Moment packte der Mann mich mit hartem Griff um die Hüften. Kurz bevor er mich nach unten zerrte, sah ich, dass sich jemand vor den Büschen bewegte.

Das war nicht Alexander.

Es war Macho-Martin.

Marju und Svenne zogen mich mit vereinten Kräften herunter und Marju presste mir einen übel riechenden Lappen an Nase und Mund.

Ich hielt die Luft an, aber schließlich gaben meine Beine nach.

Ich sackte zusammen und versank in Dunkelheit.

Ich wachte davon auf, dass mir schlecht war, und sagte mir, eigentlich müsste ich jetzt aufstehen und mich übergeben, kämpfte aber tapfer dagegen an. Ich hasse es, mich zu übergeben. Vielleicht würde es vorbeigehen, wenn ich ganz still liegen blieb.

Ein Schluck Wasser wäre natürlich hilfreich.

Als ich die Augen aufschlug, sah ich nichts als Dunkelheit.

Ich versuchte Arme und Beine zu bewegen, aber irgendetwas hinderte mich daran, etwas Schmerzhaftes. Ich versuchte den einen Arm zu heben, doch da kam der andere mit. Meine Hände waren mit einem groben Strick aneinandergefesselt, der mir bei jeder Bewegung in die Haut schnitt. Den Mund konnte ich auch nicht aufmachen. Er wurde von einem Klebeband zusammengepresst, das jede Lippenbewegung unmöglich machte.

Mein Gehirn war benebelt und meine Gedanken bewegten sich langsam wie in einem Albtraum, doch schließlich sah ich die entsetzliche Wahrheit ein.

Ich lag gefesselt da, mit zugeklebtem Mund!

Doch das war immer noch nicht das Schlimmste.

Ich lag an eine harte Wand gedrückt und irgendetwas befand sich hinter meinem Rücken. Irgendjemand.

Ein Körper.

Eng an mich gepresst.

Ich dachte an den blutigen Jungen in dem Kellerraum und an die Kiste im Kellerkorridor und zählte eins und eins zusammen.

Die schreckliche Wahrheit war – sie hatten mich mit einer Leiche in eine Kiste gelegt!

Das Entsetzen in mir kochte förmlich über. In wilder Panik wand ich mich wie ein Wurm, während ich mich aufzurichten versuchte. Ich warf den Kopf hin und her und schlug ihn an den Deckel der Kiste. Der Schmerz schoss mir durch den ganzen Körper bis in die Zehen hinunter.

Ich hatte das Gefühl, zu ersticken, und versuchte an das Klebeband vor meinem Mund zu kommen, doch meine Arme saßen wie festgewachsen vor mir. Ich riss mir nur die Hände an den ungehobelten Brettern auf.

Noch nie in meinem Leben hatte ich solche Angst gehabt. Ich schluchzte, heulte und schrie, aber alles blieb im Hals stecken und kam nur wie dumpfes Gestöhne heraus.

Bald sterbe ich!

Das Atmen fiel mir immer schwerer. Der Schleim presste sich in die Nase hinauf und rann dann in den Rachen. Ich schluckte und schluckte, während ich einsah, dass ich mich unbedingt beruhigen musste. Sonst würde ich ersticken.

Ich versuchte den Gedanken daran, dass ich in einer Kiste steckte, beiseitezuschieben, atmete tief ein, hielt die Luft kurz an und ließ sie dann hinaussickern.

Entspann dich!

Noch einmal!

Die Luft, die ich einatmete, fühlte sich kühl an. Wenigstens lag ich nicht unter der Erde.

Noch nicht ...

Ich erschauerte, beschloss dann aber, daran zu glauben, dass sie mich lebend haben wollten. Sonst hätten sie mich bestimmt schon erschlagen und meine Leiche irgendwo im Wald entsorgt. Es gab doch gar keinen Grund, mich zu fesseln und in eine Kiste zu stecken.

Dann tauchte noch ein Horrorgedanke in meinem Kopf auf.

Sie wollten mich vergraben! Wahrscheinlich hätte ich an den stinkenden Dämpfen in diesem Lappen sterben sollen. Marju konnte ja nicht wissen, dass ich eine leidenschaftliche Schwimmerin war und von den vielen Stunden, die ich unter der Wasseroberfläche verbracht hatte, starke Lungen bekommen hatte.

Vielleicht rechneten sie damit, dass ich schon tot war ...

Plötzlich spürte ich eine Bewegung an meinem Rücken.

Atemzüge.

Die ruhigen Atemzüge mitten im Albtraum gaben mir einen Funken Hoffnung. Zumindest war es keine Leiche, mit der ich den Platz teilte.

Als ich an die schmale Kiste dachte, die ich im Kellerkorridor gesehen hatte, wurde mir ganz kalt. Wie war es möglich, dass wir zu zweit darin Platz fanden? Und wer war die zweite Person?

Grigorje?

Oder Nadja?

Ich schubste und trat nach hinten, bekam aber keine Reaktion. Immerhin spürte ich die Wärme eines Körpers.

Warum lagen wir in einer Kiste?

Ich suchte krampfhaft nach einer Erklärung.

In einer Kiste konnten wir überallhin transportiert werden, genau so, wie Nadja nach Schweden geschmuggelt worden war.

Aber warum hatten sie mich nicht laufen lassen?

Vielleicht, weil ich Grigorje gesehen hatte? Dann musste er tot sein. War es Marju, die ihn umgebracht hatte?

Oder – falls Grigorje doch noch lebte – weil ich Nadja gesehen hatte?

Die Sache mit ihr und ihrer Mutter, von der sie nicht wusste, ob sie lebte oder tot war, wirkte irgendwie mysteriös.

Aber hatten sie wirklich vor, uns beide umzubringen? Warum hatten sie Nadja dann bis jetzt als Gefangene im Keller leben lassen?

Oder wollten sie uns nur verschwinden lassen?

Und wenn, wohin würden sie uns dann bringen? In ein anderes Haus, in einen anderen Keller, wo niemand uns finden konnte?

Aber solche Sachen passierten einfach nicht!

Als mir die Wahrheit aufging, brach mir der kalte Schweiß aus.

Und ob die passierten!

Diese Gangster könnten mich überallhin verfrachten und mich einsperren, genau wie sie es mit Nadja getan hatten, und kein Mensch würde mich je wieder finden. Darüber hatte ich gelesen und auch Fernsehberichte gesehen. Mädchen, die aus Gebirgsdörfern, Slums und Kinderheimen und auch von Spielplätzen entführt oder sogar von ihren eigenen Eltern verkauft wurden.

Und dann wurden sie gezwungen …

Ein Geräusch unterbrach meine Gedanken. Schritte auf Kies. Eine Autotür wurde aufgemacht und im selben Moment spürte ich einen schwachen Luftzug an der Wange. Zwischen den Kistenbrettern sickerte etwas Licht herein.

Ich spähte durch einen Spalt hinaus und sah eine weiße Metallwand. Die Kiste lag in einem Auto! Das musste der weiße Lieferwagen sein, der hinterm Gutshaus geparkt hatte.

Womöglich war es der Pfarrer, der den Wagen fuhr! War *das* etwa seine nächtliche Beschäftigung – betäubte und entführte Mädchen herumzutransportieren?

Ich drehte meinen Kopf, so weit es ging, bis ich eine helle Haarsträhne sah.

Es war Nadja, die hinter mir lag!

Im selben Augenblick wurde eine Tür zugeschlagen und das Licht verschwand. Noch eine Tür schlug zu, dann knirschte Kies unter den Reifen, als der Wagen losfuhr.

Es war der knirschende Kies, der mich überzeugte, dass wir uns noch hinterm Gutshaus befanden. Also waren wir jetzt zum Pförtnerhäuschen unterwegs!

Als das Auto schon nach knapp einer Minute mit laufendem Motor anhielt, war ich mir sicher. Wir befanden uns am Gutstor!

Diese Einsicht machte mich fast verrückt. Ulla und Alexander schliefen nichts Böses ahnend nur ein paar Meter von mir entfernt.

Allerdings waren sie inzwischen höchstwahrscheinlich wach, von meinem rastlosen Hund geweckt, und begannen sich zu fragen, wo ich stecken mochte.

Wildes Gebell bohrte sich durch mein Selbstmitleid. Wuff! Sie bellte wie besessen.

Meine Hoffnung erwachte. Instinktiv, oder dank ihrer feinen Nase, spürte sie, dass ich mich in der Nähe befand. Oder sie bellte einfach, um den Fahrer zu verjagen. Mein wachsamer, wunderbarer Hund!

Aber genügte das? Würden Ulla und Alexander begreifen, dass ich in dem Lieferwagen lag?

Ich wimmerte hinter dem Klebeband, trat mit den Füßen gegen die Bretter, doch der Motor übertönte meine Bemühungen. Selbst Wuff würde mich kaum hören können.

Der Wagen setzte sich wieder in Bewegung.

Damit war meine letzte Hoffnung zunichtegemacht. Aus dieser Situation würde ich niemals heil herauskommen!

Ich bekam einen Tränenkloß in den Hals, begann hemmungslos zu weinen und weinte schließlich so sehr, dass ich kaum noch atmen konnte.

Und wieder wollte mich die Panik packen. Aber wenn ich mich jetzt nicht zusammenriss, würde ich ersticken. Also schniefte und schluckte ich so lange, bis meine Atemwege wieder frei waren. Nur nicht aufgeben!

Irgendwie musste ich wenigstens das Klebeband loswerden. Wenn Nadja nur aufwachen würde, könnten wir uns vielleicht gegenseitig helfen.

Ich warf mich hin und her und schubste und stieß nach hinten, um sie aufzuwecken, aber sie rührte sich nicht.

Da versuchte ich meine Hände Zentimeter um Zentimeter nach oben zu zwingen, wobei ich mir die Haut an den rohen Brettern aufriss, und schließlich gelang es mir tatsächlich, sie bis an mein Gesicht hinaufzubringen.

Das Klebeband war um meinen ganzen Kopf gewickelt. Als ich es endlich schaffte, es bis ans Kinn runterzuzerren, riss es Hautfetzen von meinen Lippen ab.

Und trotzdem – welch ein Gefühl!

Während ich mit offenem Mund tief ein- und ausatmete, musste ich noch einmal Tränen vergießen. Die Erleichterung war einfach unbeschreiblich.

Jetzt hatte ich neue Kräfte bekommen.

Aber noch war es nicht überstanden.

Ich hatte mal eine Fernsehsendung über einen Entfesselungskünstler gesehen, der an Armen und Beinen festgekettet in einer verschlossenen Kiste unter Wasser versenkt wurde. Er befreite sich, bevor ihm die Luft ausging. Ich dagegen lag nicht einmal unter Wasser und hatte keinen solchen Zeitdruck. Das müsste doch zu machen sein!

Ich änderte meine Stellung, fühlte etwas Hartes an der Hüfte.

Nadjas geschliffene Gabel!

Wenn es mir gelänge, die heraufzuholen, könnte ich versuchen, meine Fesseln zu durchschneiden.

Ich presse mich an Nadjas Körper, um meine Hände zur Tasche hinunterzubewegen.

Da spürte ich plötzlich eine leichte Bewegung.

„Nadja."

Sicherheitshalber flüsterte ich, damit der Fahrer mich nicht hörte. Dann stieß ich sie noch mal an.

„Wach auf!"

Aber sie lag schon wieder regungslos da.

Ich grub und scharrte, doch die Gabel steckte wie angeklebt in meiner Tasche. Ohne Nadjas Hilfe würde ich sie nie herausbringen.

Fast wäre ich wieder in Hoffnungslosigkeit versunken, doch der Wille, mich zu befreien, war stärker. Nur nicht die Kontrolle verlieren! Bjarne, unser Trainer, hatte uns beigebracht, wie man sich selbst innerlich auf Sieg programmiert. Ich wünschte, ich hätte das damals etwas fleißiger geübt, tat aber dennoch mein Bestes.

Die Freiheit ist mein Gewinn!, sagte ich mir, presste mich an den Spalt, durch den Luft hereinströmte, und sammelte Kräfte.

Ich würde es schaffen!

Wenigstens konnte ich so sehen, was draußen los war. Irgendwann mussten wir ja irgendwo ankommen, und sobald ich jemand sah, der nicht zu unseren Entführern gehörte, würde ich losschreien. Auf Gedeih und Verderb. Wenn es mir nur gelungen wäre, das Klebeband schon früher, als wir vor dem Pförtnerhäuschen angehalten hatten, herunterzustreifen, wäre ich jetzt frei.

Ich hatte nicht viel Zeit, dieser verpassten Gelegenheit nachzutrauern, denn plötzlich hielt das Auto wieder an.

Draußen waren Stimmen zu hören. Eine davon gehörte dem Pfarrer!

Dieser verlogene Dreckskerl!

Ich holte schon Luft, um loszuschreien, ließ sie dann aber wieder ausströmen. Jetzt zu rufen wäre unvernünftig. Der Pfarrer musste ja der Fahrer des Lieferwagens gewesen sein. Auf seine Hilfe brauchte ich also nicht zu hoffen, er würde mir bloß wieder den Mund zukleben, und diesmal noch fester.

Zuerst musste ich feststellen, mit wem er sprach.

Eine Tür wurde geöffnet, es wurde heller. Kurz konnte ich die weiße Metallwand wieder sehen.

Außerhalb des Autos brummte ein Motor los, dem Geräusch nach ein Traktor. Die Kiste begann zu ruckeln, wurde zuerst ein Stück weit geschleift und dann plötzlich hochgehievt.

Ich schrie auf und knallte mit der Stirn an das raue Holz.

Durch mein Luftloch sickerte Licht herein. Bevor die Kiste wieder nach unten sank, konnte ich Bäume und blauen Himmel sehen. Ich bekam fürchterliches Magenkribbeln, schlimmer als in einer Achterbahn, weil ich mich nirgends festhalten konnte. Dann schlug die Kiste auf festem Untergrund auf und erzeugte dabei ein metallisches Echo.

Dieses Geräusch erkannte ich wieder! So klang es, wenn in unserer Wohngegend Sperrmüll entsorgt wurde.

Ein Container!

Sofort fiel mir der Container ein, den Alexander und ich im Wald gesehen hatten. Die Entfernung könnte stimmen. Der Lieferwagen war nicht besonders weit gefahren.

Kurz ein metallisches Scheppern. Dann wurde es pechschwarz.

Ich lauschte. Nichts war mehr zu hören.

Schließlich hielt ich es nicht länger aus. Ich konnte nicht einfach liegen bleiben und auf Hilfe warten. Von allein würde die nicht kommen.

Ich musste mich aus eigener Kraft befreien.

Also spannte ich meine Muskeln an und trat wie eine Wilde gegen die Bretter am Fußende. Inzwischen traute ich mich, hemmungslos Krach zu machen.

Mein linker Schuh lag irgendwo hinterm Gutshaus, aber zum Glück hatte ich den rechten anbehalten, das verlieh meinen Tritten Kraft. Fußball ist zwar nicht unbedingt meine Stärke, aber Joggen und Schwimmen hatten mir kräftige Beinmuskeln verliehen.

Ich setzte meine ganze Wut und Angst ein. Und wenn es das Letzte wäre, was ich tat, aus dieser Kiste musste ich irgendwie herauskommen!

Eines der Bretter begann nachzugeben. Da bekam ich neue Kräfte.

Noch ein Tritt und das Brett krachte entzwei.

„Hrrmm…"

Durch die Dunkelheit drang Nadjas heisere Stimme. Erst bewegte sie sich vorsichtig, dann entdeckte sie wohl, wo sie sich befand, und versuchte dem Albtraum zu entkommen, völlig außer sich vor Entsetzen. Sie stieß mir die Knie in den Rücken und schlug mit den Armen um sich, während sie sich hin und her wand.

„Don't … please … Nadja, please …"

Ich bemühte mich, sie zu beruhigen, und versuchte mich gleichzeitig vor ihrer heftigen Panikattacke zu schützen, aber sie war zu geschockt, um mich zu hören.

„Stop, it hurts!"

Ein willkommenes Geräusch mischte sich in mein Geschrei.

Am Fußende wurde ein weiteres Brett aufgebrochen. Im nächsten Moment fühlte ich einen festen Griff um meine Knöchel, dann wurde ich hinausgezogen.

Schwankend und auf zitternden Beinen stand ich da und versuchte meine Enttäuschung zu schlucken.

Nadja hockte mit angezogenen Beinen auf dem Boden, die Arme um die Knie geschlungen. In den viel zu großen Shorts und dem weiten T-Shirt sah sie klein und zerbrechlich aus.

Um uns herum befanden sich mindestens zwanzig Personen, vor allem junge Kerle, aber auch ein Mann und eine Frau mit einem ungefähr fünfjährigen Mädchen. Die Frau und das Kind waren dunkelhäutig, ein paar von den jüngeren Jungs ebenfalls.

Alle hatten mich angestarrt wie ein Gespenst, fast so, als fürchteten sie sich davor, sich mir zu nähern. Nur der Mann, der mich aus der Kiste gezogen hatte, hatte sich hergetraut und mich und Nadja von Klebeband und Stricken befreit.

Ich warf einen Blick auf die Kiste, in der wir gelegen hatten, und erschauerte. Sie sah so unglaublich eng aus. Es war unfassbar, dass wir beide darin Platz gefunden hatten.

Doch der Jubelschrei nach der Befreiung war mir im Hals stecken geblieben. Irgendetwas an dieser Situation kam mir seltsam vor. Dieses Gefühl machte mich vorsichtig und wachsam.

Hier stimmte etwas nicht.

Wir befanden uns in einem Container, genau wie ich vermutet hatte. Ob es derselbe war, den Alexander und ich gesehen hatten, konnte ich nicht sagen. Jedenfalls roch er nicht ganz so schlecht.

Durch einen dünnen Spalt an der Luke in der Schmalseite drang gerade so viel Licht, dass man erkennen konnte, wo man sich befand.

Ich sah mich um.

Was machten all diese Menschen hier in einem Container? Sie waren überraschend gut gekleidet. Der Mann, der uns geholfen hatte, trug einen dunklen Anzug, und die Mutter und das Kind hatten farbenfrohe Kleider an. Auf dem Boden lagen Reisetaschen verstreut.

Warum waren Nadja und ich zusammen mit diesen Leuten hier in einem Container?

Ich machte ein paar wacklige Schritte auf die Tür zu. Der Container stand still, von außen kamen keine Stimmen. Wir waren nicht weit vom Gutshof entfernt. Wenn ich erst mal draußen wäre, könnte ich ohne Weiteres zu Fuß zum Pförtnerhäuschen zurückkehren.

Kaum hatte ich ein paar Schritte getan, stellte sich mir einer der Jungs in den Weg, als würde er mich bewachen. Hatte er den Auftrag, dafür zu sorgen, dass wir nicht entkamen?

Beim bloßen Gedanken bekam ich eine Gänsehaut.

Nadja und ich waren immer noch nicht frei!

Gleichzeitig war das Erstaunen dieser Leute, als sie uns in der Kiste gefunden hatten, offenbar echt gewesen. Sie schienen keine Ahnung davon gehabt zu haben, dass wir in der Kiste lagen.

„Wir müssen nach Hause", sagte ich und sah den Jungen an.

Er war ein paar Jahre älter als ich, hatte dunkle Haare und war unrasiert. Obwohl er nur Jeans und ein T-Shirt trug, hatte er eine goldene Kette mit einem Kreuz um den Hals, die echt aussah.

Er schüttelte den Kopf.

Hatte er mich nicht verstanden?

Oder wollte er uns nicht freilassen?

„We have to go home", wiederholte ich sicherheitshalber auf Englisch. „Come, Nadja!"

Ich schielte zu Nadja rüber. Sie versuchte aufzustehen, wurde aber von einem Jungen, der neben ihr stand, wieder auf den Boden gedrückt.

„No!"

Der Junge vor mir starrte mich an. In seinen Augen lag keine Feindseligkeit, aber er sah entschlossen aus.

Es musste möglich sein, die Luke von innen zu öffnen, dachte ich. Sonst würde er mich nicht so aufmerksam bewachen.

Ich machte noch einen Schritt in Richtung Licht und spürte dabei die geschliffene Gabel an meiner Hüfte. Damit konnte ich ihm drohen und ihn zwingen, mich vorbeizulassen.

Ich zog die Gabel heraus und hielt sie vor mich hin.

„I'm going out."

Seine Antwort ging in lautem Motorenlärm unter.

Es klang wie ein großer Lastwagen.

Die Menschen im Container zuckten sichtlich zusammen. Die Mutter mit dem kleinen Mädchen zog das Kind an sich und wiegte es still. Die Männer und Jungs standen angespannt da, die Blicke auf die geschlossene Luke gerichtet.

Obwohl ich die scharfe Klinge vor mich hin hielt, trat der Junge, der mich bewachte, noch ein paar Schritte näher heran.

Natürlich wusste er genau, dass ich es niemals über mich bringen würde, ihn zu verletzen.

Das Motorengeräusch wurde immer lauter. Gleichzeitig glaubte ich zu hören, dass ein weiteres Auto sich näherte. Doch das klang eher nach einem Personenwagen. Dann noch eins.

Ich hörte Autotüren aufgehen, Rufe und erregte Stimmen.

Der Junge kam noch näher. Ich wich ihm aus, machte einen Satz auf den hellen Spalt zu und schrie aus Leibeskräften.

Ich schrie immer weiter, bis sich eine Hand auf meinen Mund legte. Der Junge hatte mich erwischt. Aus dem Augenwinkel sah ich den Mann im Anzug zu seiner Hilfe herbeieilen.

Sie meinten es nicht böse. Sie wollten nur nicht entdeckt werden.

Aber ich hasste sie, weil sie mich nicht gehen ließen.

Ich trat ihnen auf die Zehen, stieß ihnen die Ellenbogen in die Seiten und machte es ihnen fast unmöglich, mich festzuhalten.

Es dauerte nur ein paar Sekunden, dann ging die Luke auf.

Blendendes Licht strömte herein.

„Was zum Teufel!", rief jemand aus.

Die Stimme klang wie die des Pfarrers.

Ich blinzelte angestrengt ins Licht und sah den Pfarrer, Alexander und zwei uniformierte Polizisten.

Im selben Moment wurde ich umgeworfen. Die Menschen hinter mir pressten sich ins Freie, rannten verzweifelt in den Wald und verteilten sich zwischen den Bäumen.

Eine Hand zog mich hoch. Es war Alexander.

Er starrte mich an, als wäre ich ein Gespenst, und schüttelte den Kopf.

„Svea ..."

Seine Stimme brach, er nahm mich in die Arme und wiegte mich leicht, während ich sah, wie die beiden uniformierten Polizisten die Frau mit dem Kind auf dem Arm einholen. Sie schrie vor Enttäuschung, leistete aber keinen Widerstand, als sie zwischen den beiden zurückgeführt wurde.

Als die Frau an mir vorbeikam, warf sie mir einen feindseligen Blick zu.

„Are you happy now?"

Der eine Polizist brachte sie zum Polizeiwagen. Auf dem Rücksitz saß schon jemand. Ein Mann. Ich konnte nur seinen Nacken erkennen. Der Polizeiwagen parkte neben einem großen Lastwagen und dem weißen Lieferwagen, der mir inzwischen recht vertraut war. Weiter hinten, neben dem Holzhaufen, den wir gestern gesehen hatten, stand ein Traktor. Der Container war tatsächlich derselbe, genau wie ich vermutet hatte.

Der zweite Polizist wandte sich zu mir um.

„Wie geht es dir?"

Ich zitterte zwar am ganzen Leib, zuckte aber bloß die Schultern.

„Was passiert jetzt mit ihnen?", fragte ich unglücklich.

Er seufzte.

„Vermutlich werden sie mit dem erstbesten Flug dorthin zurückgeschickt, wo sie hergekommen sind. Bestimmt ist der Asylantrag der Frau schon einmal abgelehnt worden. Sonst hätte sie nicht so viel Geld für eine Reise im Container bezahlt."

Der Pfarrer stand händeringend mit verzweifelter Miene daneben.

„So ein Wahnsinn!", sagte er. „Die haben behauptet, in der Kiste wäre Reisegepäck! Und ich einfältiger Trottel hab geglaubt, ich würde etwas Gutes tun, wenn ich dafür sorgte, dass diese armen Menschen ihre Habseligkeiten mitnehmen könnten. Mauritz hat mich wirklich gründlich reingelegt."

„Sie beschäftigen sich demnach mit Menschenschmuggel", bemerkte der Polizeibeamte kalt.

„Nein, nein, das dann doch nicht! Ich wollte wirklich bloß helfen!"

„Haben Sie denn nicht gewusst, womit Mauritz sein Geld verdient, und zwar nicht wenig! Mit Menschenschmuggel! Manche dieser Leute beutet er auf seinen eigenen Baustellen aus, natürlich mit minimalem Lohn, und andere vermietet er weiter an zwielichtige Kollegen in der Putz- und Baubranche und in der Gastronomie. Sie müssen die Leute doch auf dem Gutshof bei der Arbeit gesehen haben."

„Das waren immer wieder andere, und ich dachte, wer dort bei ihm arbeitet, hätte die notwendigen Papiere dafür. Heutzutage sind ausländische Arbeitskräfte auf unseren Baustellen doch ganz normal, oder? Innerhalb der EU haben wir ja einen freien Arbeitsmarkt. Woher sollte ich das wissen? Warum haben Sie ihn nicht schon längst festgenommen, wenn Sie darüber Bescheid wussten?"

„Wir beobachten ihn schon länger, haben aber auf den richtigen Moment gewartet, um zuzuschlagen. Wie viele Personen haben Sie auf diese Weise hin und her transportiert?"

„Na, hören Sie mal, das klingt ja jetzt, als ..."

„Wie viele?"

„Weiß nicht genau", antwortete der Pfarrer ausweichend. „Im Laufe der Zeit wohl eine ganze Reihe. Am Dienstag habe ich welche abgeholt, die waren mit einem klapprigen Boot angekommen. Und gestern standen ein paar mitten im Wald."

„Wie haben Sie sie gefunden?"

„Die Koordinaten musste ich in einem Briefkasten abholen."

„Demnach benutzen Sie ein Navi?"

„Ja, das hat Mauritz mir Anfang der Woche aufgedrängt."

Er stieß einen tiefen Seufzer aus.

„Also, ganz ehrlich, ich habe Mauritz wirklich geglaubt. Das mit der Kiste war ein schwerer Schlag! Eigentlich hätte ich wohl Verdacht schöpfen müssen, aber man möchte den Menschen ja nur Gutes zutrauen. Ich habe seinen Vater gekannt, der war ein anständiger Mann, aber ..."

Er schüttelte den Kopf, bevor er fortfuhr:

„Hinterher ist man immer klüger. Ich hätte ahnen müssen, dass etwas faul war. Ich sollte den Lieferwagen unbedingt hinterm Gutshaus abstellen, und als ich ihn dann abholte, lag die Kiste schon drin. Und hier wurde sie von einem Traktor in den Container gehoben. Wenn ich darüber nachgedacht hätte, dann ..."

„Ja, ja", unterbrach ihn der Polizist. „Das können Sie später erklären. Jetzt müssen wir vor allem dafür sorgen, dass die beiden Mädchen hier wegkommen."

Der Pfarrer sah mich flehend an, aber ich war vollauf damit beschäftigt, mir Selbstvorwürfe zu machen. Allmählich ging mir auf, was der Polizist soeben gesagt hatte. Die Leute im Container waren Flüchtlinge, die viel dafür bezahlt hatten, weitergeschmuggelt zu werden. Und jetzt waren zwei von ihnen erwischt worden. Die anderen waren im Wald zerstreut, ohne ihre Habe, und betrogen um eine Reise in ein neues Leben.

Das fühlte sich echt obermies an.

Andererseits war es die einzige Chance gewesen, die Nadja und ich gehabt hatten. Ich wollte gar nicht erst daran denken, was mit uns passiert wäre, wenn die Rettung nicht rechtzeitig gekommen wäre, aber schon jetzt war mir klar, dass Albträume mich heimsuchen würden.

Und zwar lange, sehr lange.

EPILOG

Die Nachtluft, die durchs Fenster hereinfächelte, war mild, aber ich saß in doppelte Decken gewickelt auf dem Sofa und fror. Alexander saß neben mir und bemühte sich, mich zu wärmen. Ab und zu zog er die Decken hoch, die mir immer wieder von den Schultern glitten.

„Wir sollten dich von einem Arzt anschauen lassen", sagte Ulla bekümmert. „Mal sehen, was deine Eltern nachher sagen."

Sie sah auf die Uhr.

„Sie müssten jetzt jederzeit hier sein."

Nadja saß uns gegenüber in einem Sessel, mit einer Decke über den Knien. Sie schien aber nicht so verfroren zu sein wie ich. Sie starrte das altmodische Telefon auf dem Tisch so unverwandt an, als befürchtete sie, es würde davonfliegen, wenn sie es nicht bewachte.

Ulla und Alexander hatten mittlerweile mit dem Pfarrer und der Polizei geredet und auch mit Macho-Martin und wussten einiges, wovon ich keine Ahnung hatte. Sie bemühten sich, Nadja und mir alles zu erklären, sowohl auf Englisch als auch auf Schwedisch. Aber ob Nadja wirklich alles begriff, kann ich nicht sagen.

Ich selbst kapierte es ja kaum und musste Alexander immer wieder bitten, mir etwas noch einmal zu erklären, das er bereits auf Englisch erklärt hatte.

„Martin war also bloß darum im Park, weil er irgendwas Idiotisches vorhatte?"

„Ja, um die Wände vollzuschmieren und die Renovierung zu sabotieren. Und zwar nicht zum ersten Mal. Die Stallwand hatte er auch schon vollgesprayt. Er wollte sich rächen, weil seine Eltern entlassen wurden, als Mauritz damit anfing, illegale Arbeitskräfte herzuschmuggeln. Diesmal wollte er sich das frisch gestrichene Gutshaus vornehmen. Und bei der Gelegenheit hat er deinen Hilferuf gehört."

„Dann waren es Martins Eltern, die ihr Haus verkaufen mussten?"
Ulla nickte.
„Kalle und Aina haben es sehr schwer gehabt. Und das hat Martin schlecht verkraftet."
Alexander fuhr fort:
„Um über die Mauer zu kommen, hat er die Glasscherben zerschlagen. Hinauszukommen war schwieriger. Dafür hat er eine Leiter gebraucht."
„Darum also ist die Leiter ständig auf der Flucht gewesen! Und die Sprosse – hat er die auch angesägt?"
„Keine Ahnung. Darüber haben wir nicht gesprochen. Dagegen hat er behauptet, er hätte gesehen, wie die Aufseherin diesen Jungen in unserem Gartenschuppen misshandelt hat, damals nachts, als du den Lärm gehört hast."
„Grigorje", sagte ich leise.
„Was?"
„So heißt er. Er lag im Keller, ganz bewegungslos, als ob ... Ist er tot?"
Nadja reagierte ebenfalls, als sie den Namen hörte.
Ulla und Alexander sahen einander an.
Alexander schüttelte den Kopf.
„Weiß nicht."
„Aber vorhin ist draußen ein Krankenwagen vorbeigefahren", sagte Ulla.
„Und?"
„Tote werden meistens nicht mit dem Krankenwagen abgeholt. Und jetzt ist die Polizei ja dort ..."
„They don't know yet", sagte ich zu Nadja.
Wir schwiegen eine Weile. Ich hoffte inständig, dass Grigorje überlebt hatte, und das tat Nadja bestimmt auch.
„There was a girl", sagte Nadja dann. „She came with Sergej and me. Do you know where she is?"
Auch diesmal musste Ulla den Kopf schütteln.
„Aber ich befürchte das Schlimmste", sagte sie zu uns und seufzte. „Doch damit hat Mauritz kaum etwas zu tun."

„Wie kannst du das behaupten?", protestierte Alexander. „Nadja war doch nicht nach Deutschland unterwegs, um dort auf dem Bau oder als Putzfrau zu jobben, oder? Sie hätte dort etwas ganz anderes tun müssen, stimmt's?"

„Und ich auch", sagte ich leise.

Alexander sah mich an und schüttelte energisch den Kopf, als wollte er sich von diesem Gedanken befreien.

Aber so war es. Nadjas Schicksal wäre auch mein Schicksal geworden, selbst wenn er den Gedanken für noch so unmöglich hielt.

„Die Polizei sagt, es war Sergej, der Freund von Nadjas Mutter, der nebenher seine eigenen dubiosen Geschäfte machte", erklärte Ulla. „Und ich frage mich, ob Marju nicht auch darin verwickelt war. Jedenfalls haben die beiden sich von früher her gekannt. Sergej sollte den Container abholen, hatte aber das Pech, eine halbe Minute vor der Polizei aufzutauchen."

„Dann muss er derjenige gewesen sein, der im Polizeiwagen saß", sagte Alexander.

Ich hatte den Nacken eines Mannes in dem Wagen gesehen, als die Mutter mit dem Kind dorthin geführt wurde.

Ich zuckte die Schultern.

„What?", fragte Nadja.

Ulla erklärte auf Englisch, worüber wir gesprochen hatten.

Meine Gedanken fuhren Karussell und kehrten wieder zu der Rolle zurück, die Martin in unserer Rettungsaktion gespielt hatte. Ich bekam es zeitmäßig nicht ganz auf die Reihe.

„Martin muss kurz nach mir in den Park gekommen sein."

Ulla nickte wieder.

„Es scheint so. Er hat zugegeben, dass er gerade die frisch gestrichene Wand besprayen wollte, als er deinen Schuh aus einem Fenster fliegen sah und dich um Hilfe rufen hörte. Und da hat er uns verständigt. Du, ja ihr beide habt ihm viel zu verdanken."

Ich überlegte. Martin war genau im selben Moment aufgetaucht, als Nadja und ich überwältigt wurden.

Er hatte sich ganz schön Zeit gelassen, bevor er im Pförtnerhäuschen Hilfe holte! Auf dem schnellsten Weg hingerannt war er auf keinen Fall.

Dann fiel mir ein, dass Marju gesagt hatte, sie hätte die Leiter an der Mauer in Beschlag genommen. Damit hatte sie Martins Fluchtweg blockiert. Wahrscheinlich war er deshalb schließlich gezwungen gewesen, zum Pförtnerhäuschen zu kommen. Das war schlicht und ergreifend sein einziger Weg aus dem Park.

„Aber vorher muss er eine ganze Weile herumgeirrt sein", sagte ich spöttisch.

Ich war nicht allzu beeindruckt von Martins Heldentat.

„Er musste vorsichtig sein und sich verstecken. Offenbar haben sie im ganzen Park nach ihm gesucht."

„Aber sie wussten doch nicht einmal, dass er dort war. Als sie mich fragten, ob ich allein gekommen sei, hab ich das zugegeben."

Alexander stöhnte auf. Mir war klar, warum. Bestimmt sagte er sich, dass er bei mir hätte sein sollen.

„Wahrscheinlich haben sie sicherheitshalber gesucht, um keine unerwünschten Zeugen zu haben", vermutete er. „Immerhin hatten sie dich ja entführt. Und es hätte einen Wahnsinnsaufstand gegeben, wenn ..."

Er unterbrach sich, als Wuff die Ohren spitzte und knurrte.

Ein Auto näherte sich.

„Jetzt kommen sie!", sagte Ulla.

*

Sie hatten ihr alles ausführlich erklärt – Svea, ihr Freund und seine Oma. Es war eine ziemlich verworrene Geschichte über den Pfarrer, der Flüchtlingen geholfen hatte und glaubte, er würde humanitäre Hilfe leisten. Sie sprachen auch über irgendeinen Navigator, den er gehabt hatte, um die Stellen zu finden, wo die Flüchtlinge hingebracht und abgeholt wurden. Und über Svenne, der in Wirklichkeit Mauritz hieß und Unsummen damit verdiente, dass er Menschen in Not ausnutzte.

Aber vielleicht würde sie das alles später begreifen. Jetzt war nur eine einzige Sache wichtig.

Das Telefon, das bald läuten müsste.

Die alte Dame hatte ein paar Telefongespräche geführt und hinterher behauptet, Nadjas Mutter sei am Leben, aber Nadja wagte nicht, daran zu glauben. Sie verstand die englischen Wörter schlecht und fürchtete sich davor, enttäuscht zu werden.

Als Sergej von der Polizei abgeführt wurde, hatte sie ihn kurz gesehen, hatte aber keine Möglichkeit gehabt, mit ihm zu reden.

Das war sein Glück!

Denn dann hätte sie ihn angespuckt und ihm das Gesicht zerkratzt!

Dieser Lügner! Hoffentlich sperrten sie ihn für den Rest seines Lebens ein! Offenbar war sie nicht das einzige Mädchen, an dem er Geld verdient hatte. Doch das würde jetzt aufhören.

Svea und ihr Freund waren hinausgegangen, um Sveas Eltern zu empfangen. Svea würde mit ihnen nach Hause fahren, ihr Freund würde bleiben. Aber wohl nur für ein paar Tage.

Er schien sehr in Svea verliebt zu sein.

Nadja hoffte, irgendwann auch einen Jungen wie ihn zu treffen.

Der leichte Wind trug Stimmen durchs Fenster herein. Alle redeten durcheinander. Es klang, als würde jemand weinen.

War das Svea? Sie schien nicht richtig froh zu sein, obwohl sie jetzt in Sicherheit waren. Irgendetwas bedrückte sie.

Nadja hatte nicht so recht begriffen, ob sie Svea und deren Eltern nach Stockholm begleiten oder ob sie hierbleiben sollte, bis sie nach Hause fahren konnte. Aber sie hoffte, Svea vorher noch erklären zu können, wie unerhört dankbar sie ihr war. Ohne Svea wäre sie in der engen Kiste liegen geblieben und hätte die Wahrheit über ihre Mutter vielleicht nie erfahren. An das andere, das, was passiert wäre, wenn sie bei Sergejs Kumpel in Deutschland angekommen wäre, wollte sie lieber nicht denken.

Es gab Leute wie Sergej, die mit solchen Sachen Geld verdienten.

Das war schmutzig. Widerlich!

Sie horchte auf die Stimmen. Es schien doch nicht Svea zu sein, die weinte. Eher jemand Erwachsenes.

Die weinende Stimme lenkte sie für einen kurzen Moment ab und darum war sie unvorbereitet, als das Telefon plötzlich losschrillte.

Und dabei hatte sie ja nur darauf gewartet!

Sie zuckte zusammen und sah die ältere Dame fragend an.

Und die nickte.

Nadja streckte die Hand aus und nahm den Hörer ab, dabei zitterte ihre Hand so heftig, dass sie ihn kaum ans Ohr halten konnte.

Sie hörte eine weiche, warme Stimme, eine Stimme, nach der sie sich seit dem Beginn dieses Albtraums gesehnt hatte.

Sie brach in Tränen aus, konnte kein Wort hervorbringen.

Aber nichts hinderte sie daran, im Telefonhörer den Freudenschrei ihrer Mutter zu hören.

Umschlaglayout: Weiß-Freiburg GmbH Graphik & Buchgestaltung unter Verwendung eines Fotos von © istockphoto.com/clearviewimages

Titel der schwedischen Originalausgabe:
Afrodite och olyckstrasten
© 2009 Ritta Jacobsson und B. Wahlströms Bokförlag, Forma Publishing Group AB

Unser gesamtes lieferbares Programm und viele
weitere Informationen zu unseren Büchern,
Spielen, Experimentierkästen, DVDs, Autoren und
Aktivitäten finden Sie unter **kosmos.de**

„Schutzlos" ist der vierte Band in der Reihe
Ein Svea Andersson Krimi

Gedruckt auf chlorfrei gebleichtem Papier

© 2012, Franckh-Kosmos Verlags-GmbH & Co. KG, Stuttgart
Alle Rechte vorbehalten
ISBN 978-3-440-12378-2
Übersetzung: Birgitta Kicherer
Redaktion: Dr. Iris Bierschenk
Produktion: Verena Schmynec
Innenlayout: DOPPELPUNKT, Stuttgart
Printed in Germany/Imprimé en Allemagne